O. Bähr

Der Rechtsstaat

SALZWASSER
VERLAG

O. Bähr

Der Rechtsstaat

Unveränderter Nachdruck der Originalausgabe von 1864.

1. Auflage 2022 | ISBN: 978-3-75259-687-8

Verlag: Salzwasser Verlag GmbH, Zeilweg 44, 60439 Frankfurt, Deutschland
Vertretungsberechtigt: E. Roepke, Zeilweg 44, 60439 Frankfurt, Deutschland
Druck: Books on Demand GmbH, In de Tarpen 42, 22848 Norderstedt, Deutschland

Der
Rechtsstaat.

Eine publicistische Skizze

von

Dr. O. Bähr,
Oberappellationsrath in Cassel.

Cassel und Göttingen.

1864.

Vorwort.

Der Verfasser hat längere Zeit geschwankt, ob er diese Schrift, die er ursprünglich nur als Studie unternommen hatte, veröffentlichen solle. Das Bedenken für ihn lag in dem Gefühl eines gewissen Mangels innerer Vollendung der Arbeit, wobei ihm nur zweifelhaft war, ob er den Grund dafür mehr in dem Maß der eigenen Kraft oder in der Natur des Stoffes zu suchen habe. Bestimmend für die Herausgabe ist schließlich gewesen, daß, während eine umfassende Umarbeitung sich für den Verfasser als unthunlich erwies, er gleichwohl glaubte, daß die Schrift, auch so wie sie vorliegt, in dem großen Entwicklungskampfe, der in den deutschen Staaten auf- und abwogt, zur Klärung der Ansichten und Förderung der Gedanken vielleicht ein Geringes beitragen könne.

Den Beruf, in dieser Angelegenheit zu reden, entnimmt aber der Verfasser weniger seiner Person, als den besonderen Verhältnissen des Landes, dem er angehört. Durch eine eigenthümliche Verkettung der Umstände ist Kurhessen seit einem halben Jahrhundert ein fruchtbarer

Boden für staatsrechtliche Kämpfe der mannigfaltigsten Art geworden. Kaum ereignet es sich, daß irgendwo anderwärts eine Rechtsfrage des inneren Staatslebens auftaucht, welche nicht in der einen oder andern Form in dem Kurstaate bereits durchgekämpft oder wenigstens zur Streiterörterung gebracht wäre. Daher mag es kommen, daß hier wohl mehr als in irgend einem andern deutschen Lande der Staatsbegriff, der in seiner Vollendung ja nichts Anderes ist als der Rechtsstaat, in der inneren Entwicklung vorgeschritten und in alle Schichten der Bevölkerung gedrungen ist. Und für den Juristen, der mit lebendigem Rechtssinne die Verhältnisse Kurhessens rückwärts überblickt, bietet sich eine reiche Fülle von Anschauungen dar, die unwillkürlich auf den Rechtsstaat hinführen. Der Versuch, einen Theil dieses Stoffes wissenschaftlich zu gestalten, war das Ziel dieser Schrift. Möge deshalb die deutsche Wissenschaft derselben einen kleinen Theil des Interesses zuwenden, welches das deutsche Volk bereits mehrfach dem kurhessischen Stamme bewiesen hat.

Uebersicht des Inhalts.

Man bittet zu berichtigen:

S. 25 Note 4a Z. 2 „Ehescheidung" in: Eheschließung.
S. 26 Z. 24 „Vereinsinteressen" in: Vereinsinteressenten.
S. 39 Z. 23 „(3a)" in: (2a).
Z. 27 „(2a)" in: (3a).
S. 49 Note 6 Z. 1 „dann" in: daran.
S. 83 Z. 28 „Rechtganzen" in: Rechtsgrenzen.

Einleitung.

§. 1.

„Der Staat soll **Rechtsstaat** sein, das ist die Losung und ist auch in Wahrheit der Entwickelungstrieb der neuern Zeit. Er soll die Bahnen und Grenzen seiner Wirksamkeit wie die freie Sphäre seiner Bürger in der Weise des Rechts genau bestimmen und unverbrüchlich sichern und soll die sittlichen Ideen von Staatswegen, also direct, nicht weiter verwirklichen (erzwingen), als es der Rechtssphäre angehört, d. i. nur bis zur nothwendigsten Umzäunung. Dies ist der Begriff des Rechtsstaats, nicht etwa daß der Staat bloß die Rechtsordnung handhabe ohne administrative Zwecke, oder vollends bloß die Rechte der Einzelnen schütze, er bedeutet überhaupt nicht Ziel und Inhalt des Staats, sondern nur Art und Charakter, dieselben zu verwirklichen."

Mit diesen Worten bekennt sich **Stahl**[1]) zu dem Princip des Rechtsstaats; und wenn selbst dieser Rechtslehrer diesem Princip Anerkennung nicht zu versagen vermag, so wird es wohl nur noch Wenige geben, die nicht das Wort „Rechtsstaat" auf ihre Fahne schrieben. So Viele aber auch den Rechtsstaat als das Ziel staatlicher Entwickelung aufstellen, so wenig ist man sich doch im Allgemeinen klar bewußt über das, was man unter diesem Begriff eigentlich erreichen will, sowie über die dazu geeigneten Mittel.

Man wird sich mit dem, was **Stahl** über den **Begriff** des

---

[1]) Rechts- und Staatslehre. Abth. 2. S. 137. (Dritte Auflage.)

Rechtsstaats sagt, wohl einverstanden erklären können. Auch wir verstehen darunter nicht etwa, daß der Staat alles in ihm sich entfaltende Leben ausschließlich durch Rechtsvorschriften zu bestimmen und zu beherrschen suchen, und eben so wenig, daß derselbe seine Zwecke auf Verwirklichung des Rechts beschränken solle. Vielmehr verstehen wir darunter, daß der Staat das Recht zur Grundbedingung seines Daseins erhebe; daß alles in ihm rege Leben, das individuelle sowohl, als das der Gesammtheit im Verhältniß zu ihren Gliedern, unbeschadet der für dasselbe nothwendigen Freiheit, dennoch in den Grundangeln des Rechts sich bewege.

Für das individuelle Leben ist dies als staatliches Bedürfniß längst anerkannt. Das Privatrecht, welches die Verhältnisse der Individuen als solcher zu einander ordnet, erfreut sich auch eines verhältnißmäßig hohen Grades von Ausbildung; und überall sind Einrichtungen getroffen, welche dessen Verwirklichung im einzelnen Falle, soweit nach menschlichen Verhältnissen thunlich, sichern und gewährleisten sollen.

Ganz anders steht es mit dem öffentlichen Recht. Zwar ist heutzutage mehr als je der Gedanke lebendig, daß das Verhältniß zwischen Regierenden und Regierten nicht ein solches einseitiger Gewalt, sondern des Rechts sein soll; daß beide mit Rechten und Pflichten einander gegenüber stehen [2]). Allein über den wahren Charakter dieser Rechte herrscht vielfach Unklarheit. Fast überall ist deren festere Bestimmung und Begrenzung erst im Entstehen begriffen. Und vollends fehlt es an Mitteln, welche die Einhaltung der Rechtsgrenzen zu Gunsten der Unterthanen rechtlich sicherstellen und gewährleisten.

Es haben sich auch Rechtslehrer gefunden, welche die Aufrechthaltung dieser Zustände zur eigentlichen Aufgabe ihrer Lehre machen. Zu diesen gehört vor Allen Stahl selbst. Indem er die Bestimmung des gesammten öffentlichen Rechts ohne wesentliche Einschränkung dem

[2]) Statt vieler Anderen sei hier nur Puchta (Institutionen I, §. 25) angeführt: „Auch die Unterthanen stehen in der fürstlichen Gewalt als Personen, mithin als Berechtigte, der Fürst hat nicht bloß Rechte über, sondern auch Pflichten gegen seine Unterthanen als solche.“

discretionären Ermessen der Regierungsgewalt anheimstellt, führt er auf kunstvoll verschlungenen Wegen von dem Ziele, das er in den obigen Worten dem Namen nach aufgestellt, der Sache nach weit ab. Aber auch Andere, die es ohne Zweifel mit dem „Rechtsstaat“ ernstlicher meinen, scheinen in Ansichten befangen, die, so lange sie bestehen, die Erreichung jenes Zieles unmöglich machen. Wir Menschen sind fast überall von dem Bestehenden dergestalt beherrscht, daß es uns schwer wird, demselben mit freier Würdigung gegenüberzutreten, und daß selbst nahe liegende Consequenzen mitunter unbeachtet bleiben, wo sie dem Ueberkommenen widerstreiten.

Dem gegenüber soll hier versucht werden, den Entwickelungsgang kurz zu zeigen, den unser noch in der Kindheit begriffenes öffentliches Recht zu nehmen hat, wenn es anders in sich selbst zur Sicherheit gelangen und zu dem Charakter eines wahren Rechts erstarken soll. Wir glauben, daß für diese Erkenntniß nichts heilsamer wirkt, als eine Betrachtung der Entwickelung, welche die ältere Schwester, das Privatrecht, genommen hat. Möge man deshalb entschuldigen, wenn in dieser Beziehung zunächst Längstbekanntes hier gebracht wird. Wir bedürfen desselben, um das Weitere anzuknüpfen.

I. Recht und Rechtsschutz im Allgemeinen.

§. 2.

Sobald die geistig-sittliche Natur des Menschen erwacht, macht sich für ihn fühlbar, daß das Zusammenleben mit Seinesgleichen einer gewissen höheren Ordnung nicht entbehren kann. Unter den Geboten, welche dieser Ordnung entfließen, scheidet sich wieder ein Theil mit der Bedeutung einer gesteigerten Nothwendigkeit, mit dem Anspruch auf äußere Erzwingbarkeit aus. Dies sind die Gebote des Rechts. Ihnen gegenüber stehen, gleichfalls als Ausflüsse jener höheren Ordnung, die Gebote der Sitte, Sittlichkeit und Weisheit. Auch ihre Befolgung ist für das Zusammenleben der Menschen von höchster Bedeutung; und das Leben würde seinen besten Werth verlieren, wo sie wesentlich hintangesetzt würden. Gleichwohl muß auf einen äußeren Zwang ihrer Verwirklichung verzichtet werden, schon deshalb, weil ihre relative Natur keinen zureichenden Maßstab zuläßt, um an ihnen den Werth oder Unwerth menschlichen Handelns mittelst menschlicher Erkenntniß sicher zu bemessen.

Das Recht umgiebt den Menschen mit einer geistigen Schranke. Innerhalb dieser Schranke liegt ein Gebiet, auf welchem er frei handeln und sein menschliches Dasein entwickeln darf, durch kein anderes Gebot als das innere der Sittlichkeit beschränkt. Recht ist daher indentisch mit Freiheit. Aber es ist keine absolute Freiheit. Jene geistige Schranke, die den Einen wider Eingriffe des Andern in seiner

Freiheit schützt, soll ihm selbst zugleich eine Abwehr sein, welche ihn hindert, darüber hinaus in dasjenige Gebiet einzugreifen, auf welchem der Andere gleiche Freiheit beanspruchen darf. Recht ist die relative Freiheit Aller im Verhältniß zu einander.

Das Recht ist insofern nichts Willkürliches, als es ein unabweisliches Bedürfniß der menschlichen Gesellschaft ist, und diese ohne jede Befriedigung dieses Bedürfnisses kaum gedacht werden kann. Aber von den ersten Anfängen dieser Befriedigung bis zu Demjenigen, was wir einen geordneten Rechtszustand nennen mögen, ist es ein langer, mühseliger Weg, den der menschliche Geist schaffend und arbeitend zurückzulegen hat. Die Entwicklung des Rechts zählt nicht nach Jahren und Jahrzehnten, sondern nach Jahrhunderten und Jahrtausenden; und jeder Einzelne, so viel er auch wirken und schaffen mag, bildet nur ein kleines Glied in der großen Kette dieser Entwickelung.

Der Weg, den der menschliche Geist bei jenem Schaffen zu nehmen hat, ist folgender. Es bedarf zunächst der Erkenntniß der Nothwendigkeit einer das menschliche Zusammenleben gestaltenden und beherrschenden Ordnung. Es bedarf einer Ausscheidung derjenigen Gebote, in welchen die gesteigerte Nothwendigkeit des Rechts erkannt wird; also eine Scheidung des Rechts von Moral und Sitte, mit welchen es in seinen ersten Anfängen stets verwachsen ist. Es bedarf einer Objectivirung jener Gebote, welche sich ursprünglich nur als Sache des inneren Gefühls darstellen, bis zur Bildung äußerer Rechtsregeln. In diesen wird sich bald der Trieb zusammenhängender Gestaltung und consequenter Durchbildung wirksam zeigen, kraft dessen sie auf höhere einheitliche Begriffe zurückführen. So bilden sich die Rechtsinstitute und aus diesen schließt sich nach und nach ein Rechtssystem zusammen.

Auf diese Weise entsteht das, was wir Recht in abstracto nennen können. Damit ist aber für die Verwirklichung des Rechts im Leben nur die Hälfte der Arbeit gethan. Es kommt darauf an, dem abstracten Rechtsgedanken concrete Anwendung zu geben. Wäre die Natur der Rechtsregeln von der Art, daß sie, wie Sätze der Mathematik, stets eine völlig exacte Anwendung möglich machten, so würde jener Umsetzungsproceß keine Schwierigkeiten bieten, mindestens sich stets mit absoluter Gewißheit bewirken lassen. Leider sind wir aber nicht im Stande, ein Recht in abstracto zu schaffen, das eine derartige Anwendung zuließe. Es bedarf deshalb einer zweiten, kaum minder schwierigen geistigen Arbeit, durch welche jener Umsetzungsproceß vollzogen wird, des Rechtsspruches. Während die Schaffung des Rechts in abstracto eine Errungenschaft ist, die von Geschlecht zu Geschlecht forterbt, bildet die Umsetzung desselben in das Recht in concreto eine Aufgabe, die jedes Geschlecht für sich zu lösen hat, und in deren Lösung erst der Werth jener ersteren Errungenschaft sich verwirklicht.[1])

Endlich bedarf es, um das Recht in's Leben einzuführen, der realen Macht, welche die Gestaltung der Verhältnisse dem Rechtsspruch entsprechend thatsächlich durchführt — der Vollziehung.

§. 3.

Sehen wir auf die Art und Weise, wie das Recht der Rechtsverletzung entgegentritt: so ist eine vorbeugende Wirksamkeit, welche die Rechtsverletzung, noch ehe sie geschehen wäre, mechanisch hinderte, nur in den seltensten Fällen möglich. Das Recht muß sich in der Regel darauf beschränken, die geschehene Rechtsverletzung auszugleichen, und zwar in der doppelten Weise, durch Wiederherstellung des verletzten Rechtszustandes, oder durch Bestrafung des Verletzenden. Wir wollen die erstere Art des Rechtsschutzes, da sie uns auf dem Gebiet der bürgerlichen Rechtspflege eine geläufige Erscheinung ist, den civil-

---

[1]) Der hier aufgestellte Gegensatz von Recht in abstracto und Recht in concreto ist keineswegs identisch mit dem öfters gehörten Gegensatz von „Recht in objectivem und subjectivem Sinne". Allerdings denkt man sich unter „Recht in objectivem Sinne" gewöhnlich das nämliche, was wir hier „Recht in abstracto nannten, nämlich die Rechtsregel, nach welcher das Recht im subjectiven Sinne, d. h. die dem Einzelnen zustehende rechtliche Macht, zu bemessen ist. Dabei ist aber übersehen, daß diese Macht auch aus einem objectiven Gesichtspunkt betrachtet werden kann, insofern, als dieselbe in gleicher Art einer objectiven Feststellung fähig und bedürftig ist, wie die Rechtsregel. Recht in abstracto und concreto sind hiernach als verschiedene Phasen des objectiven Rechts gedacht, und zwar das Recht in concreto als diejenige, welche objectiv dem „Rechte im subjectiven Sinne" entspricht.

rechtlichen Schutz, die zweite dagegen den strafrechtlichen Schutz nennen.

Beiden gemeinsam ist, daß durch sie ein geschehenes Unrecht als solches festgestellt wird. Aber der Zweck dieser Feststellung ist ein verschiedener. Dort geschieht es, um das Unrecht unmittelbar wieder gut zu machen; hier, um die Verletzung der Rechtsordnung im Allgemeinen zu sühnen mittelst Bestrafung des Thäters. Wo diese Bestrafung z. B. wegen Todes, Wahnsinns oder unzureichender subjectiver Schuld (Mangels des dolus) unthunlich wird, hört diese Art der Rechtshandhabung ganz auf; während der civilrechtliche Schutz, soweit er überhaupt möglich ist, in den persönlichen Verhältnissen dessen, der die Rechtsverletzung begangen, kein Hinderniß findet. Denn die Thatsache, daß Jemand wegen verübten Unrechts nicht bestraft werden kann, vermag keinen Grund abzugeben, das Unrecht selbst in seinen Folgen bestehen zu lassen. Andererseits aber ist der strafrechtliche Schutz insofern ein mehr durchgreifender und relativ unentbehrlicher, als es Fälle giebt, wo der civilrechtliche Schutz unanwendbar ist, oder wenigstens nicht ausreicht; und wo deshalb in der Strafe ein dynamisches Mittel gefunden werden muß, Rechtsverletzungen abzuwenden. Wir strafen den Mörder und müssen ihn strafen, weil dem Gemordeten das Leben nicht wieder gegeben werden kann, und mithin die auf den Mord gesetzte Strafe den einzigen Rechtsschutz für das Leben gewährt. Wir strafen den Dieb, weil, wenn wir ihn auch für verpflichtet erkennen, das gestohlene Gut zurück zu erstatten, doch die Gefahr nahe liegt, daß sich der Dieb dieser Verpflichtung thatsächlich entziehe. Eine Thorheit und Ungerechtigkeit aber würde es sein, wollten wir den Dieb strafen, ihm dagegen das gestohlene Gut zum Nachtheil des Bestohlenen lassen. Der civilrechtliche Schutz, soweit er möglich ist, macht sich stets als das nächste dringendste Bedürfniß der Gerechtigkeit fühlbar; und darf nie über den strafrechtlichen hintangesetzt werden.

Der civilrechtliche Schutz kann wieder in doppelter Weise gedacht werden; indem durch ihn das verletzte Recht entweder in Natur, oder in der Form eines ausgleichenden Werthes (Entschädigung) wieder hergestellt wird. Von diesen beiden Arten der Rechtsausgleichung entspricht wieder die erstere in höherem Maße der Gerechtigkeit. Nur soweit sie unthunlich ist, erscheint es gerechtfertigt, zu der zweiten zu greifen, als einem Surrogat, dessen öftere Unzureichendheit in der Unvollkommenheit menschlicher Verhältnisse seine Entschuldigung findet.

§. 4.

Ausübung des Rechtsschutzes kann in gewissem Maße auch aus dem Schooße eines noch ungeordneten Volkslebens hervorgehen. Aufstellung des Rechtsgedankens, Rechtsspruch und Vollziehung werden dann häufig in einen Act zusammenfallen. Wenn in den Hinterwäldern Amerikas eine Anzahl Ansiedler sich zusammenthut, einem Dieb das gestohlene Gut wieder abjagt, und ihn selbst zur Strafe an dem nächsten Baume aufknüpft, so erweist sich hierin der Rechtsschutz in seiner primärsten Gestalt (Lynch-Justiz).

Ueberall aber, wo das Volksleben zu der höheren Organisation des Staatslebens gelangt ist, wird der Staat es als seine erste Aufgabe betrachten, das Recht in bestimmten Regeln und Formen zu verwirklichen. Staat und Recht sind unzertrennliche Begriffe. In der Verwirklichung des Rechts verwirklicht der Staat den ersten Keim seiner eigenen Idee.

Die Verwirklichung geschieht, indem der Staat die Aufgabe übernimmt, sowohl das Recht in abstracto, als das in concreto mit formal-endgültiger Kraft festzustellen. Ersteres geschieht durch das Gesetz, letzteres durch den Spruch der Gerichte.

Das Gesetz ist „Feststellung der Rechtsgrundsätze“ [2]). In der Form des Gesetzes tritt das Recht aus der unsicheren Begrenzung des Gedankens in die festere des Wortes, gleichsam in einen festeren Aggregatzustand, über. Der Werth einer solchen Formulirung und Fixirung des Rechts kann in mancher Beziehung bestritten werden. Es ist anzuerkennen, daß das Recht auch ohne sie bestehen und von

---

[2]) Stahl, a. a. O. S. 192.

der Rechtsſprechung unmittelbar aus dem Volksbewußtſein geſchöpft werden kann. Eine ſolche unmittelbare „Rechtsfindung" lag z. B. den ältern deutſchen Schöffenurtheilen zu Grunde. Und die Wahrheit zu ſagen, beruht auch noch heutzutage auf dem Gebiete des gemeinen Privatrechts die Rechtsſprechung kaum minder auf ungeſchriebenen als geſchriebenen Grundlagen, da die letzteren [3]) faſt überall nur eine weſentlich modificirte Anwendung zulaſſen. Es iſt ferner nicht zu bezweifeln, daß ſich ſo aus der Rechtsſprechung ſelbſt ein gewiſſer Aufbau des Rechts in abstracto und damit ein Surrogat der Geſetzgebung heranbilden kann (Praxis). Es muß endlich anerkannt werden, daß jeder Verſuch, das Recht durch geſetzliche Formulirung erſchöpfend zu fixiren (Codification), große Gefahren für ein richtiges Verſtändniß von dem Weſen des Rechts und folgeweiſe für eine befriedigende Geſtaltung des Rechtszuſtands überhaupt in ſich trägt.

Gleichwohl empfindet das Recht den gänzlichen Mangel geſetzlicher Formulirung noch weit ſchwerer, als ſelbſt eine Ueberbürdung mit ſolcher. Es war ohne Zweifel der größte Gewinn für die Ausbildung des römiſchen Rechts, daß demſelben ſchon frühzeitig in dem Zwölftafelgeſetz eine bleibende Grundlage gegeben wurde. Und das, was unſere Vorfahren veranlaßt haben mag, mit unſäglicher Anſtrengung ein fremdes Recht über die Alpen herüber zu holen und unſeren Verhältniſſen anzupaſſen, war gewiß weit weniger die theoretiſche Anſchauung von der Fortſetzung des römiſchen Kaiſerthums in dem Reiche deutſcher Nation, als das praktiſche Bedürfniß, aus dem Wuſt ungeſchriebenen einheimiſchen Rechts um jeden Preis herauszukommen. — Am wenigſten aber kann der ordnende Buchſtabe des Geſetzes da entbehrt werden, wo in den verwickelten Zuſtänden des heutigen Rechtslebens der Kampf der Intereſſen hin und her wogt und es zu einer gleichmäßigen Rechts-

[3]) Alſo namentlich das römiſche Recht, deſſen ganzer Zuſammenhang durch ſo tief eingreifende abweichende Grundſätze erſchüttert iſt, daß dadurch in der That ein ganz anderes Recht entſtanden iſt, als das, was im Corpus juris ſteht. Daß man dieſe Modificationen des römiſchen Rechts in ihrer Wirkſamkeit noch nicht genügend gewürdigt und theoretiſch durchgebildet hat, bildet den Hauptmangel unſerer Rechtszuſtände.

übung und thatsächlichen Heranbildung fester Rechtsregeln schwer kommen läßt.

Noch weniger als des Gesetzes kann aber das Recht des Richterspruches entbehren. Rechtsregeln von so bestimmter Natur, daß über deren Sinn und Bedeutung für den einzelnen Fall kein Zweifel aufkommen könnte, giebt es nur äußerst wenige. Selbst da, wo die Rechtsregel den relativ vollendetsten Ausdruck in der Form des Gesetzes gefunden hat, bedarf es in den meisten Fällen für dessen concrete Anwendung eines eigenthümlichen Hineinlebens in dessen Sinn und Gedanken (Interpretation). Eine noch höhere, schwierigere Aufgabe fällt dem Richter zu, wo es an einem Gesetze gänzlich fehlt, und wo ihm deshalb, der Thätigkeit des Gesetzgebers sich annähernd, die Aufgabe zu Theil wird, die anzuwendende Rechtsregel erst aus dem in den Thatsachen lebenden Rechtsgedanken heraus zu bilden.[4]) — Neben der ausreichenden Erkenntniß der Rechtsregel an sich bedarf es dann noch weiter der Erkundung und Feststellung der unter dieselbe zu subsumirenden Thatsachen. Erst hieraus vollendet sich die Schlußfolgerung als Richterspruch, durch welchen das Recht in concreto zur endlichen formellen Gewißheit gelangt.

Mit dem Richterspruch tritt das Recht in diejenige vollendete Erscheinung, welche dessen unmittelbar praktische Realisirung gestattet. Allerdings gehört zum vollendeten Rechtsschutz auch noch, daß dem Richterspruch die reale Macht zur Vollziehung nicht fehle; und nach unserer heutigen Auffassung halten wir es wiederum für die Pflicht des Staats, dem im Richterspruch zur Gewißheit gediehenen concreten Recht seinen Arm zu leihen und dasselbe mit der Fülle seiner Macht in's Leben zu setzen. So wie indessen der Begriff des Rechts von der wirklichen Erzwingbarkeit unabhängig ist, so ist auch der Werth des Richterspruchs nicht unbedingt von dem Vorhandensein einer zu dessen Vollziehung bereiten Macht abhängig, weil das bis zur Unbestreitbarkeit festgestellte concrete Recht zugleich mit der Wucht einer

---

[4]) Dies tritt in unzähligen Fällen ein, wo Verjährung, Herkommen oder Gewohnheitsrecht die Grundlage des Richterspruchs bilden.

sittlichen Macht auf dem ihm Unterliegenden lastet; ein Verhältniß, welches in vielen Fällen völlig ausreichen wird, um dem Rechte zur Realität zu verhelfen. [5])

Um das letztere noch klarer zu machen, lohnt es vielleicht, einen Blick auf ein relativ unentwickeltes Rechtsgebiet zu werfen; wir meinen das Völkerrecht. Auf diesem Gebiete fehlt sowohl Gesetzgebung, als Richterspruch und Vollziehungsgewalt. Aber es haben sich unter sämmtlichen gebildeten Nationen eine Anzahl Grundsätze festgestellt, deren gegenseitige Beobachtung allseitig als Nothwendigkeit anerkannt wird; und diese sind es, welche eine Art Recht in abstracto bilden, und demgemäß als ein Surrogat des geschriebenen Gesetzes gelten können. Für die mangelnden beiden anderen Factoren dagegen giebt es kein Surrogat. Ueber die Bedeutung des Mangels eines wie des andern in Vergleich mit einander kann nun aber folgende Erscheinung belehren. Wenn ein Gewalthaber durch eine Willkürhandlung das Völkerrecht verletzt, so wird er selten eingestehen, daß er nur deshalb so handle, weil er die Macht dazu besitze, mag dies auch immerhin die ultima ratio seines Handelns sein; vielmehr wird er, wo irgend thunlich, behaupten, seinerseits im Rechte zu sein, und davon die öffentliche Meinung zu überzeugen suchen. Er beruft sich also nicht auf den Mangel einer im Völkerrecht wirksamen Vollziehungsgewalt; er macht sich vielmehr vor Allem die Unbestimmtheit des Rechtes zu Nutze. So ist es denn in der That der Mangel eines Richterspruches, welcher dem Völkerrecht Abbruch thut, und es bewirkt, daß auf diesem Gebiete das Recht kaum eine stärkere Rolle, als die Moral spielt. Ließe sich denken (was freilich schwer zu denken ist), daß sämmtliche Staaten für völkerrechtliche Differenzen sich einer Art Rechtssprechung unterwürfen: so würde das dadurch außer Zweifel gesetzte Recht auf den Verletzenden

---

[5]) Charakteristisch ist, daß das ältere römische Recht, auch als bereits die Obrigkeit die Rechtssprechung durch Bestellung von Schiedsrichtern vermittelte, doch noch geraume Zeit einer durch den Staat verwirklichten Execution entbehrte; daß vielmehr die Betheiligten auf ihre Selbsthülfe verwiesen blieben. Vergl. Ihering, Geist d. röm. Rechts I, §. 12.

mit solcher moralisch zwingenden Gewalt drücken, daß auch der Mächtigste sich wohl nur selten seinen Anforderungen entziehen möchte.

Sprechen wir hiernach aus, was wir vor Allem betonen müssen: Recht und Gesetz können nur da wahre Bedeutung und Macht gewinnen, wo sie einen Richterspruch zu ihrer Verwirklichung bereit finden. Wo dieser fehlt, werden jene nur zu oft ein todtes Capital bleiben. Zwischen ihnen und dem Leben fehlt die nothwendige Verbindungsbrücke.

§. 5.

Vertreten wird der Staat, dem wir die Aufgabe zuerkannten, das Recht durch Gesetz und Richterspruch festzustellen, durch die Staatsgewalt, als deren erster Träger in monarchischen Staaten der Regent sich darstellt. Daß er der erste Träger dieser Gewalt ist, daß ihm dieselbe als ein angeborenes, eigenes, von keinem andern Menschen abgeleitetes Recht gebührt, schließt nicht aus, daß er bei solcher in gewissen Beziehungen an die Mitwirkung Anderer gebunden ist. Und zwar können diese Andern, da sie nicht außerhalb des Staates als eines in sich selbst vollendeten und abgeschlossenen Ganzen gesucht und gefunden werden können, nur Angehörige desselben Staats, mithin Unterthanen des Regenten selbst sein. Das Wesen der beschränkten Monarchie besteht hiernach darin, daß der Regent bei Ausübung der Staatsgewalt in bestimmter Weise an die Mitwirkung eigener Unterthanen gebunden ist. Soweit er dies ist, bildet das selbstständige Wollen der Unterthanen eine Macht im Staate, welche zu überschreiten der Fürst rechtlich außer Stande sich befindet.

Fragen wir nach den Gegenständen, bei welchen der Regent vorzugsweise an die Mitwirkung seiner Unterthanen gebunden sein soll, so sind es: Schaffung und Verwirklichung des Rechts durch Gesetz und Richterspruch.

Das Gesetz ist bestimmt, die bleibende Regel im Wechsel der Verhältnisse zu bilden. Es soll das heiligste Gut der Nation, das Recht, in sich aufnehmen. Nicht die durch individuell-persönliches

Handeln bedingte Energie des Entschlusses, nicht die schnelle Macht des Augenblickes, sondern die ruhige Erwägung und allseitige Würdigung der Verhältnisse sollen seiner Erschaffung zur Seite stehen. Es bedarf dabei in gleichem Maße Wahrung der Consequenz und Continuität, welche Vergangenheit und Zukunft verbinden, als Berücksichtigung der treibenden Kräfte, mittelst welcher beide sich scheiden. Die Gesetzgebung ist daher eben so fähig als würdig, erschwerenden, eine tiefeingehende Prüfung sichernden Formen zu unterliegen. Das constitutionelle Staatsrecht findet solche in der Zustimmung der Volksvertretung. Wie das Recht seiner Idee nach nicht in dem Geiste eines Einzelnen, sondern in dem Bewußtsein der ganzen Nation, d. h. des Fürsten und des Volks in ihrer Vereinigung, seine Entstehung findet: so soll auch dessen realer Ausdruck, das Gesetz, nur aus der Vereinbarung zwischen Fürst und Volk hervorgehen.[6])

Was den zweiten Factor der Rechtsverwirklichung, die Rechtsprechung, betrifft, so ist diese noch minder geeignet, eine ausschließliche, ja nur überhaupt eine unmittelbar persönliche Thätigkeit des Regenten zu bilden.

Die Urtheilsfindung ist an sich ein logischer Proceß, mittelst dessen Besonderes unter ein Allgemeines subsumirt wird. Sie ist ein Erzeugniß nicht des Wollens, sondern des Erkennens; und mit Recht wird deshalb der Richterspruch ein „Erkenntniß" genannt. Freilich sind die Denkgesetze, unter welchen dieses Erkennen steht, nicht so zwingender Natur, daß die mittelst solcher zu ziehenden Schlüsse mit absoluter Nothwendigkeit sich gestalteten; und deshalb bleibt die Rechtsspre-

---

[6]) Wenn wir hier und später einer Berechtigung der Volksvertretung das Wort reden, so möchten wir uns von vornherein gegen die Annahme verwahren, als ob wir zu den unbedingten Bewunderern ständischer Versammlungen gehörten. Wir kennen die Mängel unserer Wahlgesetze, so wie die Schwächen, denen das Volk bei der Wahl seiner Vertreter unterliegt. Aber wir halten gleichwohl ein aufrichtiges Eingehen in das constitutionelle System — was noch keineswegs identisch ist mit parlamentarischer Regierung — für die einzige Regierungsform, welche in den modernen Staaten auf Dauer rechnen kann, und ein stetiges, gemäßigtes Fortschreiten wenigstens annähernd verbürgt. Das ist der Standpunkt, von welchem wir hier ausgehen.

chung in gewissem Sinne und Maaße stets ein freies geistiges Schaffen. Aber gerade die aus dieser geistigen Freiheit sich ergebende Gefahr des Mißbrauchs, des Irrthums und der Willkür, fordert dazu auf, die Rechtssprechung in Hände zu legen, in welchen jene Gefahr die relativ geringste Aussicht auf Verwirklichung findet; und so ist man denn seit uralten Zeiten auf Einrichtungen bedacht gewesen, welche die Integrität der Person und Stellung der Richter zu sichern bestimmt sind.

Die älteste hierfür aufgestellte Regel ist ohne Zweifel die, daß Niemand Richter in eigener Sache sein soll. Und zwar hat von jeher aus diesem Gesichtspunkt nicht allein der als unzulässiger Richter gegolten, welcher selbst für seine eigene Person Partei ist, sondern auch der, welcher als berufener Vertreter einer Partei (Vormund, Bevollmächtigter, Anwalt) deren Interessen zu wahren hat. Denn was dort die natürliche Eigenliebe, wirkt hier die Pflicht des Vertretungsberufes, welche mit dem Beruf des Richters in eine für menschliche Kräfte nicht leicht zu überwindende Collision tritt.

Ein zweites Mittel, um den Gefahren der Willkür und des Irrthums in der Rechtssprechung zu begegnen, hat man in der Aufstellung bestimmter Regeln, nach welchen das dem Richterspruch zu Grunde zu legende Verfahren sich richten soll (Proceßgesetze), so wie der wiederholten Prüfung derselben Rechtssache durch verschiedene Richter (Instanzenzug) gefunden.

Die bisher besprochenen Garantieen hat schon das römische Recht gekannt und ausgebildet. Dagegen fehlten der alten Welt diejenigen weiteren Garantien der Rechtssprechung, welche wir heutzutage zu den Grundpfeilern der Gerechtigkeit zählen. Der römische Kaiser trug kein Bedenken, die Rechtsprechung in letzter Instanz selbst in die Hand zu nehmen. Im Gegensatz hierzu sehen wir, anknüpfend einerseits an das uralte deutsche Institut des Schöffenthums, und befördert andererseits durch die für den deutschen Richter nach Aufnahme der fremden Rechte erwachsende Nothwendigkeit gelehrter Bildung, aus den verworrenen Zuständen des Mittelalters unter unsäglichen Kämpfen nach und nach den Grundsatz sich losringen, daß die Rechtssprechung von dem höchsten Träger der Staatsgewalt nicht in Person, sondern nur durch eigens dazu berufene, ständige, unwiderruflich angestellte Beamte, und zwar, mindestens in den höhern Instanzen, durch eine Mehrheit solcher Beamten — Collegien — auszuüben sei. Nicht in dem geborenen Beruf des Herrschers kann jener geistige Proceß, der nicht die Ausübung einer Herrschaft, sondern eine Erkenntniß sein soll, seine höchste Garantie finden; sondern nur in der Thätigkeit freigestellter Männer, denen Eid und Pflicht, die Lehren ihrer Wissenschaft, sowie die Ueberlieferungen und die Ehre ihres Berufsstandes dabei Maß und Ziel setzen, und deren ständiges Zusammenwirken die Objectivität, Consequenz und Stetigkeit ihres Urtheilens sichert.

Diese Anschauung hat bereits ihre Berechtigung durchgekämpft. Keine noch so extreme politische Partei wagt es, principiell sie anzugreifen. Auch die Schriftsteller der Reaction reden ihr nicht selten hochtönend das Wort. Insbesondere sagt Stahl (a. a. O. S. 601):

„Die Unabhängigkeit der Gerichte vom Souverain ist die erste Bürgschaft für wahre unparteiische Rechtspflege, die Basis aller Gerechtigkeit. Dies folgt zunächst schon daraus, daß hier nicht der Geist und die Persönlichkeit des Herrschers, der den Erfolg für das Ganze im Auge hat und danach sich frei entschließt, entscheiden darf, sondern allein das Gesetz, das unwandelbar gleiche, das als ein immer gegenwärtiges besteht, kein Ziel in der Zukunft hat; denn diesem zufolge darf nur ein von der Persönlichkeit des Herrschers getrenntes Organ, das bloß dem Gesetze dient, die Entscheidung finden," u. s. w.

Ferner (S. 198): „Als Act der Gerechtigkeit kann das Gericht nur durch die unwandelbare Regel des Gesetzes bestimmt sein, nicht durch freie persönliche Herrschaft, und bedarf, da sie gegen die persönliche Berechtigung gerichtet ist, einer unparteiischen Macht zwischen dieser und der Staatsgewalt. Deshalb muß es unabhängig vom Souverain geübt werden, durch Organe, die bloß auf richtige Anwendung des Gesetzes verpflichtet sind. Das ist nicht gegen die Einheit der Staatsgewalt, weil das Gericht sich immer auf den einzelnen Fall und die einzelne Person [7]) beschränkt und eine untergeordnete Verrichtung ist, nämlich abhängig und bestimmt von der Gesetzgebung."

Auch noch folgende Stelle (S. 604) ist bemerkenswerth: „Die Unabhängigkeit der Gerichte vom Souverain gründet sich auf einen ähnlichen Gedanken, wie die Volksvertretung. Es ist eine Mittelmacht zwischen Herrscher und Unterthan dadurch, daß sie die Stellung beider theilt, die Darstellung des reinen Wesens der Untergebenen, angethan mit der Macht des Herrschers. Auf einer solchen Mittelmacht beruht alle politische Freiheit, sie ist der tiefste Gedanke, das innerste Urbild der ganzen Einrichtung der Staatsherrschaft. Sie gestaltet sich aber anders bei der Volksvertretung und bei dem Gerichte, gemäß dem Unterschiede zwischen Verfassung und Rechtspflege."

Es ist wahr: Knüpfung der Gesetzgebung an die Zustimmung der Volksvertreter und Unabhängigkeit der Gerichte sind Ausfluß des einen Gedankens, daß das Recht nicht der Willkür des zeitigen höchsten Trägers der Staatsgewalt überlassen sein, sondern eine selbst ihn überragende geistige Macht im Staate bilden soll. Nur in ihrer Verbindung realisiren beide Institute diesen Gedanken; nur in ihrer Verbindung haben sie daher vollen Werth. Wo der Fürst unumschränkter Gesetzgeber ist, da ist die Unabhängigkeit der Rechtsprechung ohne wahre Bedeutung. Denn der Fürst kann dann in der Form des Gesetzes jeden Augenblick diejenige Norm erlassen, welche ihm für die Entscheidung des einzelnen Falles gutdünkt. [8])

[7]) Hierzu macht Stahl die Anmerkung: „Sind die Gerichte befugt, die Verfassung auszulegen für die Zukunft, so ist dies allerdings eine Verletzung der Souverainität und gegen die Natur der richterlichen Gewalt." Wie denkt sich eigentlich Stahl diese richterliche Auslegung der Verfassung für die Zukunft?" Warum erwähnt er nur der „Verfassung", nicht der „Gesetze" überhaupt? Enthält nicht jede richterliche Entscheidung des einzelnen Falles eine Auslegung des Gesetzes auch für die Zukunft insofern, als zu erwarten ist, daß in künftigen gleichen Fällen das Gericht auch gleich entscheiden werde?

[8]) Als im J. 1818 das Ob.-App. Gericht zu Cassel erkannt hatte, daß der kurhessische Staat die von dem König von Westphalen als Zwischenherrscher getroffenen Verfügungen über kurhessische Staatscapitalien anzuerkennen habe, erging eine kurfürstliche Verordnung von 31. Juli 1818, welche befahl, daß alle und jede Verfügungen der Zwischenherrschaft über jene Capitalien als ungültig erkannt,

Wo zwar die Gesetzgebung beschränkt, aber die Deutung des Gesetzes nicht durch eine unabhängige Rechtssprechung gesichert ist, fehlt es wiederum an einer durchgreifenden Garantie des Rechts. Denn das Gesetz allein reicht nicht aus, um das Recht zu schützen, weil dazu, zumal wo sein Sinn bestritten werden kann, es erst noch einer unparteiischen Feststellung seiner Bedeutung in concreto bedarf.

Alle diese Grundsätze finden unbedenklich Anerkennung auf dem Gebiet des Privatrechts. Sie sind uns dort völlig geläufig geworden und scheinen uns ganz natürlich. Wie aber ist es mit dem öffentlichen Recht? — Auch dieses hält man für geeignet zur Feststellung in abstracto, durch Gesetz.[9]) Die Feststellung in concreto aber hält man für ein Attribut der Administrativ-Behörden, also derjenigen Organe der Staatsgewalt, welche, im Gegensatz zu der Rechtssprechung, die Regierungsgewalt des Staates vertreten.

Wir müssen, um die Berechtigung dieser Anschauung zu untersuchen, zunächst auf die Natur des „öffentlichen Rechts" überhaupt etwas näher eingehen.

---

und nur „an den Jerome Bonaparte" wirklich geleistete Zahlungen von den öffentlichen Cassen in Zurechnung angenommen werden sollen. — Als die im J. 1850 eingesetzten Kriegsgerichte einen Beamten lossprachen, weil die ihm als Verbrechen zur Last gesetzte Thätigkeit vor die, die kriegsgerichtliche Zuständigkeit begründende Verordnung salle, erging eine neue Verordnung v. 29 April 1851, welche die Zuständigkeit der Kriegsgerichte rückwärts auch auf die vor ihrer Einsetzung liegenden Handlungen erstreckte. Und nun ward der Freigesprochene wegen der nämlichen Handlungen von den nämlichen Gerichten von Neuem processirt und verurtheilt.

[9]) Wir übergehen hier die Anschauung derjenigen Staatsmänner, welche auch die gesetzgebende Gewalt auf dem Gebiete des öffentlichen Rechts der Regierung völlig freigestellt wissen wollen. So enthielt die auf Grund des Bundesbeschlusses vom 27. März 1852 octroyirte „Verfassungs-Urkunde" für Kurhessen die Bestimmung (§ 75): „Ohne Beistimmung der Stände kann kein die Privatrechte, die Steuern und die Rechtspflege änderndes Gesetz gegeben oder authentisch erläutert werden." Die Gesetzgebung auf dem Gebiete des öffentlichen Rechts sollte also, abgesehen von den Steuern und der Rechtspflege, in das Belieben der Regierung gestellt sein.

II. Das öffentliche Recht und seine Grundlage, das Genossenschaftsrecht.

§. 6.

Es ist die allgemeine Ansicht, daß „Privatrecht“ und „öffentliches Recht“ einen die Gesammtheit des Rechtsgebiets erschöpfenden Gegensatz bilden. „Uebersehen wir das gesammte Recht“, sagt Savigny,[1] „so unterscheiden wir in demselben zwei Gebiete, das Staatsrecht und das Privatrecht. Das erste hat zum Gegenstand den Staat, das heißt die organische Erscheinung des Volks, das zweite die Gesammtheit der Rechtsverhältnisse, welche den einzelnen Menschen umgeben, damit er in ihnen sein inneres Leben führe und zu einer bestimmten Gestalt bilde.“

Aber gehört denn nicht, möchte man alsbald fragen, auch der Staat zu denjenigen Rechtsverhältnissen, „welche den einzelnen Menschen umgeben, damit er in ihnen sein inneres Leben führe und zu einer bestimmten Gestalt bilde?“ Bestehen nicht alle Rechtsverhältnisse um des Menschen willen, und sind nicht alle Menschen immer wieder „einzelne“? Wie unterscheidet sich denn nun das Rechtsverhältniß, in welchem die Einzelnen kraft ihrer Zubehörigkeit zum Staate stehen, von ihren Verhältnissen des Privatrechts? Und wenn wirklich ein solcher Unterschied obwaltet, giebt es denn nicht auch noch andere Rechtsverhältnisse, in welchen der einzelne Mensch eine ähnliche, zu seinem privatrechtlichen Standpunkt gegensätzliche Stellung einnimmt?

---

[1]) System des röm. Rechts I, S. 22.

Wir bejahen unbedenklich die letzte Frage. Wir halten es für eine unvollkommene Anschauung, den Gegensatz zu dem Privatrecht ausschließlich in dem *Staats*rechte gegeben zu finden. Dem Privatrechte, d. h. demjenigen Rechtsgebiet, in welchem das Individuum *als solches* in Betracht kommt, läßt sich ein *allgemeineres* Rechtsgebiet gegenüber stellen, in welchem der Mensch als *organisches Glied je eines größeren Ganzen* in Betracht gezogen wird, so daß hieraus Rechte und Pflichten für ihn entstehen. Wir können diese Begriffs-Ganzen, in welche der Einzelne organisch sich einreiht, so daß er dadurch eine eigenthümliche rechtliche Stellung gewinnt, *Genossenschaften* nennen. Die wichtigste dieser Genossenschaften bildet allerdings der *Staat*. Aber er bildet nicht die einzige. Und für die Klärung unserer Begriffe dürfte es von höchster Bedeutung sein, recht zu erkennen, wie das *Staatsrecht* nur eine einzelne Art jenes allgemeinen, bisher in seinem ganzen Umfange wenig beachteten Rechtsgebiets bildet, welches wir „*Genossenschaftsrecht*" nennen können [2]).

Um das Wesen dieses Rechtsgebietes richtig zu verstehen, haben wir von folgender Betrachtung auszugehen.

Gegenstand des Rechts bilden überall die *menschlichen Interessen*. Ihren subjectiven Vereinigungspunkt finden diese Interessen zunächst in den einzelnen Individuen. Die gesammten Interessen, welche jeder physische Mensch in sich vereinigt, können wir zufolge des einheitlichen Denkens und Wollens, womit er sie beherrscht, als einen

[2]) Die Frage, ob die heutige Rechtswissenschaft den Bestand eines „Genossenschaftsrechts" anzuerkennen habe, ist bereits seit einiger Zeit Gegenstand literarischen Streits gewesen. Zunächst angeregt von *Beseler*, (Volksrecht und Juristenrecht, 1843) und von diesem und *Bluntschli* im bejahenden Sinne vertreten, ist sie von Andern (*Thöl*, *Gerber*), mitunter ziemlich absprechend, verneint worden. Es kann natürlich hier auf diesen Streit nicht näher eingegangen werden. Unserer Ueberzeugung nach ist der Begriff des „Genossenschaftsrechts" für das heutige Recht so wenig zu entbehren, daß vielmehr eine Reihe von Disciplinen, Staatsrecht, Kirchenrecht, Gemeinderecht, Familienrecht 2c. erst durch ihn zum völligen Verständniß gelangen. — Auch in der Praxis bricht sich dieser Begriff mehr und mehr Bahn, und er wird das auch fernerhin, je entschiedener die Praxis den Muth hat, die Dinge, wie sie ihr das Leben vor Augen führt, selbständig zu erkennen und zu würdigen.

ungetheilten Complex ansehen; und als solcher begründen sie seine Rechtssubjectivität, seine „Persönlichkeit."

Das Recht hat daher zunächst die Aufgabe, die Interessen der einzelnen Individuen als solcher, d. h. in ihrer absolut gegensätzlichen Beziehung zu einander, abzugrenzen. Dies thut das Privatrecht.

Manche Interessen kann aber der einzelne Mensch für sich allein gar nicht oder nur unvollkommen befriedigen. Er ist dadurch mit größerer oder geringerer Naturnothwendigkeit auf Verbindungen mit seines Gleichen hingewiesen. Diese Verbindungen beruhen also auf einer Vereinigung gleichartiger oder sich ergänzender Interessen verschiedener Individuen. An die Stelle der natürlichen Vereinigung, welche die Interessen einer und derselben physischen Person in deren einheitlichem Denken und Wollen finden, tritt hier eine künstliche Vereinigung, in welcher ein Theil der Interessen der Einzelnen aufgeht und in einer höhern Einheit, als Gesammt-Interesse, wieder erscheint. Um aber der Vertretung dieses Gesammt-Interesses die unentbehrliche Grundlage einheitlichen Denkens und Wollens nicht fehlen zu lassen, bedarf es innerhalb der dabei betheiligten physischen Personen einer Organisation, welche deren individuell geschiedenes und verschiedenes Denken und Wollen auf eine Einheit zurückführt.

Als nothwendige Folge hiervon ergiebt sich innerhalb eines solchen Organismus ein gewisses Verhältniß der Ueber- und Unterordnung zwischen den einzelnen dabei betheiligten Personen, so mannigfach auch dieses Verhältniß durch Natur, Geschichte, oder menschliches Gutfinden bestimmt sein kann [5]).

Dadurch nun, daß der Mensch in solchen Verbindungen lebt und zum Theil leben muß, eröffnet sich ein zweites Rechtsgebiet, in welchem

---

[5]) Es bedarf wohl kaum der Erwähnung, daß ein Verhältniß der Ueber- und Unterordnung nicht etwa bloß da besteht, wo Einzelne von vornherein und bleibend bestimmt sind, das einheitliche Denken und Wollen des Ganzen zu repräsentiren, sondern auch da, wo diese Bestimmung nach dem Zufall wechselt, also namentlich, wo unter Mitwirkung Aller die Majorität entscheidet. Hier besteht das Verhältniß der Ueber- und Unterordnung zwischen der jeweiligen Mehrheit und Minderheit.

die Einzelnen nicht mehr in ihrer abstracten Persönlichkeit, als Vertreter völlig getrennter, sich gegenüberstehender Interessen, sondern als lebendige Glieder eines größeren Ganzen und Vertreter eines höheren Gesammt-Interesses, und ihre hieraus hervorgehenden Rechte und Pflichten nicht mehr in absolutem Gegensatze zu einander, sondern durch die dem Ganzen zu Grunde liegende einheitliche Idee vermittelt erscheinen.

Diese Verbindungen sind es, die wir Genossenschaften nennen können; und das in ihrem Innern sich entwickelnde Recht: „Genossenschaftsrecht."

Als die älteste, schon durch die Natur hervorgerufene Verbindung dieser Art läßt sich die Familie betrachten. Auf der bleibenden Vereinigung zwischen Mann und Weib und dem daraus hervorgehenden Verhältniß zwischen Eltern und Kindern beruhend, weist sie mehr als irgend eine andere menschliche Verbindung eine natürliche Organisation auf, welche den Familienvater als Haupt des Ganzen zur Herrschaft, die Kinder zum Gehorsam, die Frau aber, gleichsam zwischen beiden stehend, theils zur Unterordung unter den Mann, theils zur Theilnahme an dessen Herrschaft berufen erscheinen läßt. Entsprechend diesen Rechten sind aber auch die Pflichten des Schutzes und der Obsorge, welche die Eltern den Kindern, der Mann dem Weibe zu gewähren haben. So treffen wir hier Rechte und Pflichten in innigster Verbindung; und die väterliche Gewalt ist deshalb nicht ein bloßes Recht, sondern sie hat den Charakter eines Berufs. Bestimmt wird dieser Beruf, so wie die rechtliche und sittliche Stellung der Familienglieder überhaupt, durch eine höhere, sie alle umfassende Idee; eben die Idee der Familie, als der Pflanzschule der Menschheit.

Aus der Familie sind ohne Zweifel die größeren Verbindungen der Stämme und Völker hervorgegangen, welche in ihrer weiteren Entwickelung zu den Verbindungen geführt haben, die wir Staaten nennen. Wie die Familie die nächsten Bande des Blutes, so hat der Staat die gemeinsame Abstammung und Sprache der Nation zu seiner natürlichen, wenn auch historisch vielfach modificirten Grundlage. An die Stelle der natürlichen Berechtigung des Familienvaters als

Hauptes der Verbindung tritt aber im Staate die historische Berechtigung des oder der zur Herrschaft Berufenen in der mannigfachst gestalteten Weise. Von besonderer Bedeutung wird diese Verbindung dadurch, daß sie die höchste, umfassendste ist, in welcher der Mensch lebt; daß sie für ihn gewissermaßen den Zusammenhang mit der Menschheit überhaupt repräsentirt.

Wo der Staat ein größeres Gebiet umfaßt, wird sich zwischen ihm und der Familie noch eine dritte Art von Verbindung als Mittelglied gestalten; die Gemeinde, bestimmt, die Gesammt-Interessen der durch unmittelbares Nebeneinanderwohnen auf eine nähere Lebensgemeinschaft Hingewiesenen in sich aufzunehmen.

Familie, Gemeinde und Staat zeichnen sich vor allen andern genossenschaftlichen Verbindungen dadurch aus, daß sie keine völlig begrenzte Zwecke begreifen, sondern in aufsteigender Stufenfolge die Förderung und Entwickelung des irdischen Daseins der durch die Natur zu näherer Lebensgemeinschaft Berufenen überhaupt zur Aufgabe haben.

Neben ihnen bildet die Kirche eine nicht minder umfassende, durch das religiöse Bedürfniß des Menschen zur Nothwendigkeit gewordene Verbindung ähnlicher Art.

Außerdem aber bestehen, theils längst hergebracht, theils täglich neu entstehend und wieder vergehend, unzählige andere Verbindungen für bestimmt begrenzte Zwecke, mögen diese nun religiöser, sittlicher, geistiger, geselliger, wirthschaftlicher oder rein erwerblicher Art sein. Wir können diese Verbindungen gewillkürte Genossenschaften nennen. Alle dieselben, so verschieden auch ihre Bedeutung und innere Berechtigung in Vergleich mit jenen uralten, durch die Natur gebotenen Verbindungen des Menschengeschlechts geschätzt werden mag, beruhen doch auf dem nämlichen Grundgedanken einer Vereinigung subjectiv getrennter, objectiv gleichartiger Interessen zu einer höhern Einheit, welche mittelst der ihr gegebenen Organisation ein der Existenz des einzelnen physischen Menschen analoges Dasein zu führen und die Rechtssphäre der ihr angehörenden Individuen in gewissem Maaße in sich aufzunehmen und zu beherrschen bestimmt ist.

§. 7.

Ehe wir weiter gehen, müssen wir auf eine nicht unwesentliche Verschiedenheit in der juristischen Structur der genossenschaftlichen Verhältnisse hinweisen.

Die einheitliche Idee, welche jeder Genossenschaft zu Grunde liegt, kann für die juristische Auffassung des Verhältnisses verschieden benutzt werden. Sie kann dabei in den Hintergrund gestellt bleiben, so daß sie mehr ein moralisches, als ein juristisches Moment für das Verhältniß abgiebt. Wo dieses der Fall ist, da stellen sich die aus dem Verhältnisse hervorgehenden Rechte und Pflichten, wenn sie gleich innerlich auf die Idee der Genossenschaft zurückzuführen sind, doch der äußeren Erscheinung nach kaum minder, als die mit dem Individuum als solchem verknüpften, als Privatrechte dar. Es kann aber auch jene Idee förmlich zum juristischen Factor erhoben sein; eine Auffassung, welche darin ihre Spitze treibt, daß jene Idee als Persönlichkeit betrachtet, und an sie als fingirtes Rechtssubject die aus ihr hervorgehenden Rechte und Pflichten der Einzelnen geknüpft werden. Erst wo diese Art der Rechtsauffassung durchgedrungen ist, fällt die gegensätzliche Natur dieser Rechte und Pflichten zu denen des Privatrechts klarer in's Bewußtsein.

Auf dem ersteren (unentwickelten) Standpunkte befindet sich bis auf den heutigen Tag das Genossenschaftsrecht der Familie, oder, wie wir es zu nennen gewohnt sind, das Familienrecht. Daß die über den Familiengliedern stehende Idee der Familie es ist, was die Rechte und Pflichten der Einzelnen im Verhältnisse zu einander bestimmt, bezeichnet schon der Name jenes Rechtsgebiets, und ist an vielen Erscheinungen unverkennbar. Vielleicht hätte das Recht dahin gelangen können, die „Familie“ zu einem juristischen Begriff zu erheben, wo dann die Familienglieder in Ausübung ihrer Familienrechte nur als Organe und Glieder jener höheren Einheit erscheinen würden. Es ist hierzu nicht gekommen, theils aus historischen, theils aus natürlichen Gründen. Das römische Recht gewährte dem Vater als Familienoberhaupt eine so überwiegende Stellung, daß in ihm die Familie so zu sagen aufging. Der römische paterfamilias konnte von seiner Familie in Wahrheit sagen: l'état c'est moi. Und diese Grundanschauung erhielt sich auch, trotz Manchem, was im Laufe der Zeit einer anderen Auffassung hätte zuführen können[4]). Noch näher hätte es deutschen Rechtsanschauungen gelegen, den Familienbegriff zum förmlichen Rechtsfactor zu erheben. Die eheliche Gütergemeinschaft, die unveräußerlichen Rechte der Familienglieder an dem unbeweglichen Gut, die Untrennbarkeit der Ehe, die veränderte Natur der väterlichen Gewalt, welche sich immer mehr einer gesetzlichen Vormundschaft genähert hat, das Alles sind Momente, welche auf jenen Gedanken hinweisen. Gleichwohl ist dieser Gedanke im Allgemeinen nicht zum Durchbruch gelangt; zunächst wohl in Folge des überwiegenden Einflusses des römischen Rechts auf unsere gesammte formale Rechtsbildung; sodann aber auch, weil in der That ein dringendes Bedürfniß dafür nicht vorliegt. So wie unter allen Umständen das Recht sich bescheiden muß, für das innere Leben der Familie nur die nothdürftigsten Grundlinien zu ziehen, alles Uebrige aber den sittlichen Elementen zu überlassen, so kann es dies auch ohne Gefahr thun, da gerade innerhalb der Familie jene sittlichen Elemente von der Natur so stark gepflanzt sind, daß sie eine entwickelte Rechtsbildung überflüssig machen. Mögen daher immerhin die aus dem Familienverbande hervorgehenden Rechte als ein Aggregat rein individueller Rechte betrachtet werden und demgemäß das „Familienrecht" dem Gebiete des „Privatrechts" eingereiht bleiben; praktisch wird dadurch die Familie nicht wesentlich

4) Die dos, welche während der Ehe, zum Theil unveräußerlich, in den Händen des Mannes ruht, dann aber an den Geber oder die Frau zurückfällt, bildet gewissermaßen ein Familienvermögen. Aehnliche Natur haben die Peculien der Kinder, soweit sie dem Vater zufallen. Das Notherbenrecht der Kinder läßt das Vermögen des Vaters als ein solches erscheinen, welches er nicht willkürlich der Familie entziehen kann. Wenn Mann und Frau zusammen eine Schuld contrahiren, so gilt dies im Zweifel als Familienschuld, für welche der Mann, als Repräsentant der Familie, allein haftet. Daß Alimentations- und Dotationspflicht keine eigentlich privatrechtliche Natur haben, mußte dem Römer schon dadurch klar sein, daß zu deren Geltendmachung eine actio nicht gegeben war. Endlich mußte auch die Vormundschaft, zumal in ihrer späteren Entwickelung, auch die väterliche Gewalt, welcher sie nachgebildet war, immer mehr als einen quasi-öffentlichen Beruf erscheinen lassen.

gefährdet. Es wird dadurch aber auch andererseits das Wesen, die innere Natur jener Rechte nicht geändert [4a]). Und wir halten es für wichtig, daß man sich dieses Wesen klar mache, weil dadurch ein tieferer Einblick in das Genossenschaftsrecht überhaupt, namentlich in die Mannigfaltigkeit der diesem Rechtsgebiet angehörigen Erscheinungen, eröffnet wird.

Hiernach hoffen wir, nicht mißverstanden zu werden, wenn wir die Familie als eine *juristisch unentwickelt gebliebene Genossenschaft* bezeichnen [5]).

§. 8.

Der unentwickelt gebliebenen Genossenschaft, wie wir sie in der Familie kennen gelernt, stellen wir als anderes Extrem die *zu voller juristischen Entwickelung gediehene Genossenschaft* gegenüber. Als Beispiel für solche können uns diejenigen Genossenschaften dienen, die wir oben (S. 22) als „gewillkürte" bezeichneten; also Vereine, Gesellschaften ꝛc., wie sie heutzutage für bestimmte gemeinsame Zwecke ihrer Mitglieder vielfach zusammentreten. Regelmäßig

---

[4a]) Darauf beruht es, was *Savigny* (Syst. III, S. 314) sehr richtig ausführt, daß die Ehescheidung zwar ein Vertrag, aber kein obligatorischer ist. Sie ist ein Genossenschafts-Vertrag.

[5]) An der oben (S. 18) angezogenen Stelle fährt *Savigny* so fort: „Nicht als ob es, wenn wir diese beiden Rechtsgebiete (des öffentlichen und Privatrechts) vergleichen, an Uebergängen und Verwandtschaften fehlte. Denn die Familie hat in ihrer dauernden Gliederung, sowie in dem Verhältniß des Regierens und Gehorchens unverkennbare Aehnlichkeit mit dem Staate; und ebenso treten die Gemeinden, die doch wahre Bestandtheile des Staats sind, nahe an das Verhältniß der Einzelnen heran. Dennoch bleibt zwischen beiden Gebieten ein fest bestimmter Gegensatz darin, daß in dem öffentlichen Recht das Ganze als Zweck, der Einzelne als untergeordnet erscheint, anstatt daß in dem Privatrecht der einzelne Mensch für sich Zweck ist, und jedes Rechtsverhältniß sich nur als Mittel auf sein Dasein und seine besonderen Zustände bezieht." — Worin wir den Grund der auch hier anerkannten „Verwandtschaft des Familienrechts mit dem öffentlichen Recht" erblicken, wird nach dem im Text Bemerkten keiner Ausführung bedürfen. Das Mangelhafte in der Anschauung *Savigny's* dürfte eben darin liegen, daß er nur den Staat als ein „Ganzes" anerkennt, im Verhältniß zu dessen Zweck die Einzelnen als untergeordnet erscheinen, während es solcher Begriffs-Ganzen eben noch mehrere giebt.

erfolgt dieser Zusammentritt auf Grund einer geschriebenen Satzung, sogenannter Statuten, welche den Zweck der Genossenschaft und die für diesen Zweck in Thätigkeit zu setzenden Mittel, namentlich die Rechte und Pflichten der Einzelnen dem Ganzen gegenüber, so wie die Organisation und Ordnung des Ganzen genau bestimmen. Schon in dieser lex scripta als Grundlage tritt die strengere juristische Natur der Schöpfung schärfer zu Tage.

Allerdings gehen Diejenigen, welche auf diese Weise zusammentreten, Verpflichtungen in Verhältniß zu einander ein. Aber das Charakteristische dabei ist, daß die so begründeten Rechte und Pflichten nicht unmittelbar zwischen den einzelnen Genossen auf einander bezogen, sondern an ein, gleichsam zwischen sie in die Mitte gestelltes, ideales Rechtssubject — den Verein, die Gesellschaft — geknüpft gedacht werden. Das Vereins-Mitglied bezahlt seine Beiträge nicht „an die übrigen Mitglieder", sondern an den „Verein"; es nimmt seine statutenmäßigen Rechte von dem „Vereine" in Anspruch; obgleich dieser „Verein" wieder nichts anderes ist, als die Gesammtheit der Mitglieder, einschließlich desjenigen selbst, welcher ihm in gedachter Weise als verpflichtet und berechtigt gegenüber stehend gedacht wird. Der „Verein" ist also zum vermittelnden juristischen Träger des ganzen zwischen den Mitgliedern obwaltenden Rechtsverhältnisses erhoben. Und zwar soll er nicht ein todter, sondern ein lebendiger Träger dieses Rechtsverhältnisses sein; er soll nicht etwa als bloßer Rechnungsfactor zwischen den einzelnen Vereinsinteressen figuriren [6]), sondern die Gesammtheit

[6]) So wie z. B. bei Erbauseinandersetzungen die Erbinteressenten sich oftmals die Erbmasse als einheitlichen Begriff gegenüberstellen, in Verhältniß zu welchem sie ihre Ansprüche und Schuldigkeiten berechnen. In gleicher Weise betrachten auch Kaufleute das von ihnen betriebene „Geschäft", und selbst innerhalb des Geschäfts die einzelnen „Conti" als selbstständige Rechnungsfactoren. Darin liegt kein Grund, eine Firma für eine juristische Person zu halten. — Dagegen finden im heutigen Concursproceß insofern die Grundsätze des Genossenschaftsrechts Anwendung, als die auf die vorhandene Vermögensmasse bezüglichen gemeinsamen Interessen der Gläubiger und des Cridars, als einheitlich gedacht, in der Person des Curators und Contradictors eine Vertretung finden. Schon der römische Satz, daß die Mehrheit der Gläubiger die Minderheit zur Eingehung eines Nachlaßvertrags zwingen kann, ist dem Genossenschaftsrecht entlehnt.

der Genossen jedem Einzelnen gegenüber bezüglich ihrer genossenschaftlichen Rechte und Pflichten auch activ repräsentiren.

Nicht minder soll der Verein activ werden, um diejenige freie Thätigkeit zu entwickeln, welche den eigentlichen Zweck der Vereinigung abgiebt.

In beiden Beziehungen bedarf der Verein der Fähigkeit einheitlichen Handelns, und diese wird ihm durch die ihm gegebene Organisation zu Theil.

Gerade hierin liegt der charakteristische Unterschied der genossenschaftlichen Verbindung von der römischen societas. In letzterer bewahrt jeder Theilhaber seine individuell-rechtliche Stellung. Mit den von ihm eingegangenen Verpflichtungen steht der socius dem socius ohne Vermittelung gegenüber. Es besteht kein Ganzes, welchem er sich als Glied eingereiht; es besteht kein Gesammtwille, dem er sich untergeordnet hätte. Ist auch der Zweck der Societät vertragsmäßig festgestellt, so unterliegt doch die Bestimmung darüber, was zu dessen Ausführung im Einzelnen geschehen soll, immer wieder der freien Einwilligung sämmtlicher Theilhaber. Jeder derselben kann Alles hindern, wozu er sich nicht speciell verpflichtet hat. Das Wesen der Genossenschaft dagegen ist es, daß ein Gesammtwillen geschaffen wird, der innerhalb eines gewissen Bereichs frei waltet, und dem sich deshalb in gewissem Maße Alle unterwerfen; mag nun dieser Gesammtwillen durch dazu berufene Einzelne oder durch die Gesammtheit der Genossen (d. h. deren Majorität) repräsentirt werden. In dem Wesen der Societät liegt das Liberum veto. Dem Wesen der Genossenschaft ist ein solches dergestalt widersprechend, daß, wo es naturwidrig in sie hinein getragen wird, die Genossenschaft nothwendig daran zu Grunde geht (Polnischer Reichstag).

§. 9.

So wie die (juristisch entwickelte) Genossenschaft in ihrem Innern ein einheitliches, über dem individuellen Leben ihrer Theilhaber stehendes Leben führt, so soll sie es auch — dahin geht wenigstens die Absicht der Betheiligten — nach außen hin. Insbesondere soll sie dies, insofern sie für ihre Zwecke des Eintritts in vermögensrechtliche Beziehungen bedarf. Gleich einem Individuum soll sie selbstständig und unabhängig von der individuellen Persönlichkeit ihrer Theilnehmer an dem Vermögensverkehr Antheil haben; mit einem Wort, sie soll auch auf dem Gebiete des Privatrechts als Person gelten.

Gerade in diesem Punkte ist nun aber die ganze Lehre von der Genossenschaft dadurch verdorben, daß man den Satz aufgestellt hat, eine juristische Person sei eine „Fiction", welche nur durch Genehmigung der Staatsgewalt entstehen könne. Mag immerhin da, wo ein Vermögensbestand, völlig losgetrennt von der Person seines zeitigen Trägers, einem bestimmten Zwecke dienen und zu dem Ende juristisch als Person gelten soll (Stiftung), die Genehmigung der Staatsgewalt für erforderlich gehalten werden, um einer solchen Schöpfung volle Realität zu geben: so paßt dies doch ganz und gar nicht da, wo bestimmte lebende Personen ihre Zwecke in der Weise verfolgen, daß sie zu einer Verbindung zusammentreten, und diese zu dem Ende als organische Einheit, als Person, betrachtet wissen wollen. Hier wird ja die Persönlichkeit des Ganzen getragen von der nicht hinwegzuleugnenden Persönlichkeit der Einzelnen, von welcher die Genossenschaft gleichsam nur ein ausgeschiedenes Stück bildet. Sie sind es, welche in der Genossenschaft, als einer dem heutigen Rechtsbewußtsein völlig geläufigen Rechtsform, ihre Interessen verfolgen. Warum sollen sie, wenn anders diese Interessen erlaubt sind, hieran gehindert, warum soll der von ihnen gewählten Rechtsform eine deren innerstem Wesen entsprechende Qualität versagt werden? Diejenigen, welche eine Genossenschaft bilden, wollen die solchergestalt geeinigten Interessen als ein einziges, ungetheiltes, bis zu einem gewissen Grade aus ihrer individuellen Persönlichkeit ausgeschiedenes Gesammt-Interesse angesehen wissen. Warum soll dieses Wollen keine Wirkung haben? Weil die juristische Persönlichkeit eine „Fiction" sei? Aber wo sonst macht das Recht die Anwendung von s. g. Rechtsfictionen erst von der jedesmaligen Erlaubniß der Regierungsgewalt abhängig? — Oder weil kein „Rechtssatz" dafür bestehe? Aber wenn ein solcher wirklich fehlte, könnte ihn dann wohl die Gestattung der

Regierungsgewalt ersetzen? Würde es nicht für jeden einzelnen Fall eines „Gesetzes“ bedürfen? Und wo sucht man denn einen solchen Rechtssatz, wenn nicht in dem allgemeinen Bewußtsein, welches eben darin zu Tage tritt, daß trotz der Verkümmerniß jener Lehre durch die Wissenschaft fort und fort Schöpfungen entstehen, denen jene Idee auf das Entschiedenste zu Grunde liegt?

Tagtäglich sehen wir Vereinigungen zusammentreten, die auf nichts Anderem, als jener Idee beruhen, ohne daß sie die staatsseitig unterbleibende Anerkennung ihrer juristischen Persönlichkeit daran hinderte. Der Verein constituirt sich auf den Grund von „Statuten“, er hält seine Versammlungen, in welchen Stimmenmehrheit entscheidet, er wählt seine Vorstände, bestellt seine Beamten, verfolgt seine Zwecke durch Veranstaltungen, Anschaffungen ꝛc., besteuert seine Mitglieder, diese treten ein und treten aus, ohne daran zu denken, an dem Vereins-Vermögen ein Miteigenthum zu beanspruchen; kurz der Verein lebt nach dem allgemeinen Rechtsbewußtsein aller in und außer ihm Stehenden ein so vollkommen genossenschaftliches (d. h. einheitliches, juristisch-persönliches,) Leben, daß eine „Ertheilung der Corporationsrechte“ daran auch nicht das Mindeste ab- und zuthut. Auch vermag sich die Jurisprudenz der Anerkennung dieses Verhältnisses im Innern kaum zu erwehren. Wenigstens möchten wir das Gericht sehen, welches die Verkennung der Natur dieses Verhältnisses so weit triebe, daß es z. B. die actio communi dividundo eines ausscheidenden Mitglieds auf Theilung des Vereinsvermögens für begründet erkennte. Kommt aber der Verein zufällig in die Lage, seine privatrechtlichen Interessen nach außen vertreten zu müssen, so werden ihm, wenn er nicht die „Ertheilung von Corporationsrechten“ aufweisen kann, die größten Schwierigkeiten bereitet, indem man das Ganze nur als ein obligatorisches Verhältniß, als societas, als ein Aggregat einzelner physischer Personen ansieht. Damit wird diesen Schöpfungen ein Recht aufgedrängt, welches zu ihrem inneren Wesen nicht etwa bloß als ein Geringeres, sondern als ein Anderes sich verhält; welches gerade so unwahr ist, als wenn man die Ehe, oder das Verhältniß zwischen Unterthan und Obrigkeit als eine bloße Obligation ansehen wollte. Und worauf beruht jene Rechtsversagung? Etwa darauf, daß man den Einzelnen schützen wollte gegen die Selbstbestimmung, kraft welcher er sich in der Genossenschaft einer höheren Macht unterordnet? An einen solchen Schutz der individuellen Freiheit ist schwerlich gedacht. Vielmehr liegt der Grund in der Besorgniß, dem Staate könne die Macht der in der Form der Genossenschaft so eng verbundenen Einzel-Interessen gefährlich werden. Es beruht also jene Lehre nicht auf rechtlichen, sondern auf polizeilichen Gründen. Man hat zwar nicht den Muth zu sagen: „Alle Vereine, die der Staat nicht ausdrücklich genehmigt hat, sind verboten." Aber man glaubt solchen Vereinen mindestens das Leben sauer machen zu dürfen, indem man ihnen das ihrem Wesen entsprechende Recht vorenthält und sie dadurch auf ein durch künstliche Surrogate gefristetes, dem bösen Willen und der Unredlichkeit preisgegebenes Dasein beschränkt. Ob die Jurisprudenz, indem sie so der Polizei sich dienstbar erweist, eine würdige Aufgabe übernommen hat, möchten wir bezweifeln [7]).

Wie man aber auch hierüber denken mag [8]): mindestens ist es ein Irrthum, wenn man glaubt, die juristische Persönlichkeit werde durch den Willen der Staatsgewalt geschaffen. Die staatliche Genehmigung kann höchstens die conditio sine qua non, niemals aber die causa efficiens der anzuerkennenden juristischen Persönlichkeit einer Genossenschaft abgeben. Diese liegt vielmehr stets in dem Bewußtsein oder dem Willen der Betheiligten, kraft dessen sie sich einem höheren, für einen bestimmten Zweck einheitlich gestalteten Organismus einreihen.

---

[7]) Eine andere Frage ist es, inwieweit das Recht die aus der „juristischen Persönlichkeit" eines Vereins abzuleitende beschränkte Haftbarkeit der Mitglieder für die in ihrem Interesse von dem „Vereine" eingegangenen Verbindlichkeiten lediglich mittelst des Vereins-Vermögens ohne Weiteres zulassen soll. In dieser Beziehung kann man Rechtsgründe anerkennen, welche es rathsam erscheinen lassen, jene Beschränkung mindestens an bestimmte Voraussetzungen zu knüpfen.

[8]) Ein trefflicher Aufsatz von Unger, der sich in der nämlichen Richtung bewegt, zugleich aber eine tiefer gehende Prüfung der gemeinrechtlichen Grundlagen unseres Rechts enthält, findet sich in der „Kritischen Ueberschau" von Arndts ꝛc. Bd. 6. S. 147 flg.

§. 10.

Die Anschauung, als ob die juristische Persönlichkeit nicht etwas in dem Wesen der Genossenschaft Begründetes, sondern eine beliebige äußere Zuthat sei, hat vor Allem dahin gewirkt, daß das Genossenschaftsrecht verkannt und verkümmert geblieben ist. Man hat das Wesen der juristischen Person nur darein gesetzt, daß in ihr ein zum Vermögensverkehr fähiges Rechtssubject geschaffen werde; man hat deshalb von ihr lediglich als privatrechtlicher Schöpfung gehandelt. Auch mögen Viele glauben, daß damit die rechtliche Bedeutung der juristischen Personen erschöpft sei.

So wie aber für den einzelnen Menschen die Fähigkeit zum Vermögensverkehr nicht Selbstzweck, sondern nur Mittel ist, seinen Interessen zu leben, so bildet auch für die Genossenschaft jene Fähigkeit nur eine äußere Seite ihres Wesens, die sich im Verhältniß zu ihrem innern Dasein nur als Mittel verhält. Ein Kunstverein z. B. bedarf des Vermögensverkehrs, um Bilder anzukaufen, Ausstellungslocale zu beschaffen, Diener zu miethen ꝛc. Aber die Thätigkeit, welche der Verein entwickelt, um Bilder auszuwählen, die geeigneten Beamten zu berufen, seinen Mitgliedern Kunstgenüsse zu verschaffen, Preisaufgaben zu stellen ꝛc., besteht doch nicht bloß in dem Abschluß von Rechtsgeschäften. So lebt jede Genossenschaft, gleich dem einzelnen physischen Menschen, ein eigenthümliches inneres Leben. Während aber dieses innere Leben bei dem einzelnen physischen Menschen, da es der unbestreitbaren Herrschaft seines einheitlichen Geistes unterliegt, völlig außerhalb des Rechtsgebiets fällt, kann dasselbe bei der Genossenschaft, da hier an ihm wieder verschiedene physische Personen betheiligt sind, nicht ohne äußere Regel bleiben; es bedarf einer gewissen Regelung, welche durch die Zwecke der Genossenschaft und die derselben inwohnende Organisation bestimmt wird; einer Regelung des Rechts.

Die rechtliche Bedeutung der Genossenschaft besteht also nicht bloß darin, daß sie — wenn sie anders als juristische Person anerkannt wird — in Beziehung auf den Vermögensverkehr als Rechtssubject gilt, (wobei es dann ganz einerlei ist, ob sie mit eignen, in dieser

Eigenschaft nicht weiter in Betracht kommenden Gliedern, oder mit dritten, sie überall nichts angehenden Individuen zu thun hat); sondern sie erzeugt auch in ihrem Innern ein eigenthümliches Rechtsgebiet, welches die Rechte und Pflichten der Genossenschaftsglieder als solcher zum Gegenstand hat. Und dieses Rechtsgebiet ist es, welches für uns hier in Betracht kommt.

Indem wir nun die diesem Rechtsgebiet entfließenden Rechte der Einzelnen nicht als Aggregat individueller Rechte, sondern durch eine zum Rechtsfactor erhobene Idee einheitlich vermittelt denken, gelangt das Genossenschaftsrecht erst zu voller Entwicklung. Wenn gelehrt wird, die „Corporation" sei etwas von den einzelnen in ihr begriffenen Mitgliedern Verschiedenes; wenn man sie einem Unmündigen, die zu ihrer Vertretung berufenen Personen aber mit Vormündern vergleicht, so ist damit ganz richtig die Lostrennung der genossenschaftlichen Interessen von den individuellen Interessen der Genossenschaftsglieder und die Verbindung jener zu einem Gesammt-Interesse bezeichnet, bei dessen Vertretung die dazu Berufenen nicht lediglich als Individuen, sondern als Glieder eines größern Ganzen sich fühlen und verhalten sollen. Unrichtig aber ist es, wenn man thut, als wenn dieses Ganze die Einzelnen gar nichts mehr anginge. Die Genossenschaft ist von der Summe ihrer einzelnen Glieder doch nur ideell, nicht reell verschieden. Die Persönlichkeit der ersteren ist nichts anderes, als ein ausgeschiedenes Stück der Persönlichkeit der letztern. Die Interessen jener sind die geeinigten Interessen dieser, dergestalt jedoch, daß diese Interessen nicht bloß äußerlich aneinander gereiht, sondern innerlich verschmolzen und zur Einheit erhoben gedacht werden.

§. 11.

Jede Genossenschaft hat hiernach ein besonderes, ihr inneres Leben beherrschendes Recht; man kann sagen: ihr eignes, größeres oder kleineres, jus publicum.

Es kann dieses Recht, wo Genossenschaften gleicher Art vielfach wiederkehren, auf allgemeinen Rechtsnormen, Gesetz- oder Gewohnheitsrecht, beruhen. So pflegt das Genossenschaftsrecht der Zünfte, der

Gemeinden ꝛc. in besonderen Zunft- und Gemeindeordnungen für die Zünfte, Gemeinden ꝛc. eines gesammten Landes seine Grundlage zu finden. Auch das Genossenschaftsrecht der Familie — wenn es anders erlaubt ist, so das Familienrecht zu bezeichnen — beruht auf allgemeinem Gesetz- und Gewohnheitsrecht. Ferner gehören hierher die dürftigen, dem römischen Rechte entnommenen Bestimmungen, welche über die Organisation von Corporationen im Allgemeinen gelehrt werden: daß im Zweifel die Beschlußfassung der Majorität der Mitglieder zustehe, welche sämmtlich geladen und wenigsten zu zwei Drittheilen erschienen sein müssen.

Es kann aber auch eine Genossenschaft ihr besonderes, nur für sie geltendes Recht besitzen.

Gewillkürte Genossenschaften pflegen sofort mit einem solchen in's Leben zu treten, welches in dem Grundgesetz oder Statut seinen Ausdruck findet. Das Statut entsteht allerdings durch Vertrag. Aber dieser Vertrag ist kein obligatorischer. Man könnte ihn eher einen Subjectionsvertrag nennen; wobei das Eigenthümliche ist, daß der juristische Factor, dem sich die Einzelnen unterwerfen, erst durch den Vertrag selbst geschaffen wird und in einer personifizirten und organisirten Idee besteht. Eben deshalb hat auch das Statut nicht die Natur eines Contracts-Instruments, sondern einer Rechtsnorm, die von denen, die ihr unterliegen, selbst geschaffen ist (Autonomie).

Solche autonomische Schöpfungen können auch bei Genossenschaften vorkommen, deren Grundlage auf allgemeinem Rechte beruht; (Zunftbriefe, Gemeindestatuten, Hausgesetze der adligen Familien).

Es kann aber auch der das besondere Genossenschaftsrecht bestimmende Rechtsgedanken sich thatsächlich, als Gewohnheitsrecht, erweisen. Wir pflegen jedoch in diesem Falle nicht von „Gewohnheitsrecht" zu reden; wir nennen vielmehr das Gewohnheitsrecht, welches innerhalb einer einzelnen Genossenschaft die genossenschaftlichen Beziehungen ihrer Glieder bestimmt: Herkommen[9]).

---

[9]) Die Unklarheit, welche in der Praxis über die rechtliche Bedeutung des „Herkommens" besteht, beruht lediglich in der Unklarheit über das Wesen des Genossenschaftsrechts. Vergl. u. a. Savigny System I, S. 98.

§. 12.

Suchen wir einen genaueren Einblick in die innerhalb einer Genossenschaft obwaltenden, durch das Genossenschaftsrecht bestimmten Rechtsbeziehungen zu gewinnen. Auch hier wird uns der juristisch vollendete Bau einer gewillkürten Genossenschaft die klarste Anschauung gewähren.

Diejenigen, welche sich zu einer Genossenschaft vereinigen, wollen gegen gewisse Opfer, die sie der Genossenschaft bringen, durch diese gewisse Interessen befriedigen.

Zu diesem Zwecke ordnen sie sich einem Gesammtwillen unter, welcher innerhalb der Genossenschaft nach einer gewissen Ordnung erzeugt und geübt werden soll.

Die Rechtssphäre der Genossenschaftsglieder begreift daher:

1) Das Maß der zu bringenden Opfer. Ein Jeder ist berechtigt, daß ihm nicht höhere Opfer angemuthet werden, als das Genossenschaftsrecht ihm auferlegt.

2) Das Maß der zu befriedigenden Interessen. Ein Jeder ist berechtigt, daß seine Interessen aus der Genossenschaft insoweit befriedigt werden, als das Genossenschaftsrecht vorschreibt.

3) Die Einhaltung der zur Herstellung des Gesammtwillens bestimmten Ordnung. Ein Jeder hat ein Recht darauf, daß diese Ordnung, auf welcher der Schutz der unter 1 und 2 hervorgehobenen persönlichen Interessen beruht, gewahrt werde.

Ein Streit über diese Rechte, wenn sie irgendwie zur Erörterung kommen, wird sich regelmäßig als ein Kampf der Genossenschaftsglieder mit den leitenden Organen der Genossenschaft darstellen, weil diese es sind, welche die Genossenschaft als Ganzes, so wie nach außen, so auch nach innen den Interessen der einzelnen Glieder gegenüber zu vertreten, und die für die Thätigkeit der Genossenschaft vorgeschriebene Ordnung zu wahren haben.

Im Gegensatz zu den durch jene Rechte gesetzten Schranken gebührt, innerhalb dieser Schranken, den leitenden Organen eine freie Thätigkeit, kraft deren sie die Zwecke der Genossenschaft nach eigenem Ermessen zu verwirklichen berufen sind. Es ist diese freie Thätigkeit — wir wollen sie Verwaltung nennen — für das Wesen der Genossenschaft nicht etwas Zufälliges, sondern Nothwendiges. Gerade in Beziehung auf sie ordnet sich der Einzelne dem Organismus des Ganzen ein und unter. Indem so der Einzelne seine Interessen in gewissem Maße ohne weiteren Rechtsschutz fremdem Ermessen anheimstellt, bildet jede Genossenschaft zugleich ein Vertrauensverhältniß, welches nicht allein rechtliche, sondern auch sittliche Elemente zu seiner Grundlage nimmt; obschon dieses Vertrauen insofern wieder an den Egoismus anknüpft, als ja die leitenden Organe keine Genossenschaftsfremde, sondern selbst Glieder der Genossenschaft zu sein pflegen, deren Interesse insofern mit dem Wohl und Wehe des Ganzen verknüpft ist.

Die leitenden Organe überschreiten aber die ihnen gebührende Freiheit der Verwaltung, wenn sie jene Rechte der Genossenschaftsglieder verletzen; wenn sie also

1) Opfer der Einzelnen in Anspruch nehmen über das rechtlich bestimmte Maß hinaus;

2) berechtigte Interessen der Genossenschaftsglieder unbefriedigt lassen;

3) von der für das innere Genossenschaftsleben vorgeschriebenen Ordnung abweichen.

Wir wollen jede dieser verschiedenen Rechtsverletzungen etwas näher betrachten.

Zu 1). Ein Streit über eine Rechtsverletzung dieser Art wird immer geführt vom Standpunkt des persönlichen Interesses des einzelnen Genossenschaftsmitglieds, welches dabei zu dem von den leitenden Organen repräsentirten Interesse des Ganzen in Gegensatz tritt. Jede Genossenschaft hat das Recht, in gewissem Maße in die Rechtssphäre ihrer Angehörigen einzugreifen. Soweit ihr Recht dazu geht, muß ihr das gegenüberstehende individuelle Recht weichen. Ueberschreitet sie dagegen jenes Maß, so wird dadurch das individuelle Recht verletzt. Wenn nun darüber, ob das eine oder andere der Fall, Streit entsteht, so sieht dieser Streit, zumal wenn dessen Initiative von dem Vertreter des individuellen Rechts ergriffen wird, einem Privatrechtsstreite ganz ähnlich, weil ja, von der einen Seite wenigstens, Schutz des Genossenschaftsgliedes in seiner individuellen Rechtssphäre — der nämlichen, welche bei Privatrechtsstreitigkeiten Gegenstand des angegangenen Rechtsschutzes ist — Ziel dieses Streits ist. Dennoch liegt der Streit, wenn es sich anders um die Frage handelt, wie weit das Genossenschaftsrecht mit seinen berechtigten Eingriffen in die Rechtssphäre der Genossenschaftsglieder reicht, nicht auf dem Gebiete des Privatrechts, sondern des Genossenschaftsrechts.

Beispiele liegen nahe. Wohl keine Genossenschaft kann bestehen ohne Geldmittel. Nach den Gesetzen der Genossenschaft pflegen deren Glieder verpflichtet zu sein, zur Aufbringung dieser Geldmittel beizusteuern. Die Erhebung dieser Beiträge in dem statutenmäßigen Umfange ist ein Recht der Genossenschaft, und wird Namens dieser von den leitenden Organen geübt. Wo aber dieses Recht aufhört, beginnt die Freiheit des Geldbeutels der Einzelnen. Das Genossenschaftsglied, welches das Recht der Genossenschaft, einen gewissen Beitrag von ihm zu erheben, bestreitet, kämpft hiernach nicht minder für sein Privatrecht an seinen Geldmitteln als derjenige, welcher ein wider ihn eingeklagtes Darlehen negirt. Aber die zu entscheidende Frage ist nicht die, ob ihm an sich ein Privatrecht zustehe — denn sein Eigenthum an dem in Anspruch genommenen Gelde ist ja unzweifelhaft — sondern, wie weit er einer genossenschaftsrechtlichen Pflicht unterliegt. Der Streit besteht in der Behauptung und Verneinung dieser Pflicht.

Die nämliche Natur hat jeder Streit, wo die Genossenschaft von ihren Gliedern irgend welche Verpflichtungen in Anspruch nimmt, mögen diese in positiven Leistungen, oder auch in Beschränkungen bestehen, denen sich der Einzelne im Interesse des Ganzen unterwerfen soll.

Zu 2). Rechtsverletzungen der zweiten Art können sich verschieden gestalten:

a) Sie können ebenfalls als Verletzungen der individuell-persönlichen Rechtssphäre einzelner Glieder sich darstellen; insofern nämlich, als die Genossenschaft nach dem Genossenschaftsrecht die Verpflichtung hat, die Früchte ihres Daseins in die individuelle Rechtssphäre ihrer Glieder überfließen zu lassen, auch bereits die concreten Voraussetzungen, kraft deren der Einzelne hierauf ein Recht erwirbt, eingetreten sind.

Auch bei einem Streite dieser Art (gerade wie bei Nr. 1) kämpft das betheiligte Genossenschaftsglied ganz vom Standpunkt seines Privatinteresses aus. Es tritt mit seinem Anspruch gleichsam aus der Genossenschaft heraus und dieser gegenüber. Ein solcher Streit sieht deshalb wiederum einem privatrechtlichen ganz ähnlich. In der That ist er ein solcher aber nicht. Denn es handelt sich um die Frage, was die Genossenschaft ihren Gliedern als solchen zu gewähren verpflichtet sei.

b) Es ist aber auch möglich, daß die leitenden Organe durch Nicht-Befriedigung der Genossenschafts-Interessen Rechte verletzen, ohne daß bestimmte Genossenschaftsglieder als dadurch in ihren individuellen Rechten gekränkt zu erkennen stehen.

Dies kann zunächst eintreten, wenn die Genossenschaft gar nicht dazu bestimmt ist, den einzelnen Gliedern individuell-persönliche Vortheile zu gewähren, sondern allgemeinen Zwecken dient. So z. B. bezweckt eine Missionsgesellschaft überall nicht, ein reales Interesse ihrer einzelnen Mitglieder zu befriedigen, sondern sie dient dem idealen Interesse Aller in Verbreitung des Christenthums. Wenn nun das leitende Organ die Art und Weise, wie statutenmäßig dieser Zweck verwirklicht werden soll, nicht einhält, so verletzt es damit die Rechte der Genossenschaftsglieder, ohne daß gleichwohl die Einzelnen sich als persönlich verletzt bezeichnen könnten.

Aber auch bei einer zur Befriedigung individueller Interessen bestimmten Genossenschaft kann die statutenwidrige Thätigkeit des leitenden Organs von der Art sein, daß dadurch zwar das Interesse der Genossenschaftsglieder im Ganzen, nicht aber bestimmter Einzelner als verletzt sich darstellt, indem sich nicht erkennen läßt, welche Einzelne dadurch benachtheiligt sind. Wenn z. B. der Vorstand eines Kunstvereins Geldmittel, die zum Ankauf unter die Mitglieder zu verloosender Gemälde bestimmt sind, für andere, den Statuten nicht entsprechende Zwecke verwendet, so wird hierdurch die Gesammtheit der Mitglieder verletzt, ohne daß freilich ein einzelnes Mitglied sagen kann, gerade es sei dadurch betroffen.

Zu 3). Rechtsverletzungen der dritten Art, auf dem Gebiete der inneren Ordnung des Genossenschaftslebens, haben insofern eine von den vorbezeichneten Arten abweichende Natur, als dabei die betroffenen Genossenschaftsmitglieder nicht mit ihrem Privatinteresse der Genossenschaft gegenübertreten, sondern innerhalb der Genossenschaft Rechte verfolgen, die sie im Interesse der Genossenschaft selbst zu üben begehren. Bei einem Streite dieser Art repräsentirt daher jedes der streitenden Genossenschaftsglieder gewissermaßen das Genossenschaftsinteresse, nur je von einem abweichenden Standpunkt aus. Ein Streit dieser Art läßt daher auch seine dem privatlichen Charakter gegensätzliche (publicistische) Natur sofort erkennen.

Auch auf diesem Gebiete kann die Rechtsverletzung entweder einzelne bestimmte Glieder, oder das Ganze berühren.

a) In den meisten Genossenschaften ist das Recht, für das Genossenschaftsleben thätig zu werden, nicht auf die vorzugsweise berufenen leitenden Organe beschränkt, sondern es sind dazu auch die übrigen Mitglieder mehr oder weniger zu einer Mitwirkung berufen. Auch kann, wie dies in vielen Genossenschaften der Fall ist, der Beruf, leitendes Organ zu sein, bestimmtem Wechsel unterliegen. Der Einzelne, indem er sich dem Ganzeu unterwirft, thut das eben in Hinblick darauf, daß er als Glied des Ganzen anerkannt und zu der Ausübung der ihm als solchem zukommenden Functionen zugelassen werde. Schließen ihn nur andere Mitglieder, namentlich also die leitenden Organe, hiervon aus, so verletzen sie damit ein ihm aus dem Genossenschaftsverbande zustehendes Recht. Indem der Einzelne dieses Recht in Anspruch nimmt, kämpft er zwar für seine Person, aber doch nicht für sein Privatinteresse, sondern für seine publicistische Stellung in der Genossenschaft. Er will zunächst dem Ganzen dienen; er will einen Beruf erfüllen. Aber er hat ein persönliches Recht hierauf, weil ihm ja dieses Ganze nicht fremd ist, sondern seine eigenen Interessen mit umfaßt.

Rechte dieser Art sind: das Recht der Einzelnen, an den Versammlungen, Beschlüssen der Genossenschaft, an den Vorstandswahlen Theil zu nehmen ꝛc.

b) Aber auch ohne Verletzung bestimmter einzelner Genossenschaftsglieder können die leitenden Organe das bezüglich der inneren Ordnung bestehende Recht verletzen; indem sie z. B. die statutenmäßig vorgeschriebenen Berufungen der General-Versammlung, die Einleitung der vorgeschriebenen Wahlen unterlassen, von der statutenmäßig vorgeschriebenen Form der Thätigkeit abweichen ꝛc. Auch hier werden Rechte verletzt. Aber kein Einzelner kann sagen, daß er gerade dadurch betroffen sei. Das Recht des Ganzen ist gestört.

§. 13.

Ueberblicken wir das Gebiet der hier gezeichneten, einer Verletzung durch die leitenden Organe unterworfenen Verhältnisse des Genossenschaftsrechts: so haben die unter 1., 2.a und 3.a aufgeführten mit einander gemein, daß bei ihnen bestimmte Genossenschaftsglieder, als durch die Verletzung betroffen, sich erkennen lassen, während in den Fällen unter 2.b und 3.b die Rechtsverletzungen nur dem Ganzen zugefügt erscheinen. Unter den ersteren stehen wieder die Fälle unter 1. und 2.a in nächster Verwandtschaft, insofern als in diesen durch die Rechtsverletzung das Privat-Interesse der Einzelnen berührt wird.

Wir können hiernach die gedachten Rechtsverletzungen auch in folgende Kategorien bringen:

A. Verletzung einzelner Genossenschaftsglieder in ihrem Privatinteresse — durch Ueberschreitung der der Genossenschaft wider ihre Glieder zustehenden Rechte (1.) oder Nichterfüllung der ihr wider solche obliegenden Pflichten (3.a).

B. Verletzung einzelner Genossenschaftsglieder in ihrem publicistischen Interesse — durch Nichtgewährung der denselben nach der Organisation der Genossenschaft in solcher zukommenden rechtlichen Stellung (2.a).

C. Verletzung der Genossenschaft im Ganzen — durch Nichterfüllung der dem Ganzen schuldigen Pflichten (2.b), oder Nichteinhaltung der im Interesse des Ganzen vorgezeichneten Ordnung (3.b).

Es muß zugestanden werden, daß die Abgrenzung dieser Kategorien keine ganz feste und stets zweifellose ist. Sie können mehr oder weniger ineinander überfließen. Auch kann die nämliche Rechtsfrage, je nach dem bei ihr verfolgten Zweck, bald unter die eine, bald unter die andere Kategorie fallen [10]). Gleichwohl haben wir, um das reiche Material des Genossenschaftsrechts zu bewältigen, einen Versuch der Gruppirung der darin vorkommenden Rechtsverhältnisse für dringend nöthg gehalten und werden davon später weiteren Gebrauch machen. Wie wenig auf diesem Gebiete noch wissenschaftlich gearbeitet ist, beweist schon der Umstand, daß man für die oben angedeuteten Kategorien von Rechten bisher noch nicht einmal feste technische Namen besitzt.

Fragen wir nach dem Rechtsschutz, welcher wider Rechtsverletzungen der gedachten Art möglich ist und gewährt wird, so wird in der Regel nicht gezweifelt, daß in den Fällen der Kategorie A. die Genossenschaftsglieder Anspruch auf vollen gerichtlichen Schutz haben. Alltäglich werden Streitigkeiten der Genossenschaften mit ihren Mitgliedern über genossenschaftliche Lasten und Vortheile (z. B. über die zu einer Wittwencasse statutenmäßig zu leistenden Beitrage oder die von solcher zu zahlenden Pensionen) vor den Gerichten ausgetragen. Man hält dies gewöhnlich, weil es sich dabei um Mein und Dein handelt, und dabei auf der einen Seite das Genossenschaftsmitglied mit seinen rein persönlichen Interessen der Genossenschaft gegenüber steht, für Privatrechtsstreitigkeiten, und ist sich gar nicht bewußt, daß man auf einem anderen Rechtsgebiete, auf dem Boden des Genossenschaftsrechts, sich bewegt.

Seltener kommen Streitigkeiten der Kategorie B. an die Gerichte; sie werden meistens im Schooße der Genossenschaft selbst erledigt. Aber wir möchten doch bezweifeln, ob, wenn z. B. der Vorstand einer Gesellschaft gewisse Mitglieder statutenwidrig von der Abstimmung oder einem sonstigen innerhalb der Gesellschaft auszuübenden publicistischen Rechte ausschlösse, die Gerichte einer Klage der letzteren sich verschließen würden.

---

[10]) So z. B. bildet die Frage, ob Jemand überhaupt Mitglied einer Genossenschaft sei, die Vorfrage sowohl für seine Verpflichtung zu den genossenschaftlichen Lasten, als für seinen Anspruch auf die genossenschaftlichen Rechte, und kann aus jedem dieser Gesichtspunkte Gegenstand des Streites sein.

Bei Rechtsverletzungen der Kategorie C. kommt nicht allein die Frage in Betracht, ob sich für solche ein Richter finde; sondern eine noch größere Schwierigkeit liegt in der Frage: wer ist hier legitimirter Kläger? d. h. wer ist berechtigt, die Rechte der Genossenschaft als Ganzen ihren eigenen leitenden Organen gegenüber geltend zu machen?

Wo eine Genossenschaft der speciellen Aufsicht des Staats unterliegt, pflegt gegen Verletzungen der gedachten Art ein Schutz wohl in der Art geübt zu werden, daß die Aufsichtsbehörde einschreitet, indem sie disciplinarisch die gestörte Ordnung wieder herstellt, oder durch Anordnung einer exceptionellen Vertretung (Bestellung eines Curators) für Wahrung der verletzten Rechte sorgt.

Innerhalb der Genossenschaft selbst läßt sich in folgender Weise Aushülfe getroffen denken. Entweder dadurch, daß man in einem solchen Falle jedes einzelne Mitglied für berechtigt erklärt, die Interessen des Ganzen zu vertreten — eine Art actio popularis.

Oder durch Beschaffung eines secundären Organs der Genossenschaft, welches deren Interessen dem primären Organe derselben gegenüber rechtlich zu vertreten berufen ist. Auch diese Einrichtung finden wir mehr oder weniger ausgebildet in manchen Genossenschaften. Die Stellung eines solchen Organs gleicht der eines Neben-Vormunds, welcher da für den Mündel eintritt, wo Rechtsfragen zwischen diesem und dem Vormunde selbst streitig werden.

§. 14.

Wir mögen diesen Abschnitt nicht schließen, ohne noch einige für die Verständigung über das Genossenschaftsrecht im Allgemeinen erhebliche Punkte kurz zu berühren.

Wenn wir einerseits den Staat als „Genossenschaft" bezeichnen, und andrerseits auch z. B. eine Actiengesellschaft unter den nämlichen Begriff einreihen, so könnte uns das begründete Bedenken entgegengehalten werden, ob denn nicht zwischen beiden ein tiefgehender Unterschied anzuerkennen sei?

Wir verkennen diesen Unterschied durchaus nicht; und zwar gründet er sich auf Folgendes. In der Art, wie sich eine Genossenschaft zusammensetzt, kann ein verschiedenes Element obwalten. Es giebt Genossenschaften, deren Zusammensetzung auf privatrechtlicher Grundlage beruht, indem lediglich der Besitz eines bestimmten Vermögensobjects über die Theilhaberschaft, vielleicht auch über das Maß der genossenschaftlichen Rechte entscheidet. Hier richtet sich also die Ausübung, der Erwerb und der Verlust der Genossenschaftsrechte lediglich nach den Regeln des Privatrechts. Es ist damit ein erhebliches Stück Privatrecht in den Organismus der Genossenschaft hereingezogen, und diese Genossenschaften stehen daher dem Privatrechte näher; weshalb man denn überhaupt geneigt sein könnte, das genossenschaftliche Element in ihnen zu verkennen, und sie lediglich als dem Privatrecht angehörig zu betrachten. — Eine solche Genossenschaft bildet die Actiengesellschaft.

Dieser Art von Genossenschaften aber stehen die anderen gegenüber, wo die Berechtigung der Theilhaber mit privatrechtlichen Verhältnissen außer Beziehung steht.

Man kann daher den Gegensatz beider dahin bezeichnen, daß es privatrechtlich und publicistisch construirte Genossenschaften giebt. Aber der Gegensatz beider liegt nur in der Verschiedenheit der legitimatio ad causam für die Ausübung der genossenschaftlichen Rechte. In der Natur dieser Rechte selbst wird dadurch nichts geändert; und insofern reihen sich auch die ersteren in die Zahl der Genossenschaften überhaupt als gleichgeartet ein.

Werfen wir endlich noch einen Blick auf eine besonders wichtige Art von Genossenschaften, die Gemeinden. Das genossenschaftliche Leben der Gemeinden hat sich im Allgemeinen früher und vollständiger entwickelt, als das des Staates selbst, nnd ist der Sache nach nicht leicht jemals völlig verkannt worden. Es konnte daher auch nicht fehlen, daß der Staat, als er innerlich zu einem Organismus erstarkte, sich der in den Gemeinden bereits gegebenen Organismen für seine Zwecke bediente. So entstand, als Untergliederung des Staatsverbandes, der

Begriff der politischen Gemeinde, einer Genossenschaft, welche in engerem Raume und kleinerem Maßstab ein dem Staate selbst nach Zweck und Mitteln ganz analoges Dasein führt, zu welchem Ende der früher öfters auf privatrechtlicher Construction beruhende Bestand der Gemeinden auf die Grundlage einer publicistischen Construction übergeführt wurde.

Daneben aber bestehen vielfach innerhalb des Verbandes der politischen Gemeinde und an diese mehr oder weniger sich anlehnend noch für besondere Zwecke besondere gemeinheitliche Genossenschaften, deren inneres Leben seine Bestimmung in der Regel lediglich durch das Herkommen empfängt, und deren Rechtsverhältnisse nicht selten Gegenstand gerichtlichen Streites sind. Es sind dies namentlich die Genossenschaften der Viehhalter bezüglich der Haltung, Züchtung und Benutznng der gemeinsam zu bildenden Heerden; und die Genossenschaften der sogenannten Gemeindenutzungsberechtigten, d. h. der auf Nutzung der gemeinen Mark berechtigten Gemeindeglieder. Es ist von großem Interesse, zu sehen, wie gerade auf diesem Gebiete die verschiedenartigsten Erscheinungen sich gebildet haben, indem in manchen Gemeinden die jene Nutzungsrechte in sich schließenden Verbände den Umwandlungsproceß, welchem die Gemeinde in ihrer Umgestaltung zur politischen Gemeinde unterlag, mitgemacht, in anderen dagegen dieser Umwandlung Widerstand geleistet, und demgemäß für ihr genossenschaftliches Verhältniß die privatrechtlichen Grundlagen des frühern Gemeindelebens aufrecht erhalten, wo nicht gar noch entschiedener ausgebildet, dabei auch hier und da eine eigenthümliche selbstständige Organisation neben der der politischen Gemeinde sich bewahrt haben. Wir treffen daher hier den Gegensatz von publicistisch und privatrechtlich construirten Genossenschaften, nebst allerlei vermittelnden Gestaltungen, in reichster Mannigfaltigkeit dicht nebeneinander. Und so ist das Gebiet des Gemeindelebens ein äußerst fruchtbares, um das Wesen des Genossenschaftsrechts zur Anschauung zu bringen; wie es denn auch diese Anschauung den Gerichten tagtäglich nahe führt. Die politische Gemeinde aber, welche dieses ganze reiche Leben umfaßt [11]), leitet unmittelbar auf jene größere Genossenschaft über, um deren willen wir diese Abschweifung auf das Gebiet des Genossenschaftsrechts überhaupt unternommen haben.

[11]) Ausnahmsweise reichen die betreffenden Genossenschaftsverhältnisse über die einzelne politische Gemeinde hinaus. Es sind dies die sogenannten Markgenossenschaften, behufs gemeinsamer Benutzung größerer Wald- oder Weideflächen; Erscheinungen, die so charakteristisch sind, daß hier wiederum das Genossenschaftsrecht als eigenthümliches Rechtsgebilde nicht leicht verkannt werden kann.

III. Der auf dem Gebiet des öffentlichen Rechts zu gewährende Rechtsschutz.

§. 15.

Wir haben das Wesen der Genossenschaft und des Genossenschaftsrechts etwas eingehender dargestellt, um richtig verstanden zu werden, wenn wir sagen: der Staat ist der juristisch entwickelte Begriff für die Genossenschaft der Nation; und Staatsrecht ist nichts anderes, als eine Art des Genossenschaftsrechts. Allerdings ist der Staat die größte, wichtigste und complicirteste Genossenschaft; und deshalb mag es sich rechtfertigen, das „Staatsrecht“ als eine besondere juristische Disciplin zu behandeln [1]). Auf einem zu engen Gesichtskreis aber beruht es, wenn man das Staatsrecht als „öffentliches Recht“ zu dem „Privatrecht“ in einen ausschließlichen, resp. absoluten Gegensatz bringt. Man sollte vielmehr in diesen Gegensatz auf jener Seite alle übrigen Arten des Genossenschaftsrechts mit aufnehmen; oder doch, wenn man einmal die Bezeichnung „öffentliches Recht“ für das Recht der größten Genossenschaft, des Staates, ausschließlich beibehalten will, wenigstens nicht verkennen, daß dasselbe von dem

[1]) Daneben wird von den verschiedenen Arten des Genossenschaftsrechts nur noch das „Kirchenrecht“ als besondere Disciplin gelehrt; wobei man dann meistens in Verlegenheit ist, ob man dasselbe dem „öffentlichen“ oder „Privatrechte“ zurechnen soll. (Vergl. z. B. Savigny Syst. I, S. 28.) Alle anderen Arten des Genossenschaftsrechts werden nebenbei im „Privatrecht“ abgehandelt, wodurch sich deren wahre Natur verdunkelt.

Rechte aller anderen Genossenschaften, die man als dem Privatrechte anheimfallend betrachtet, generisch nicht verschieden ist. Damit würde für unsere in so vieler Beziehung noch unklaren staatsrechtlichen Verhältnisse ein Gesichtspunkt gewonnen sein, der in dieselben größere Klarheit zu bringen geeignet wäre.

Auch der oben aufgestellte Gegensatz von Genossenschaften mit zurückgebliebener oder vollendeter juristischer Entwicklung ist für die Klärung unserer staatsrechtlichen Anschauungen insofern von Werth, als die nämlichen gegensätzlichen Erscheinungen, die wir dort nebeneinander stellten, und die wir noch heute in den verschiedenen Arten von Genossenschaften verwirklicht sehen, ein Analogon abgeben für die verschiedenen Phasen, welchen im Laufe der Geschichte der Staatsbegriff unterlegen hat.

Dem Alterthume war das Wesen des Staats keineswegs fremd. Wie hätten ohne das lebendige Bewußtsein, welches das Gemeinwesen (res publica) als eine über den Einzelnen stehende, Recht und Pflichten in sich schließende, Idee erfaßt, mächtige, von hoher Bürgertugend getragene Republiken bestehen mögen? — Aber es fehlte die abstrahirende Reflexion, welche das Gemeinwesen in seinem Verhältniß zum Einzelnen als juristischen Factor ausgebildet hätte. „Das römische Staatsrecht war noch zum größten Theil in der Sphäre des Gefühls befangen [2].“ Und als man in Rom durch die auf dem Gebiete des Privatrechts herangebildete Rechtswissenschaft zu einer solchen Reflexion wohl befähigt gewesen wäre [3]), waren Staatsbegriff und Staatsrecht bereits in der Allgewalt der Cäsaren untergegangen. Nur auf dem Gebiet des Privatrechts beugten sich die römischen Kaiser in gewissem Maße dem Recht; und so sehen wir dort den „Staat“ nur in privatrechtlicher Qualität, d. h. als „Fiscus“, auf dem Rechtsgebiet auftreten.

Auch während des Mittelalters gelangte der Staatsbegriff zu keiner Entwicklung. Zwar fehlte es nicht an genossenschaftlichem Sinne;

---

[2]) Ihering, Geist des röm. Rechts II, S. 70.

[3]) Daß die Ausbildung des Privatrechts der des Genossenschafts-, insonderheit Staatsrechts vorausgehen mußte, lag eben so sehr in der Natur der Dinge, wie z. B. die anorganische Chemie ausgebildet sein mußte, ehe man zur organischen Chemie gelangte.

und wir sehen die durch Wohnsitz oder Lebensstellung zu gleichen Interessen Berufenen vielfach genossenschaftlich sich einigen, um auch im öffentlichen Leben diese Interessen zur Geltung zu bringen. Aber in dieser Einigung engerer Interessen zersplitterte sich der Sinn für das Ganze; und so erblickte man in der Gemeinschaft der Nation nichts weiter als ein Conglomerat mehr oder weniger bevorrechteter Individuen und Stände.

So lange aber der Staatsbegriff — ähnlich wie noch heute der Begriff der Familie — nicht zum juristischen Factor herangewachsen war, mußten die staatsrechtlichen Verhältnisse eine anscheinend privatrechtliche Natur annehmen (S. 23): sei es nun, daß man sie mehr nach Analogie der Familienrechte (Patriarchalstaat), oder — wie dies im Mittelalter durch das fast alle Lebensgebiete durchdringende Lehnswesen herbeigeführt wurde — nach Anologie der Vermögensrechte (Patrimonialstaat) betrachtete.

Es ist das ganze Streben der Neuzeit, die Gemeinschaft der Nation aus einer unentwickelten in eine juristisch entwickelte Genossenschaft überzuführen, und zu dem Ende den Staatsbegriff als vermittelnden Factor für die rechtliche Stellung jedes Einzelnen in dieser Gemeinschaft zum Durchbruch zu bringen. Das abwehrende Wort eines französischen Despoten: „l'état c'est moi,“ und der sich ihm beugende Ausspruch eines deutschen Königs, „daß der Fürst der erste Diener des Staates sei“, bezeichnen beide in ihrer Art das Herantreten jenes Begriffs in der Geschichte; während derselbe freilich bis heute noch nirgends zur vollendeten Durchbildung gelangt ist.

Und zwar begehrt man, daß der Staatsbegriff die Stellung der Obrigkeit in dieser Gemeinschaft nicht bloß moralisch, sondern auch rechtlich beherrsche. Dies bedeutet es, wenn man den „Rechtsstaat“ begehrt.

§. 16.

Als den ersten und wesentlichsten Schritt für diesen Uebergang zum „Rechtsstaat“ betrachtet man die Schaffung einer ähnlichen Grundlage für das Staatswesen, wie sie für eine gewillkürte Genossenschaft

Jedermann für unerläßlich erachtet, die Errichtung eines **Grundgesetzes**, einer **Verfassungsurkunde**. Allerdings ist solche von der Errichtung eines Gesellschaftsstatuts in manchen Beziehungen sehr verschieden. Während ein Gesellschaftsstatut meistens die Genossenschaft erst in's Leben ruft, und deshalb eine völlig freie Schöpfung ist, pflegt die Errichtung einer Verfassung erst vorzukommen, wo ein Staatswesen längst besteht [4]). Eine jede Verfassung hat deshalb mehr oder weniger an gegebene, durch frühere Satzung oder Herkommen begründete Rechtszustände anzuknüpfen; und soweit sie diese in sich aufnimmt, hat sie nur die Bedeutung einer neuen formalen Feststellung des bestehenden Rechts. Auch darin liegt ein erheblicher Unterschied, daß bei den beschränkten Zwecken einer gewillkürten Genossenschaft das erste Statut in der Regel als Norm für das gesammte Genossenschaftsleben ausreicht; während die modernen Verfassungsurkunden in dem üblichen Umfange nur als erste Grundlage für eine Codification des öffentliches Rechts gelten können und des Ausbaues und der Ergänzung in den mannigfachsten Richtungen bedürfen.

Sehen wir aber auf die innere Natur der durch die Verfassungsgesetze begründeten Rechte, so werden wir finden, daß dieselbe ganz der Natur derjenigen Rechte entspricht, welche für die Glieder anderer Genossenschaften aus dem Gesellschaftsstatut hervorgehen [5]). Auch

---

[4]) Gerade so wie eine Codification des Privatrechts ein bereits bestehendes Privatrecht zur nothwendigen Voraussetzung hat.

[5]) Wir fürchten nicht, bei dieser Vergleichung des Staats mit einer gewillkürten Genossenschaft dahin mißverstanden zu werden, als wollte hier die alte Theorie vom contrat social sich erneuern. Wir halten für durchaus richtig, was **Puchta** (Instit. I, §. 11) sagt: „Die Staaten entstehen, wie das Recht selbst, durch den menschlichen Willen. Dies darf nicht mißverstanden werden. Wie das Recht, so ist auch der Staat in seinem ersten Ursprung etwas von Gott gegebenes; Obrigkeit und Gehorsam gegen dieselbe sind von Gott, des Menschen Sinn hat das nicht erfunden, aber die Bildung und Entwickelung der Staaten und ihrer Verfassung ist vom Schöpfer dem menschlichen Wege, der Freiheit, dem Willen des Menschen überlassen worden. — Die Philosophen des 18. Jahrhunderts gründeten den Staat auf den Willen der Einzelnen, auf einen Vertrag, den diese miteinander geschlossen hätten, einen Gesellschaftsvertrag, contrat social. Bei den Neueren dagegen hat sich die Ansicht sehr empfohlen, welche den Staat wie ein Naturgewächs betrachtet, dessen Bildung von dem menschlichen Willen unabhängig sei. Beide Theorien sind

unsere Verfassungsgesetze beschäftigen sich damit, die Rechte und Pflichten zu bestimmen, mit denen das von den leitenden Organen vertretene Staatsganze den einzelnen Gliedern gegenübersteht, und die Normen herzustellen, nach welchen sich die Ordnung innerhalb des Staatsorganismus bewegt.

Wie verhält es sich nun mit dem Schutz der so begründeten Rechte? Sind sie eines Rechtsschutzes, wie ihn nicht allein die Privatrechte, sondern auch die genossenschaftlichen Rechte in anderen genossenschaftlichen Verhältnissen durch die Rechtssprechung finden, bedürftig und fähig?

Ueber das gleiche Bedürfniß wird wohl nicht leicht gestritten werden können. Niemand wird behaupten, daß unsere Verfassungen und die übrigen das Verhältniß zwischen Obrigkeit und Unterthanen bestimmenden Gesetze minder zu Zweifeln Anlaß geben, als alle anderen. Niemand wird behaupten, daß dieselben nicht einer Mißdeutung fähig wären. Und welchen Rechtssinn kann es befriedigen, wenn bei vorhandenem Streite über ihre Bedeutung die Entscheidung nur durch die Machtstellung der streitenden Factoren, also im Zweifel immer zu Gunsten der jeweiligen Regierung bestimmt wird?

Schwieriger mag die Frage erscheinen, wie jene Aufgabe zu lösen sei.

Während alle anderen Genossenschaften innerhalb des Staates sich bewegen, und daher in diesem, also außerhalb ihrer eigenen Sphäre, den Stützpunkt für den Schutz ihres inneren Rechtslebens finden können, steht über dem Staat keine weitere höhere Macht, welche die Lösung jener Aufgabe zu übernehmen vermöchte. Der Staat kann also die Befriedigung jenes Bedürfnisses nur in sich selbst suchen[6]).

---

von der Wahrheit gleich weit entfernt, die Wahrheit einer jeden liegt nur in ihrer Negation der anderen." — Daß die Schaffung des Staates eine Naturnothwendigkeit (oder, wenn man lieber will, eine Einsetzung Gottes) ist, hindert nicht, daß wir dem kraft dieser Nothwendigkeit von dem menschlichen Willen Geschaffenen dieselbe Natur zuerkennen, wie anderen minder nothwendigen Schöpfungen des nämlichen Willens.

[6]) Wir könnten hier dann erinnert werden, daß ja die deutschen Staaten, im Hinblick auf welche wir doch vornehmlich schreiben, noch einen Stützpunkt außer

Daraus geht zunächst hervor, daß, soweit die Thätigkeit des Staats in Schaffung des Rechts — in abstracto oder in concreto — besteht, ein weiterer Rechtsschutz hiergegen nicht möglich ist. Wir können ein Gesetz vom Standpunkt des allgemeinen Rechtsbewußtseins als ungerecht, wir können einen Richterspruch als unrichtig bezeichnen. Aber die Frage, ob der Staat durch Gesetz oder Richterspruch Rechte verletzt habe, kann mit dem Anspruch eines dagegen zu gewährenden Schutzes innerhalb des Staates nicht zum Austrag gebracht werden, da ja Gesetz und Richterspruch die letzte formale Quelle des Rechts, gewissermaßen das Recht selbst bilden, also nicht wiederum nach einem höheren Rechte bemessen und mittelst eines höheren Richterspruchs geprüft werden können. Auch der Satz, daß die Gesetzgebung wohlerworbene Rechte nicht verletzen dürfe, ist nur eine moralische Schranke für die Factoren der Gesetzgebung, nicht ein Rechtssatz, kraft dessen der Richter ein gegebenes Gesetz für unwirksam erklären, gleichsam corrigiren dürfte [7]). Die früher öfters gehörte gegentheilige Annahme beruhte auf einer unvollkommenen Entwickelung der Staatsidee, unterstützt durch die Stellung, welche die Reichsgerichte zu der Legislation der einzelnen Territorien einnahmen [8]), kann aber im heutigen Staatsrecht, welches dem Richter unbedingt unter dem Gesetze seine Stellung anweist, keine Aufrechthaltung finden. Gesetzgebung und Richterspruch, als die höchsten Functionen, welche der Staat in seinem Innern bethätigt, können

sich haben, in welchen der hier gesuchte Rechtsschutz verlegt werden könnte, nämlich — den deutschen Bundestag. Allerdings ist fast jede in neuerer Zeit projectirte Bundesreform zugleich mit dem Project eines „Bundesgerichts" aufgetreten, welches gewissermaßen jenen Rechtsschutz üben sollte. Wir halten jedoch solche Versuche für dergestalt ohnmächtig, daß wir uns nicht entschließen können, auch nur die Möglichkeit einer solchen Bundestags-Schöpfung als vermeintlichen Befriedigungsmittels der hier fraglichen Interessen in den Kreis unserer Betrachtung zu ziehen.

[7]) Selbstverständlich ist es keine solche Correction, wenn der Richter ein Gesetz im Zweifel dahin auslegt, daß es wohlerworbene Rechte nicht habe verletzen wollen. — Es ergiebt sich jedoch hieraus, daß für den Richter der Begriff des „wohlerworbenen Rechts" nur eine untergeordnete Bedeutung hat.

[8]) Vergl. §. 37 a. E.

hiernach ihrer Natur nach keinen weiteren rechtlichen, sondern nur noch moralischen Garantieen unterliegen. Gerade darin steht der Staat unter allen Genossenschaften einzig in seiner Art da, daß er die Rechtsgenossenschaft ist; daß er das Recht, als die oberste Regel für das menschliche Zusammenleben für seine Angehörigen endgültig vermittelt [9]).

Aber neben Gesetzgebung und Rechtsprechung giebt es noch eine dritte Function, welche der Staat, theils zur Beschaffung und Unterstützung jener beiden, theils neben denselben selbständig für die mannigfachsten anderen Zwecke übt — die Regierungsgewalt. Während das Recht das stabile Element, gleichsam das Knochengerüst des Staates bildet, welches auch unter dem Wechsel der Zeiten sich gleich bleiben und nur langsam an der Fortbildung menschlicher Verhältnisse Theil nehmen kann und soll [10]), erweist sich in der Thätigkeit der Administration das stets rege, durch die wechselnden Ereignisse mannigfach bestimmte, eigentlich positive Leben des Staatsorganismus. Eben deshalb ist diese Function nach den Grundsätzen des constitutionellen

---

[9]) Hand in Hand mit dieser Vermittelung des Rechts im Innern geht der internationale Rechtsschutz, den der Staat seinen Angehörigen nach außen hin gewährt.

[10]) Es liegt in der Natur des Rechts, als eines positiv gewordenen, daß es mit der Fortentwickelung der menschlichen Verhältnisse nicht immer Schritt halten, vielmehr meistens nur zögernd derselben folgen kann. Das Recht ist hiernach seiner Natur nach das wahrhaft conservative Element im Staate, während es dem Wesen der Verwaltung weit eher entsprechen würde, wenn sie den Fortschritt repräsentirte. Daß im Gegensatz hierzu die Gerichte oftmals als Vertreter des Fortschritts, die Verwaltungsbehörden als Träger conservativer Richtung gelten, beruht auf unseren krankhaften Zuständen und der daraus hervorgehenden Begriffsverwirrung, welche das Festhalten an dem einmal gesetzlich Gegebenen als Fortschritt, das Zurückschreiten darüber hinaus als Conservativismus bezeichnet. Merkwürdig aber ist es, daß auf einem andern mehr neutralen Gebiete oftmals dieser Gegensatz sich umkehrt, und beide, Gerichte und Verwaltungsbehörden, ihre naturgemäße Stellung einnehmen. In den Gemeinden nämlich bewegen sich ganz ähnliche Kämpfe, wie im Staatsleben, indem eine Umgestaltung der bestehenden Verhältnisse zu Gunsten der minder berechtigten Gemeindeangehörigen von der einen Seite angestrebt, von der anderen bestritten wird. Hier nun finden wir, daß die Verwaltungsbehörden öfters auf Seiten derer stehen, welche für die Umwandlung kämpfen, während die Gerichte, den einmal begründeten Rechten entsprechend, dieser Tendenz entgegentreten.

Staatsrechts an die mindest erschwerenden Formen geknüpft. Sie wird selbständig vom Regenten, nur unter Mitwirkung seiner Minister, und durch die in unmittelbarer Abhängigkeit von denselben stehenden Administrativ-Behörden geübt.

Nur von der Regierungsgewalt — im Gegensatz zu Gesetzgebung und Rechtssprechung — kann daher die Rede sein, wenn die Frage erhoben wird, ob der Staat selbst einer Rechtssprechung unterworfen sein solle. Um die Berechtigung einer solchen Rechtssprechung zu erkennen, müssen wir vor Allem die Stellung der Regierungsgewalt zu Recht und Gesetz näher in Betracht ziehen.

§. 17.

Richterliche Gewalt und Regierungsgewalt sind beide dem Gesetze unterthan, aber in ganz verschiedenem Sinne. Die Gerichte haben Recht und Gesetz zu realisiren. Die Regierungsgewalt hat innerhalb solcher zu walten. Für die Gerichte bilden Recht und Gesetz das positive, innere, ausschließliche Princip ihrer Thätigkeit. Für die Regierungsgewalt bilden Recht und Gesetz nur die äußere Schranke einer mehr oder weniger freien Thätigkeit, welche ihr positives Princip in etwas ganz Anderem, in den ihrer Obsorge anheimgestellten Interessen, man kann sagen dem Gemeinwohl, findet. In dem Richterspruch reproducirt sich gewissermaßen das Gesetz selbst in verjüngtem Maßstabe. In der Thätigkeit der Verwaltung producirt sich das freie menschliche Dasein des Staates.

Die Stellung der Regierungsgewalt zu Recht und Gesetz ist hiernach in der That keine andere, als die des einzelnen Staatsbürgers. Wir alle bewegen uns auf einem relativ freien Gebiet, innerhalb dessen nicht das Recht, sondern unser Interesse, unser persönliches Wohl, den positiven Bestimmungsgrund unseres Handelns abgiebt. Wir sorgen für unsere Nahrung, bauen uns Häuser, verschaffen uns geistige Genüsse, begründen eine Familie u. s. w., und Niemand wird behaupten, wir thäten das alles nur *um des Rechtes* willen[11]). Aber wir werden, wenn wir anders rechtlich gesinnt sind, das alles nur *inner*-

[11]) Mit einem Wort: Alles, was wir unsere Rechte nennen, sind nur unsere Interessen, die wir in den Rechtsbegriff einkleiden, um sie innerhalb der menschlichen Gesellschaft realisirbar erscheinen zu lassen

halb des Rechtes zu thun bestrebt sein; wir werden deshalb eine jede Handlung, zu welcher unser Interesse uns antreibt, bei entstehendem Zweifel auch bezüglich ihrer Rechtmäßigkeit prüfen, und nur wenn diese Prüfung zu deren Gunsten ausfällt, sie vollführen. Bei dieser Prüfung haben wir nun ganz die nämliche geistige Operation vorzunehmen, die auch dem Richter bei Prüfung der Rechtmäßigkeit einer vor ihm streitig gewordenen Handlung obliegt. Gleichwohl ist unsere Prüfung keine richterliche. Denn wir prüfen vom Standpunkt unseres Interesses, und was wir als berechtigt erkennen, erachten wir für unser subjectives Recht. Der Richter dagegen prüft das vor ihn Gebrachte lediglich als Vertreter der objectiven Rechtsordnung, und sein Ausspruch bildet deshalb objectives Recht.

Dieses Verhältniß wird auch kein anderes, wenn wir etwa bei den von uns beabsichtigten Handlungen nicht eigne, sondern fremde Interessen vertreten. Denken wir, ein Vormund sei im Begriff, für seinen Mündel einen Bau aufzuführen, dessen Berechtigung ihm vom Nachbar bestritten wird. Hier wird der Vormund sich verpflichtet fühlen, das zwischen seinem Mündel und dem Nachbar obwaltende Rechtsverhältniß, ganz ähnlich einem Richter, zu prüfen, und danach sich zu entscheiden, ob er auf dem Bau beharren will, oder nicht. Er würde vielleicht durch leichtfertige Nichtberücksichtigung fremden Rechtes sich verantwortlich machen. Er würde aber sich noch mehr verantwortlich machen durch unbegründetes Aufgeben der berechtigten Interessen seines Schutzbefohlenen, welche zu wahren er berufen ist. Auch seine Stellung ist deshalb keine richterliche. Er steht nicht als Vertreter der Rechtsordnung über dem streitigen Rechtsverhältnisse, sondern als Vertreter eines einseitigen Interesses in demselben.

Ganz wie die Stellung dieses Vormundes ist auch die Stellung der Regierungsgewalt. Wie der Vormund das persönliche Wohl seines Mündels, so hat die Regierungsgewalt das Gemeinwohl zu vertreten, und dabei, gleich jenem, Recht und Gesetz als Schranke zu wahren. Die Prüfung, die sie in dieser Beziehung vornimmt, mag sie immerhin auch eine Rechtsprüfung sein, ist deshalb doch keine richterliche, weil sie dieselbe nicht vom Standpunkt der objectiven Rechtsordnung, sondern vom Standpunkt der von ihr zu vertretenden anderweiten Interessen vornimmt.

Findet daher in der Stellung der Regierungsgewalt zu Recht und Gesetz eine neben derselben wirksame, in streitigen Fällen die Rechtsgrenze ihrer Thätigkeit feststellende Rechtssprechung der Idee nach volle Berechtigung, so muß doch die Verwirklichung dieser Idee so lange ausgesetzt bleiben, als Rechtssprechung und Verwaltung in der Hand des Regenten oder der nämlichen von ihm eingesetzten Behörden vereinigt sind. Denn es ist unmöglich, daß eine und dieselbe physische Person, welche über ihre Berechtigung zu einer Handlung bereits vom subjectiven Standpunkt der von ihr vertretenen Interessen sich entschieden hat, nochmals vom objectiven Standpunkt des Rechts darüber urtheile.

Jener Rechtsspruch wird erst möglich, wenn die Rechtssprechung von der Verwaltung getrennt und besonderen unabhängig gestellten Staatsorganen übertragen ist. Die hohe Bedeutung der Trennung von Justiz und Verwaltung liegt deshalb nicht etwa bloß in dem Princip der Arbeitstheilung; sie liegt vor Allem in der dadurch gewährten Möglichkeit, die Verwaltung selbst einer Rechtsprechung zu unterwerfen. Sie bildet daher eine wesentliche Bedingung des Rechtsstaats.

§. 18.

Gleichwohl würde vielleicht die praktische Möglichkeit einer der Regierungsgewalt gegenüber wirksamen Rechtssprechung durch Organe des nämlichen Staats stärker bezweifelt werden können, wenn nicht längst in allen gebildeten Staaten eine solche in gewisser Richtung bereits bestände.

Die Regierungsgewalt pflegt nämlich eine Rechtssprechung über sich anzuerkennen, soweit sie für ihre Zwecke das Gebiet des Privatrechts beschreitet; und es wird, wie Jedermann weiß, auf diesem Gebiet eine Rechtssprechung über den Staat durch seine eigenen Gerichte tagtäglich mit guter Wirkung geübt. Hier, sagt man freilich, ist es nicht die „Staatsgewalt“, welche sich dem Gericht unterwirft, sondern der „Fiscus". Als ob das zwei verschiedene Leute wären! Als ob nicht Staatsgewalt und Fiscus sich genau so verhielten, wie der einzelne physische Mensch und sein Geldbeutel! Sowie, wenn wir den Geldbeutel Jemandes in Anspruch nehmen, wir den Menschen selbst in Anspruch nehmen: so streiten wir auch, wenn wir den Fiscus belangen, mit der nämlichen Staatsgewalt, welche Inhaberin der Hoheitsrechte des Staates ist. Auch aus dem Gegenstande des Streites kann ein Gegensatz zwischen „Staatsgewalt" und „Fiscus" nicht hergeleitet werden. Oder ist nicht Geld Macht? Ist nicht das Geld des Staates bestimmt, für ganz die nämlichen Zwecke (mittelbar) zu dienen, für welche auch die staatlichen Hoheitsrechte (unmittelbar) zu Gebote stehen? Ist nicht insofern auch der Geldbeutel des Staates juris publici?

Die ganze Unterscheidung zwischen „Staatsgewalt" und „Fiscus" kann, richtig gedacht, nur darauf zurückgeführt werden, daß man damit die verschiedenen Rechtsqualitäten einer und derselben juristischen Persönlichkeit, des Staates, bezeichnet, je nachdem dieser auf dem Gebiete des Staatsgenossenschaftsrechts oder des Privatrechts sich bewegt. Hält man nun nur auf dem letzteren Gebiete einen Rechtsstreit mit dem Staate für zulässig, auf dem genossenschaftsrechtlichen Gebiete dagegen für ausgeschlossen: so wird doch wahrlich dies nicht dadurch erklärt, und noch weniger die Richtigkeit dieser Annahme bewiesen, daß man dem Staate, je nachdem er auf diesem oder jenem Rechtsgebiete sich bewegt, verschiedene Namen giebt.

Daß man aber bei jener Unterscheidung zwischen „Staatsgewalt" und „Fiscus" in der That nichts anderes im Sinne hat, als den Satz: daß nur über privatrechtliche Fragen, nicht aber auch über Fragen des öffentlichen Rechts, die Gerichte sprechen sollen, dürfte sich am deutlichsten ergeben, wenn man sich den Streit über einen an sich öffentlich-rechtlichen Anspruch auf das Gebiet des Privatrechts verlegt denkt. Man lehrt z. B., daß über die Rechtmäßigkeit von Steuerforderungen der Rechtsweg ausgeschlossen sei. Denken wir nun aber, es sei eine Steuerforderung nicht an sich, sondern nur insofern bestritten, als der Steuerpflichtige behauptet, sie bereits bezahlt zu haben: so würde man gewiß nicht zweifeln, in Betreff dieser Frage die Steuerbehörde einer Rechtssprechung zu unterwerfen; obwohl die Forderung keine andere würde, auch das Resultat einerlei wäre, ob die Existenz der Forderung an sich verneint, oder deren bereits erfolgte Tilgung ausgesprochen würde. Der Unterschied zwischen einer Bestreitung der Forderung an sich oder mittelst der Einrede der Zahlung kann also nur der sein, daß mittelst letzterer der Staat auf das Gebiet der Privatrechtslehre übergeführt wird. Wer also über Steuerforderungen den Rechtsweg für ausgeschlossen erklärt, thut dies nicht, weil der Staat, der eine Steuer fordert, ein ganz anderer Mann wäre, als der Staat, der die Rückzahlung eines Darlehns begehrt; sondern weil er von dem Satz ausgeht, die Auslegung der Steuergesetze sei Sache der Steuerbehörden, mit Ausschluß der Gerichte. Der Grund aber, weshalb über die durch diese Gesetze begründeten Rechte die Gerichte nicht erkennen sollen, kann nur der sein, daß es Rechte sind, die auf dem Staatsverbande beruhen; Rechte, die der Staat wider seine Unterthanen als solche geltend macht.

Die Lehre, daß die Regierungsgewalt in hoheitsrechtlicher Eigenschaft einer Rechtssprechung nicht zu unterwerfen sei, will hiernach das Gebiet des *öffentlichen Rechts* von der Rechtssprechung ausgenommen wissen. Sie hat ihre eigentliche Grundlage in der *Nichtanerkennung des öffentlichen Rechts* **als Rechts**; welche wieder auf's innigste damit zusammenhängt, daß, wie das Genossenschaftsrecht überhaupt, so auch das Staats-Genossenschaftsrecht, welches wir „öffentliches Recht" nennen, in der Ausbildung zurückgeblieben ist. Der Gedanke, daß der Unterthan auch seiner Obrigkeit gegenüber Rechte habe, welche nicht minder des Schutzes würdig seien, als seine Privatrechte, war zu der Zeit, als sich in den heutigen Staaten die Trennung zwischen Justiz und Verwaltung vollzog, noch nicht reif genug. Es hat sich deshalb jene Trennung unvollständig vollzogen; und die Entscheidung über die Unterthanenrechte auf dem Gebiete des öffentlichen Rechts ist mehr oder weniger in den Händen der Verwaltungsbehörden zurückgeblieben.

Wir können dieses Verhältniß unvollkommener Rechtsbildung wohl begreifen. Für verwerflich aber ist die Anschauung zu *halten*, als ob dasselbe nothwendig so sein und bleiben müßte. Im Gegentheil, wer den Lauf der Rechtsentwickelung in den letzten vier Jahrhunderten in's Auge faßt, wer beobachtet, wie einerseits der Gedanke, daß das Recht keine Gnadensache des Fürsten, sondern eine über dem gesammten Staatsorganismus stehende geistige Macht sein solle, und die Verkörperung dieses Gedankens in der Selbständigkeit und Unabhängigkeit der Gerichte, und andrerseits der Gedanke, daß auch das Verhältniß zwischen Unterthan und Obrigkeit ein Verhältniß gegenseitiger Rechte und Pflichten sei, und die Verkörperung dieses Gedankens in dem Begriff des öffentlichen Rechts, — wer, sagen wir, beobachtet, wie diese beiden Gedanken sich langsam, aber unwiderstehlich aus dem Schooße der Zeiten losgerungen haben: der kann nicht zweifeln, daß wir noch nicht am Ziele dieser Entwickelung stehen, daß vielmehr in deren weiterem Verlaufe jene beiden Gedanken sich vereinigen und dahin führen müssen, auch auf dem Gebiete des öffentlichen Rechts eine selbständige und unabhängige Rechtsprechung als Gebot der Gerechtigkeit anzuerkennen.

Eben dahin führt auch die Erkenntniß, daß das Verhältniß zwischen Obrigkeit und Unterthan von allen andern genossenschaftsrechtlichen Verhältnissen generisch nicht verschieden ist. Wenn wir das Verhältniß des Kindes zu seinem Vater, des Vereinsmitgliedes zu seinem Vereine, des Bürgers zu seiner Gemeinde, als ein des Rechtschutzes fähiges erkennen, so ist in aller Welt nicht abzusehen, warum nur das Verhältniß des Staatsbürgers zur Regierungsgewalt des Staates ein lediglich dem Ermessen der letztern anheimgestelltes sein und bleiben müßte.

§. 19.

Ehe wir den Einwendungen begegnen, welche von anderer Seite der hier vertretenen Anschauung entgegengestellt werden, wollen wir das Maaß dessen, was wir selbst fordern zu dürfen glauben, näher zu bestimmen suchen.

Wir haben schon oben (S. 34) bemerkt, wie es in dem Wesen einer jeden wahren Genossenschaft liegt, daß ihren leitenden Organen in ihrer

Thätigkeit für die Zwecke der Genossenschaft eine relativ freie Bewegung zu Gebote stehe. Diese „Freiheit der Verwaltung" gebührt auch den zur Ausübung der Regierungsgewalt berufenen Staatsorganen. Ihr gegenüber fordern wir den Richterspruch nur als Schranke. Freilich soll auch auf jenem der Regierungsgewalt frei bleibenden Gebiet nicht das bloße Belieben oder gar das persönliche Interesse der Regierenden entscheiden; auch hier sind Pflichten zu erfüllen, welche in der Idee des Staats, in dem allgemeinen Wohl, ja nicht selten sogar in Geboten der Gerechtigkeit ihre Bestimmung finden. Aber die relative Natur dieser Pflichten läßt eine Prüfung ihrer Erfüllung vom Rechtsstandpunkte nicht zu; sie fallen — gerade wie das vom Recht freigelassene Gebiet im Leben des Individuums — der Sittlichkeit, Sitte und Weisheit anheim. (S. 3.)

Allerdings kann die Schranke, welche das Recht der Regierungsgewalt bestimmt, auf einem oder dem andern Gebiete so eng gezogen sein, daß jene Freiheit der Bewegung mehr oder weniger verschwindet, und deren Thätigkeit fast nur als Ausführung des Gesetzes sich darstellt [12]). Von Fällen dieser Art scheint die Anschauung entnommen, welche die Regierungsgewalt als „vollziehende Gewalt" bezeichnet; eine Bezeichnung, die dem eigentlichen Wesen derselben keineswegs entspricht. Umgekehrt kann jenes Gebiet eine relativ so große Ausdehnung gewinnen, daß sich eine sichere Rechtsgrenze überhaupt schwer erkennen läßt.

Es kommt in dieser Beziehung namentlich darauf an, ob die betreffende Regierungsbefugniß bereits eine Normirung durch Gesetz gefunden hat, oder noch auf dem schwankenden Gebiet des ungeschriebenen Rechts — allgemeinen Staatsrechts oder besonderen Staatsherkommens — sich bewegt

Wo ein Gesetz vorhanden ist, da findet in dessen Formulirung die Thätigkeit der Regieungsgewalt ihre bestimmte Begrenzung. Ist Gesetz „Bestimmung der Rechtsgrundsätze", so hört jenseits des Gesetzes das Recht der Regierungsgewalt auf. Die Frage aber, was Inhalt (Vorschrift) des Gesetzes (jus in thesi) sei, ist niemals

[12]) Eine solche Stellung pflegt die Regierungsgewalt öfters z. B. in Ausführung der Steuergesetze, der Recrutirungsgesetze rc. einzunehmen.

eine Verwaltungs- (Zweckmäßigkeits-)Frage, sondern stets eine Rechtsfrage. Und zwar ist es in dieser Beziehung ganz einerlei, ob der Inhalt des Gesetzes klar vorliegt, oder erst durch eine mehr oder minder zweifelhafte Interpretation gewonnen werden muß; ob die Rechtsregel positiv aus dem Gesetze hervorgeht, oder nur negativ sich aus solchem ergiebt.

Es ist eine reine Rechtsfrage, ob, wenn ein neues Preßgesetz die Concessionsentziehung für Buchdrucker nur durch richterliches Erkenntniß anordnet, daneben diesen Gewerbetreibenden auch noch nach einer ältern allgemeinen Gewerbeordnung die Concession im Verwaltungswege entzogen werden könne. Es ist eine Rechtsfrage, wenn darüber gestritten wird, ob eine Bau-Polizei-Ordnung, auf deren Grund ein Bauender zur Wegnahme eines Baues angehalten war, zur Zeit des Baues bereits Gültigkeit gehabt habe oder nicht. Es ist eine Rechtsfrage, ob, wenn eine Verfassung die Bestimmung enthält: „Der Genuß der bürgerlichen und staatsbürgerlichen Rechte ist von dem religiösen Bekenntnisse unabhängig," damit den Israeliten die politischen Rechte ohne Weiteres gebühren, oder ob es Absicht des Gesetzes gewesen sei, deren Einräumung erst noch von einem besondern Ausführungsgesetze abhängig zu machen. Nicht minder ist es eine Rechtsfrage, ob, wenn ein Preßgesetz der Verwaltungsbehörde die Befugniß giebt, „strafbare" Preßerzeugnisse zu unterdrücken, darunter nur Drucksachen, welche den Strafgesetzen verfallen sind, oder auch andere, welche außerdem für ungebührlich gehalten werden können, gemeint seien. Wenn ein Branntweinssteuergesetz bestimmt, daß in dem steuerbaren Raume des Brennkessels die aus demselben führende Röhrenleitung „bis zu deren Eintritt in den Maisch-Vorwärmer beziehungsweise den Kühlapparat" mit einzurechnen sei, so ist es wiederum eine Rechtsfrage, ob hiernach der Raum der zwischen dem Vorwärmer und dem Kühlapparat liegenden Röhrenleitung steuerbar oder steuerfrei sei. In allen diesen Fällen handelt es sich nicht darum, nach Verwaltungsrücksichten etwas so oder so zu machen, sondern einfach um die Frage: was ist der Wille des Gesetzes?

§. 20.

Schwieriger beantwortet sich die Frage, in wie weit die zu bewirkende Subsumtion der Thatsachen unter die im Gesetz aufgestellten, dessen Anwendung bedingenden Begriffe als Rechts- oder Verwaltungsfrage zu betrachten sei.

Es kommt nämlich öfters vor, daß das Gesetz seine Bestimmungen an Begriffe knüpft, in deren Natur es liegt, daß die Subsumtion der Thatsachen unter dieselben nur nach Verwaltungsprincipien bemessen werden kann. Wenn ein Gesetz bestimmt, daß das „zu Zwecken des öffentlichen Wohls nothwendige“ Grundeigenthum zwangsweise enteignet werden könne, so wird kein Gericht prüfen wollen, ob eine von der Verwaltungsbehörde für einen öffentlichen Zweck angeordnete Expropriation wirklich im Interesse des öffentlichen Wohls nothwendig sei, oder nicht. Wenn ein Gesetz bestimmt, daß Bücher, „welche der Sittlichkeit Gefahr bringen,“ von der Polizeibehörde weggenommen werden können, so wird dem Urtheil dieser Behörde kein Gericht mit der Annahme entgegentreten, daß ein Buch, ungeachtet es einige schlüpferige Stellen enthalte, doch nicht für gefahrbringend zu halten sei. „Nothwendigkeit für das öffentliche Wohl“ und „Gefahr für die Sittlichkeit“ sind Begriffe, in deren Inneres eine lediglich vom Rechtsstandpunkt aus geübte Beurtheilung nicht einzudringen vermag; die vielmehr ihrer Natur nach gerade der Technik der Verwaltungs-Beurtheilung anheimfallen. Es muß deshalb als Wille des Gesetzgebers unterstellt werden, daß durch Verweisung auf diese Begriffe die Thätigkeit der Verwaltung nur habe *bestimmt*, nicht *beschränkt* werden sollen. Die Rechtssprechung kann sich daher nur an der *äußersten Grenze* jener Begriffe bewegen; d. h., nur wenn *absolut* die Voraussetzungen jener Begriffe zu verneinen wären, könnte sie aussprechen, daß durch unrichtige Subsumtion der Thatsachen unter das Gesetz die Rechtsschranke überschritten sei; ein Fall, der freilich praktisch nicht leicht vorkommen wird.

Anders, wenn das Gesetz seine Vorschrift an Begriffe anderer Art knüpft. Wenn ein Gesetz bestimmt, daß die Polizeibehörde befugt sein solle, „entlassene Sträflinge“ zeitweise unter polizeiliche Aufsicht zu stellen, die Behörde aber diese Vorschrift auch auf einen wegen Preßvergehen in Geldstrafe Genommenen anwendet, so ist nicht abzusehen, warum die Richtigkeit dieser Subsumtion lediglich für eine Verwaltungsfrage zu halten sei. Wenn ein Preßgesetz der Verwaltungsbehörde das Recht ertheilt, „strafbare" Druckschriften zu unterdrücken, so ist — vorausgesetzt, daß man unter „strafbar" nur das den Strafgesetzen Zuwiderlaufende versteht — die Frage, ob eine Druckschrift mit Recht für eine „strafbare" gehalten sei, wiederum eine Rechts-, nicht eine Verwaltungsfrage. — Auch da, wo nicht gerade specifisch juristische Begriffe, sondern technische Begriffe anderer Art zur Anwendung zu bringen sind, ist kein Grund vorhanden, eine Prüfung der Richtigkeit der thatsächlichen Subsumtion vom Rechtsstandpunkte aus für ausgeschlossen zu halten; vorausgesetzt nur, daß der anzuwendende Begriff nicht ein solcher ist, der seiner Natur nach gerade der Technik der betreffenden Verwaltungsstelle anheimfällt. Wenn in dem oben erwähnten Falle der Branntwein-Besteuerung Streit darüber entstände, ob ein gewisser Theil des Brennapparats bereits als „Vorwärmer" gelten könne, so ist der anzuwendende Begriff allerdings kein juristisch-technischer; aber gleichwohl liegt kein Grund vor, die Entscheidung darüber lediglich für eine Sache der Steuerbehörde zu halten. Wenn ein Steuergesetz rücksichtlich der zu zahlenden Steuer zwischen frischen und gesalzenen Fischen unterscheidet, und nun Streit entsteht, ob Fische „frische" oder „gesalzene" seien, so ist auch diese Frage keine solche, welche ihrer Natur nach in dem Ermessen der Steuerbehörde ihre endgültige Erledigung finden müßte. Der Streit hat keine andere Natur, als der Streit zwischen zwei Kaufleuten, die bei einem Lieferungsgeschäft für frische und gesalzene Fische verschiedene Preise bestimmt hätten. Streitigkeiten dieser Art aber haben die Gerichte tagtäglich, wenn auch mit Hülfe von Sachverständigen, zu entscheiden.

Gleichwohl werden wir nicht selten geneigt sein, technische Fragen dieser Art für Verwaltungsfragen zu halten, weil wir gewahren, daß den administrativen Organen technische Behörden eigens für den Zweck der Beantwortung solcher Fragen beigeordnet sind. Wo dieses der Fall ist, liegt es ohne Zweifel wiederum nicht in der Absicht des Gesetzgebers, neben dem Urtheil einer solchen technischen Behörde noch ein anderes Urtheil, wie es ein Gericht mit Hülfe von Sachverständigen geben könnte, gelten zu lassen. Wenn das Gesetz die Polizeibehörde bezüglich ihres Berufs, „feuergefährliche" Anlagen zu hindern, auf das Urtheil einer Baubehörde hinweist; wenn es zur Untersuchung der „Diensttauglichkeit" Militärpflichtiger der Aushebungsbehörde eine Medicinalbehörde beiordnet; wenn es die Feststellung der „Tüchtigkeit", welche als Vorbedingung der Ausübung eines bestimmten Berufs gefordert wird, an eine besondere Prüfungsbehörde verweist: so ist es sicher der Sinn des Gesetzes, daß mit dem Urtheil dieser Behörden die Frage über die Erfüllung jener Begriffe endgültig entschieden sein soll. Insofern nun diese Behörden als Organe der Verwaltung sich darstellen, könnten wir das ihrer Entscheidung Anheimfallende auch für eine bloße Verwaltungsfrage ansehen. Indessen ist dies mehr scheinbar als wirklich. Jedermann wird bei genauerer Prüfung sich bewußt werden, daß die Entscheidung jener Behörden der Sache nach eine richterliche sein solle und müsse. Wie die Richter sollen sie nicht eine Herrschaft, sondern mit Hülfe ihrer technischen Kenntnisse lediglich eine Erkenntniß üben. Sie haben sich dabei keine andere Frage zu stellen, als die: ist der Begriff des Gesetzes thatsächlich erfüllt oder nicht? Nicht weniger als von einem Richtercolleg verlangen wir von ihnen, daß sie lediglich die Gerechtigkeit zum Princip ihrer Entscheidung machen. Ja wir fühlen alsbald ein Bedürfniß, daß die Entscheidung solcher Behörden, wenn überhaupt, dann auch nach beiden Seiten endgültig wirke; d. h., daß nicht allein der Unterthan, sondern auch die Staatsgewalt dieselbe gegen sich gelten lasse; und man würde es z. B. als ein schwer zu ertragendes Unrecht empfinden, wenn ein Ministerium als höhere Verwaltungsinstanz im Widerspruch mit der gesetzlich berufenen Medicinalbehörde über die Diensttauglichkeit eines Militärpflichtigen, oder gegen das Urtheil einer technischen Prüfungs-Commission für oder wider die Fähigkeit irgend eines Bewerbers entschiede. In Wahrheit bilden also solche Behörden Sachverständigen-Collegien von richterlicher Natur; und wenn sie als solche nicht ausdrücklich in den Gesetzen hingestellt zu sein pflegen, so liegt der Grund dafür wohl nur darin, daß man ihre Selbständigkeit und Unabhängigkeit als selbstverständlich voraussetzt.

Haben wir nach dem Allen in der Subsumtion der Thatsachen unter die Begriffe des Gesetzes ein Gebiet vor uns, wo die Scheidung zwischen Freiheit der Verwaltung und Schranke des Rechts nicht immer zweifellos und ohne Schwierigkeit zu bestimmen ist, so bleibt noch die Frage übrig, wie dieser Zweifel seine Lösung zu finden habe; m. a. W., ob die Entscheidung jenes Zweifels selbst Verwaltungs- oder Rechtsfrage sei? — Es kann diese Entscheidung wiederum nur in dem Willen des Gesetzgebers ihre Grundlage finden; sie beruht also auf der Frage nach dem Inhalt des Gesetzes. Jene Frage ist daher niemals Verwaltungs-, sondern stets Rechtsfrage. (§. 19.)

§. 21.

Weit größere Schwierigkeiten bildet die Auffindung der Rechtsgrenze für die Thätigkeit der Regierungsgewalt auf solchen Gebieten, wo es an einem diese Thätigkeit normirenden Gesetze fehlt. Hier ergiebt sich für denjenigen, welcher die Rechtsgrenze auffinden will, zunächst die Aufgabe, das thatsächlich in Uebung befindliche Recht auf eine gewisse Norm zurückzuführen; eine Aufgabe, der sich der Richter auch in anderen Fällen nicht entschlagen kann, wo ihm obliegt, aus den Thatsachen heraus das Recht zu construiren[13]). An jener Norm ist dann die Rechtmäßigkeit der bestrittenen Verwaltungshandlung zu bemessen, wobei wieder die Frage, in wie weit vom Rechtsstandpunkt in das Innere der normgebenden Begriffe eingegangen werden könne, nach den obigen Rücksichten zu entscheiden ist.

Die Unsicherheit der Rechtsnorm da, wo die Regierungsgewalt auf dem Boden des ungeschriebenen Rechts sich bewegt, wird allerdings im Zweifel immer der Regierungsgewalt zu Gute kommen, indem derjenige, welcher deren Thätigkeit vom Rechtsstandpunkte aus prüfen will, genöthigt sein wird, die dieser Thätigkeit zu Grunde liegende Idee in ihrer relativ größten Ausdehnung gelten zu lassen. Nur wo

---

[13]) Vergl. oben §. 3 Note 4.

jene Idee ganz aufhört, wird die Rechtsgrenze für die Thätigkeit der Regierungsgewalt zu finden sein.

Ein Beispiel möge das hier Bemerkte erläutern. Wie wohl in allen deutschen Ländern, übte auch in Kurhessen vor dem Erscheinen eines Preßgesetzes (vor 1848) die Polizei herkömmlich das Recht, Druckschriften und Bildwerke unter gewissen Voraussetzungen zu confisciren. Einstmals confiscirte dieselbe nun bei einem Kunsthändler die Exemplare einer Lithographie, welche in völlig würdiger Weise den Landesherrn darstellte, lediglich aus dem Grunde, weil das Bild ohne vorgängige Erlaubniß des Landesherrn erschienen sei. Eine hiergegen bei Gericht erhobene Klage führte zu der Frage, ob die Polizei durch diese Wegnahme die Rechtsgrenze der ihr zustehenden Thätigkeit überschritten habe. Es wurde diese Frage in allen Instanzen bejaht. Denn war auch jenes Confiscationsrecht durch kein positives Gesetz beschränkt, so wird doch Niemand dasselbe dahin formuliren wollen, die Polizei dürfe von Bildern ꝛc. alles confisciren, was ihr beliebe, oder etwa bei dem Landesherrn Anstoß errege. Vielmehr wird man jenes Recht immer an die Voraussetzung geknüpft erachten müssen, daß ein Werk entweder den Thatbestand eines *Vergehens* enthalte, oder doch wenigstens irgend wie *gemeinschädlich* oder *gemeingefährlich* wirke; und der Umstand, daß eine Subsumtion der Thatsachen unter die letzteren Begriffe nicht als Gegenstand *rechtlicher* Prüfung betrachtet werden kann, vermag keinen Grund abzugeben, die Frage nach der Rechtsgrenze dafür ausgeschlossen zu halten, wo *nach der eigenen Erklärung der Verwaltungsbehörde jene Begriffe gar nicht vorliegen.*

Die Schwierigkeit, überall die Rechtsgrenze aufzufinden, innerhalb deren sich die der Regierungsgewalt gebührende Freiheit der Verwaltung zu bewegen hat, ist nach dem Allen eine sachliche, objective; eine Schwierigkeit nicht bloß der Rechtserkenntniß, sondern mehr noch der Rechtsgestaltung. Sie kann nur überwunden werden dadurch, daß man Gesetze schafft, welche jene Rechtsgrenze thunlichst genau bestimmen, und welche klarer kennen lassen, was in ihnen wirklicher *Rechtsgrundsatz*, und was etwa bloße gesetzlich festgestellte *Verwaltungsnorm* sein soll. Weit mehr noch als das Privatrecht bedarf das öffentliche Recht zu seiner Grundlage der festeren Form des geschriebenen Buchstabens (vergl. S. 10).

§. 22.

Wir begehren ferner eine Feststellung des Rechts der Regierungsgewalt durch Richterspruch nur als Mittel der Abwehr von Seiten dessen, der sich verletzt erachtet, nicht als Vorbedingung dafür, daß jene überhaupt thätig werde. Die Regierungsgewalt braucht nicht, einem Privaten gleich, ihr Vorschreiten, auch wo dies positiv in die Privatrechtssphäre der Unterthanen eingreift, erst durch einen Richterspruch zu legalisiren. Es rechtfertigt sich theils aus ihrer Stellung als sittlicher Autorität, kraft welcher sie einstweilen die Vermuthung für die Rechtmäßigkeit ihrer Handlungen in Anspruch nehmen darf, theils aus der Wichtigkeit und Dringlichkeit ihrer Aufgaben, daß ihr das Recht verbleibe, ihre, kraft öffentlichen Rechts getroffenen Anordnungen selbständig und ohne durch einen dagegen nachgesuchten Rechtsschutz behindert zu sein, zur Vollziehung zu bringen.

Aus dieser Anschauung ist der Satz hervorgegangen, daß wider die Regierungsgewalt possessorisch nicht geklagt werden könne; ein Satz, der aber nicht selten unrichtig verstanden und angewendet wird. Er ist richtig, insofern man darunter begreift, daß nicht schon die formale Verletzung, welche, wo ein Privatmann handelt, in jeder Uebung von Eigenmacht liegt, der Regierungsgewalt gegenüber Grund zur Klage abgeben könne. Er ist unrichtig, insofern man vermeint, einem unberechtigten Eingriffe der Regierungsgewalt gegenüber könne nicht ein bloßer Besitzstand als Grundlage der Abwehr gegenüber gestellt werden. Wo die Regierung mit Ueberschreitung ihrer Rechtsbefugnisse in die vermögensrechtliche Sphäre eines Unterthanen eingreift, muß auch der Besitz ausreichen, um den Anspruch auf Rechtsschutz zu erheben. Denn auch der Besitz ist ein Recht, das so lange auf Rechtsschutz Anspruch hat, als von einem gegenüberstehenden besseren Rechte nichts erhellt.

Durch das der Regierungsgewalt zustehende eigenmächtige Vorschreiten kann es kommen, daß bis zu erfolgter Feststellung des geübten

Unrechts das verletzte Recht in Natur verloren geht, und daher in so weit die Ausgleichung der Rechtsverletzung nur in Form einer Entschädigung erfolgen kann. So weit dagegen nach erfolgter Feststellung des Unrechts die Wiederherstellung des betreffenden Rechts in Natur möglich ist, erscheint es als eine dringende Anforderung der Gerechtigkeit, daß solche auch geschehe. (Vergl. S. 8.) Es ist eine der schlimmsten Lehren, welche jene, nur als Nothbehelf an die zeitige Rechtsungewißheit sich anknüpfende Befugniß der Regierungsgewalt, ihre Maßregeln vorläufig zur Vollziehung zu bringen, zu einem definitiven Rechte umwandeln, welche zwar eine Klage wegen des verletzten Rechts, aber nie auf Wiedereinräumung des Rechtes selbst, sondern immer nur auf Entschädigung gestatten will. Gerade bei Rechtsverletzungen durch die Regierungsgewalt wird in unzähligen Fällen der Verletzte, wenn er statt Herstellung seines Rechts in Natur, resp. Beseitigung des Unrechts für die Zukunft zu erlangen, eine Entschädigung liquidiren soll, hierzu ganz außer Stande sein, und sein Recht würde hiernach illusorisch werden [14]). Der Sache nach läuft jene Lehre auf die Behauptung eines allgemeinen Expropriationsrechtes hinaus, kraft dessen die Regierungsgewalt alle ihr gegenüberstehenden Rechte „gegen Entschädigung" beseitigen könne. Ein solches Recht giebt es nicht. Wenn das Gesetz den Unterthanen Rechte zuweist, so will es, daß ihnen diese auch in Natur zu Theil werden, nicht aber je nach Belieben der Regierung nur in der Form eines künstlichen, auf ihre Gefahr zu ermittelnden, häufig ganz hinfälligen Surrogats.

Die der Regierungsgewalt zustehende Ausübung ihrer Rechte ohne vorgängigen Richterspruch bildet aber jedenfalls nur ein Recht derselben. Erkennt man einmal die Zuständigkeit eines Richterspruchs über die Grenzen der Regierungsgewalt an, dann liegt kein Grund vor, daß dieser Richterspruch nur von den Unterthanen, nicht von der Regierungsgewalt selbst beansprucht werden dürfe. Letztere kann sehr wohl ein Interesse dabei haben, vor der Vollziehung einer Anordnung

[14]) Man sage doch einmal, wie z. B. ein Vater seine „Entschädigung" berechnen soll, der rechtswidrig von der Verwaltung genöthigt wird, sein Kind in einer bestimmten Religion unterrichten zu lassen!

deren Rechtmäßigkeit festgestellt zu sehen, schon um Entschädigungsansprüchen nicht ausgesetzt zu sein. Es ist ein vielverbreiteter, auch auf dem Privatrechtsgebiet sich oft wirksam zeigender Irrthum, als ob nur die Vollziehungsinstanz dasjenige sei, weshalb man vor Gericht gehe, während doch in unzähligen Fällen das Interesse der Rechtsuchenden sich darauf beschränkt, das Recht durch den Richterspruch festgestellt zu erhalten [15]).

Ueberhaupt handelt es sich, wenn wir einen Richterspruch der Regierungsgewalt gegenüber begehren, zunächst gar nicht um die gerichtliche Vollziehungsinstanz. Ja, wir müssen zugeben — und damit begegnen wir von Neuem einem Einwand der Gegner — daß eine Vollziehung in der gewöhnlichen Bedeutung, d. h. bis zum äußersten Maaße staatlichen Zwanges, der Regierungsgewalt gegenüber unthunlich ist. Es kann nicht die Aufgabe sein, durch den Richterspruch über Regierungshandlungen einen realen Kampf der verschiedenen Organe der Staatsgewalt wider einander hervorzurufen. Glücklicher Weise kann aber auch eine solche Vollziehung entbehrt werden. Wir haben bereits oben (S. 11) bemerkt, daß der Richterspruch schon dadurch, daß er das Recht weist, eine sittliche Macht bildet, welcher schwer zu widerstehen ist. Dies trifft vor Allem da zu, wo der Richterspruch gegen ein anderes Organ der nämlichen Staatsgewalt gerichtet ist. Der Staat kann nicht mit dem bis zu concreter Gewißheit gediehenen Recht in Widerspruch beharren wollen. Er würde sich dadurch mit seiner eigenen Grundidee in Widerspruch setzen. Eine Staatsgewalt, welche den Spruch ihrer eigenen Gerichte nicht beachtet, löst damit selbst die Bande der staatlichen Ordnung; sie begiebt sich auf den Boden der Revolution.

Wäre übrigens der Mangel einer zureichenden richterlichen Vollziehung ein Grund, welcher die Rechtssprechung selbst hinderte, so würde dieser Grund einer Rechtssprechung wider die Regierungsgewalt nicht minder auf dem Gebiete des Privatrechts, als auf dem des öffentlichen Rechtes entgegenstehen. Auch eine rein privatrechtliche Verurtheilung kann einer Regierung sehr empfindlich sein. Auch ihrer Vollziehung

---

[15]) Es gründet sich hierauf die Berechtigung der s. g. Anerkennungsklagen.

könnte eine gewissenlose Regierung Hindernisse in den Weg stellen, zu deren Ueberwindung den Gerichten die Mittel fehlen. Wir wüßten nicht, wie ein Gericht den Staat auf eine wider ihn ausgeklagte Schuld exequiren wollte, wenn eine Compagnie Soldaten vor der Staatscasse aufmarschirte. Und noch weniger würden wohl die Gerichte einen wider die Militairgewalt selbst gerichteten Ausspruch — z. B. daß dieselbe auf bestimmten Grundstücken der Truppenübungen sich zu enthalten habe — mittelst reeller Gewalt durchsetzen können, wenn die Truppen dennoch mit ihren Uebungen fortführen. Gleichwohl erblickt Niemand darin einen Grund, von einer Rechtssprechung überhaupt abzustehen; und es sind auch, mindestens aus neuerer Zeit, kaum Beispiele bekannt, daß ein Richterspruch an solchen Verhältnissen gescheitert sei. Der Richterspruch wiegt schon an sich so schwer, daß er durchschlägt. Gerade weil man regierungsseitig dies weiß, sucht man da, wo man sich einem solchen nicht beugen will, vor Allem dessen Zustandekommen abzuwenden [16]).

§. 23.

Die Frage über die Zuständigkeit eines Richterspruchs der Regierungsgewalt gegenüber hat man in der Regel in der Art formulirt: sollen über die Rechtmäßigkeit von Verwaltungshandlungen die Gerichte erkennen? — wobei man davon ausgeht, daß eine Rechtssprechung der gedachten Art, wenn überhaupt, nur durch die gewöhnlichen Gerichte geübt werden könne. Auch diese Art der Fragstellung hat den Gegnern Waffen in die Hände geliefert. Man hat gesagt, daß den Gerichten, welche sich nur mit Privat- und Strafrecht zu beschäftigen

---

[16]) Mit Obigem soll jedoch nicht gesagt sein, daß die Vollziehungsgewalt in den Händen der Gerichte etwas ganz Bedeutungsloses sei. Im Gegentheil, sie kann unter Umständen als erhebliches Gewicht in die Wagschale fallen. Auch ist der deutsche Proceß darin, daß er den Gerichten selbst die Vollziehung ihrer Erkenntnisse giebt, dem Princip des Rechtsstaates weit günstiger, als der französische. Und die Einführung einer Proceßordnung, welche, nach Muster der französischen, auch in Deutschland die Vollziehung den Gerichten nähme und auf untergeordnete, lediglich von der Justizverwaltung abhängige Beamten übertrüge, wäre vom Standpunkt jenes Princips aus ein wesentlicher Rückschritt.

pflegen, die Fähigkeit abgehe, über Fragen des öffentlichen Rechts richtig zu urtheilen. Wir sind zwar der Ansicht, das Niemand ein tüchtiger Richter auf dem Gebiete des Privatrechts sein könne, der nicht auch diejenige Einsicht in das Wesen des Staates besitze, welche ein Verständniß des öffentlichen Rechts bedingt. Indessen wollen wir über jene Frage nicht rechten. Wenn die gewöhnlichen Gerichte nicht für geeignet gehalten werden, über die Fragen des öffentlichen Rechts zu entscheiden, so schaffe man Gerichte eigens für jenen Zweck.

Man könnte die Frage erheben, ob denn das nicht eigentlich schon jetzt unsere Verwaltungsbehörden seien? ob sie nicht eben so gut als die Gerichte Organe des Staats und als solche verpflichtet seien, Recht und Gesetz zu beobachten? ob sie nicht so gut als die Gerichte ein Gewissen haben?

Wir sind weit entfernt, die Verwaltungsbehörden im Allgemeinen gegen die Gerichte irgendwie zurücksetzen zu wollen. Allein wir können ihre Entscheidung nicht als Richterspruch gelten lassen, weil bei ihnen in der That kaum weniger als alle Garantien fehlen, welche man als Bedingung einer Rechtssprechung anzusehen gewohnt ist.

Ueber die Stellung der Verwaltungsbehörden zu Recht und Gesetz haben wir bereits oben (§. 17) geredet. Indem sie berufen sind, die Rechte und Interessen der Gesammtheit den Einzelnen gegenüber zu vertreten, zugleich aber über die Grenze dieser Rechte endgültig entscheiden wollen, sind sie zunächst *Richter in eigener Sache*.

Es giebt freilich Verhältnisse, wo diese Parteistellung der Verwaltungsbehörden mehr zurücktritt, so daß ihre Stellung der eines Richters ähnlicher wird. Es ist dies namentlich da der Fall, wo wir jene Behörden über das aus dem öffentlichen Rechte hervorgehende Verhältniß verschiedener Unterthanen, Gemeinden &c. zu einander (also z. B. über deren Concurrenz zu gewissen öffentlichen Rechten oder Pflichten) entscheiden sehen. Um aber ihre Entscheidung, auch nur in Fällen dieser Art, als richterliche gelten zu lassen, vermissen wir eine zweite „Grundbedingung der Gerechtigkeit“, die *richterliche Unabhängigkeit*. Eine jede Entscheidung kann ihnen von dem Regenten und seinem Minister dictirt werden; und es giebt keine Rechtskraft, die dagegen schützt. Der Minister aber ist ein Einzelner, der noch dazu durch seine Entlaßbarkeit keine Gewähr für irgend welche Dauer der von ihm vertretenen Grundsätze darbietet. Die ganze Interpretation des öffentlichen Rechts ist demnach in den heutigen Staaten auf zwei Augen gestellt. Wenn heute der Regent eines Landes seinen Minister wechselt, so nimmt schon morgen vielleicht das gesammte öffentliche Recht eine ganz verschiedene Physiognomie an; eine Erscheinung, die dem Wesen des Rechts, wenn wir anders dasselbe richtig als das stabile Element des Staatslebens bezeichneten, wahrhaft Hohn spricht.

Hand in Hand mit diesem Mangel äußerer Unabhängigkeit geht bei den Verwaltungsbehörden der Mangel innerer Selbständigkeit.

Es ist ein eigenthümliches Ding mit dem Bewußtsein eines bestimmt abgeschlossenen Berufes. Dasselbe giebt eine Seelenstärke, die Mancher sich außerdem schwer anzueignen vermag. So z. B. liegt in der Selbständigkeit des Militairstandes ohne Zweifel ein Mittel, den Sinn für kriegerische Ehre und persönlichen Muth mächtig zu steigern. Ein ähnlicher Geist pflegt sich auch in denjenigen Behörden zu bilden, welche sich rein als Organ des Rechts ansehen dürfen; ein Geist, der wohl mitunter in einer gewissen Einseitigkeit und allzu abstracten Richtung seine Schattenseite aufweist, im Allgemeinen aber doch wesentlich ist, um die Justiz zu dem zu machen, was sie sein soll: zu einer unbeugsamen Vertreterin der Rechtsidee. Eine Behörde dagegen, welche in ihren regelmäßigen Functionen auf die — gar oft täuschenden — Principien der „Zweckmäßigkeit“ und des „öffentlichen Wohls“ verwiesen ist, wird schwer die rechte Stimmung zu finden wissen, wenn sie daneben ausnahmsweise „das Recht“ als ausschließliches Princip in's Auge fassen soll. Für das Privatrecht ist das Alles längst anerkannt, und hat zu der Trennung der Justiz von der Verwaltung geführt. Wie sollte es auf dem Gebiet des öffentlichen Rechts anders sein?

Wenn hiernach die Entscheidungen der Verwaltungsbehörden über öffentliche Rechte nicht als Richterspruch gelten können, man diesen Richterspruch aber auch nicht den gewöhnlichen Gerichten anvertrauen will, so bleibt nur ein Drittes übrig, wenn anders auf dem Gebiete des öffentlichen Rechts Recht gesprochen werden soll: man schaffe Gerichte des öffentlichen Rechts.[17])

Gleichwohl können wir uns den Vorschlag, einen gesonderten Zweig der Rechtssprechung für das öffentliche Recht zu schaffen[18]), nicht ganz ohne Vorbehalt aneignen. Wir möchten einer durchgreifenden Trennung der Rechtssprechung auf dem Gebiete des öffentlichen und des Privatrechts nicht das Wort reden. Wie jeder selbständige Factor des Staatslebens, bedarf auch die Justiz, als Vertreterin der abstracten Rechtsidee, wenn sie anders ihre Stellung ausfüllen soll, der Einheit. Eine völlig sichere Grenzscheidung zwischen der Rechtssprechung auf dem Gebiet des öffentlichen und des Privatrechts wird niemals zu erreichen sein. Beide können leicht in Beziehung auf diese oder jene Frage in Concurrenz treten. Eine Trennung beider, die bis in die höchste Spitze sich fortsetzt, würde daher stets die Gefahr in sich tragen, daß die Justiz mit sich selbst in Widerspruch gerathe und damit ihre Bedeutung vernichte. Mag man daher immerhin, wenn man es für dienlich erachtet, in den unteren Instanzen beide Gebiete der Rechtssprechung sondern: in letzter Instanz würden wir doch einer Vereinigung beider unter einem höchsten Gericht, sei es auch nur als Cassationshof, den Vorzug geben.

Nahe verwandt mit der hier erörterten Frage über die Gerichtsorganisation ist die andere, inwieweit für den Austrag der Fragen des öffentlichen Rechts der gewöhnliche Civilproceß paßlich sei? Für viele Verhältnisse des öffentlichen Rechts wird kein Grund vorliegen,

---

[17]) Es ist namentlich Gneist, welcher in seinem vortrefflichen Werke über das englische Verfassungsrecht die Nothwendigkeit der Schaffung von Gerichtshöfen des öffentlichen Rechts für unsere deutschen Verhältnisse betont. (S. Bd. II, §. 130, vergl. mit Bd. I, §. 170 u. flg.) Mit Freuden erkennt der Verf., daß er dem Werke Gneist's eine wesentliche Anregung und Förderung für diese Schrift verdankt.

[18]) Zu vermeiden ist jedenfalls der Name „Administrativ-Justiz“, weil dieser ein zweideutiger ist. Es kommt gerade darauf an, zum Bewußtsein zu bringen, daß es sich hier um Schaffung einer Justiz im Gegensatz zur Administration handelt.

andere Formen des Austrags zu schaffen; vorausgesetzt, daß der Civilproceß überhaupt immer mehr eine natürliche, von Formalitäten befreite, möglichst zusammengedrängte Gestalt annehme [19]). Es giebt aber auch Verhältnisse, für welche die Formen des gewöhnlichen Processes allerdings wenig angemessen sein würden, und deshalb die Einführung eines anderen, der Form nach einer Beschwerdeführung in Verwaltungssachen ähnlichen Verfahrens vielleicht besser am Platze wäre. Wir rechnen dahin namentlich die Fälle, wo es sich um eine gleichmäßige Anwendung des Gesetzes auf ganze Classen von Unterthanen handelt; also z. B. Streitigkeiten über Besteuerung; über Befreiungsgründe von Militairpflicht oder anderen öffentlichen Lasten u. dergl.

Alle diese Fragen sind, im Verhältniß zu der Hauptfrage, untergeordneter Natur. Für wesentlich halten wir nur das Eine, daß collegialisch besetzte, in die Gerichts-Organisation eingereihte Behörden bestehen, welche auf Anrufen über Streitigkeiten des öffentlichen Rechts ebenso selbständig und unabhängig, lediglich vom Standpunkt der objectiven Rechtsordnung aus, zu entscheiden haben, wie bisher schon die Gerichte über Streitigkeiten des Privatrechts.

Ja wir müssen noch einen Schritt weiter gehen. Für die Gerichte des öffentlichen Rechts müssen wir in Anspruch nehmen, daß sie nicht einseitig von der Staatsregierung besetzt werden, daß vielmehr die Volksvertretung bei deren Besetzung in gewissem Maaße mitwirke. Liegt in der Schaffung des Gerichts ein kaum geringeres Moment für die Gestaltung des Rechts, als in der Schaffung des Gesetzes, so ist es nur eine consequente Weiterführung des nämlichen Gedankens, welcher für die Schaffung des Gesetzes die Mitwirkung der Volksvertretung begehrt, daß auch das Gericht nicht ausschließlich von der Regierung geschaffen und dadurch ein einseitiger Einfluß auf die Gestaltung des Rechts geübt werde. Am wenigsten aber wird sich die Berechtigung dieses Gedankens da in Abrede stellen lassen, wo es sich um Feststellung des öffentlichen Rechts durch den Richterspruch handelt.

---

[19]) Als eine wesentliche Bedingung hierfür müssen wir die engste Verbindung zwischen Haupt- und Beweisverfahren betrachten.

Wenn Zwei mit einander streiten und sich einigen, Schiedsrichter zu wählen, so wird keiner von Beiden, und wäre er auch der höchste und sein Gegner der geringste, in Anspruch nehmen, daß er die Richter allein ernenne. Dieses Verhältniß liegt aber vor, wenn es sich um Bestellung der Gerichte handelt, welchen die Aufgabe zu Theil wird, über die Rechtsgrenze zwischen Regierungsgewalt und Regierten zu entscheiden. Wenn die Regierungsgewalt die hierzu berufenen Richter allein ernennt, so liegt darin eine Bevorzugung, welche dem Glauben an ein völlig unparteiisches Gericht niemals günstig sein wird.

Die Frage, wie ein solches Mitwirkungsrecht der Volksvertretung praktisch zu gestalten, ist allerdings eine sehr schwierige. Sie wird sich nur nach den besonderen Verhältnissen des einzelnen Landes beantworten lassen [20]). Eben deshalb müssen wir uns versagen, hier näher auf sie einzugehen. Nur so viel sei im Allgemeinen bemerkt, daß, um ein gedeihliches Ergebniß zu erzielen, man auch eine etwas künstliche Einrichtung nicht scheuen sollte. Denn es handelt sich hierbei um einen der sensibelsten Punkte des Staatslebens. — Wie aber auch das Besetzungsrecht geordnet sein mag, immer wird die letzte Garantie des Rechts nur in der Mäßigung liegen, welche von den berechtigten Organen geübt wird, um nicht bloße Parteimänner, sondern Männer von ächtem Gerechtigkeitssinn als Richter zu berufen.

---

[20]) Es liegt auf der Hand, daß der überwiegende Einfluß einer Volksvertretung auf die Besetzung eines Gerichtshofs für die Gerechtigkeit nicht minder gefährlich werden kann, als das einseitige Besetzungsrecht der Regierung.

VI. Die Ansichten der Gegner.

§. 24.

Wir wollen nun die Gründe prüfen, mittelst deren Andere dem hier vertretenen Gedanken einer die Regierungsgewalt beschränkenden Rechtssprechung entgegengetreten sind.

Es begegnet uns da zuerst eine Ansicht, welche die Ausschließung einer solchen Rechtssprechung für nichts Geringeres, als eine logische Nothwendigkeit erklärt [1]). Jede Rechtssprechung, sagt man, fordere drei nicht in Personeneinheit stehende Subjecte, einen Richter, einen Kläger, und einen Verklagten. Insofern also der Staat nicht als Privatperson, als Fiscus, sondern in seiner öffentlich-rechtlichen Bedeutung, als Staatsgewalt, auftrete, könne er weder Kläger noch Verklagter vor den von ihm selbst angeordneten Gerichten sein, weil diese ja selbst wieder Staatsgewalt seien, so daß hier Partei und Richter dieselbe Person wäre.

Bedenken gegen die Richtigkeit dieser Ansicht muß schon folgende ganz äußerliche Betrachtung der Sachlage ergeben. Gesetzt, in einem Streite zwischen A und B sollte ein Richter fungiren, der mit A in Personeneinheit stände, so würde gewiß zunächst B es sein, der sich diesen Richter verbäte, während A keinen Grund hätte, sich mit solchem unzufrieden zu erklären. Bei dem Streite aber, ob die Regierungsgewalt

---

[1]) Diese Ansicht ist vertreten von Büff, „Das Verhältniß der Gerichte zu Staats- und Regierungssachen," in der Zeitschrift für Civilrecht und Proceß. Bd. 12, S. 1 bis 92.

vor den angeblich mit ihr in „Personeneinheit“ stehenden Gerichten Recht nehmen solle, finden wir, mindestens dermalen, gerade das umgekehrte Verhältniß, daß diejenige Partei sich diesen Richter nicht gefallen lassen will, welche sich durch die „Personeneinheit“ nicht verletzt fühlen könnte; während die andere Partei es ist, welche diesen Richter begehrt.

In der That dürfte aber auch jene Ansicht auf eine Verwechselung hinauslaufen.

Der Idee nach giebt es freilich nur eine Staatsgewalt; und wäre diese auch eben so einheitlich in der Realität vertreten, dann wäre gewiß eine Rechtssprechung durch den Staat über den Staat sehr unlogisch. Wo der Monarch persönlich nicht allein Haupt der Verwaltung, sondern auch höchster Richter ist, da ist jene Personeneinheit wirklich vorhanden, und eine Rechtssprechung dieses höchsten Richters über sich selbst ist unmöglich; gleich unmöglich, möchte er in öffentlichrechtlicher, oder privatrechtlicher Beziehung — als Vertreter des Fiscus — gehandelt haben. Nun ist aber nach der Entwickelung unserer Staaten der Monarch nicht mehr in Person Richter. Die Rechtssprechung wird selbständig von dazu berufenen Männern ausgeübt, die nicht den jeweiligen Willen des Regenten, sondern lediglich Recht und Gesetz zur Grundlage ihrer Thätigkeit zu nehmen haben. Damit hat jene Personeneinheit aufgehört. Sie findet weder in einer natürlichen Identität der physischen Personen, noch in einer idealen Identität der von den verschiedenen handelnden Personen vertretenen Interessen ihre Grundlage. Denn es ist gewiß kein glücklicher Gedanke, wenn man Gerichte und Verwaltungsbehörden als filii familias betrachten will, die unter der nämlichen väterlichen Gewalt des Monarchen einheitlich verbunden seien [2]).

Wäre die hier bekämpfte Ansicht richtig, dann wüßten wir nicht, warum nicht umgekehrt jeder vom Staat angestellte Richter in seiner eignen Privatsache zu Gericht sitzen dürfte. Denn als Richter wäre

---

[2]) Sollten wir, mehr scherzweise als ernstlich, etwas Derartiges gelten lassen, so müßten wir für die Gerichte mindestens die Analogie des emancipatus in Anspruch nehmen.

er ja Staatsgewalt, als Partei aber nur Mensch; und es bestände also zwischen ihm als Partei und ihm als Richter keine Personeneinheit. Dergleichen wird freilich Niemand behaupten wollen. So gut aber wie hier die Personeneinheit als Hinderniß der Richterfunction wirklich besteht, weil Richter und Mensch sich nicht trennen lassen, so besteht sie dort nicht, wo Richter und Partei als Menschen auseinander gehen, sollten auch beide in der Eigenschaft als Organe der nämlichen Staatsgewalt der Idee nach sich wieder vereinigen.

Ein ähnliches Gegeneinanderwirken der Staatsorgane kann auch noch in anderer Weise vorkommen. Denken wir uns, eine Polizeibehörde will im Interesse der Straßenverschönerung eine Anlage vornehmen, die Staats-Medicinal-Behörde aber tritt derselben aus Gesundheitsrücksichten entgegen. Beide Behörden sind Organe der nämlichen Staatsgewalt. Aber beide sind verschiedene Menschen, welche die nämliche Angelegenheit von verschiedenen Gesichtspunkten verschieden beurtheilen. Und wenn nun die oberste Verwaltungsstelle entscheidet, daß die von der Medicinalbehörde vertretene Gesundheitsrücksicht den Vorzug verdiene und die Anlage deshalb zu unterbleiben habe, so ist damit die eine Behörde zum Correctiv für die andere geworden.

So wie die Medicinalbehörde jene Anlage vom specifisch-medicinischen, so sollen die Gerichte die Thätigkeit der Verwaltungsbehörden vom specifisch rechtlichen Standpunkte beurtheilen. Die Entscheidung über die Differenz aber übt ein für allemal das Gesetz, indem es das Recht als die höchste Norm des Staatslebens hinstellt.

Als man zuerst die Dampfmaschine erfand, fehlte ein Mittel, das Uebermaß von Kraft, welches nicht selten zur Explosion führte, zu hemmen. Da erfand man eine Vorrichtung, welche, von der Maschine selbst getrieben, in dem nämlichen Augenblicke jene Kraft zügelt, wo dieselbe Gefahr bringt. Diese Vorrichtung heißt der Regulator. Es ist erfahrungsmäßig kein Widerspruch, daß die nämliche Maschine den Hebel in Bewegung setzt, welcher dem verderblichen Uebermaße ihrer eigenen Kraft steuert.

Die Gerichte in ihrer Rechtssprechung der Regierungsgewalt gegenüber sind der Regulator des Staats. Es ist kein Widerspruch, daß sie Organe der nämlichen Staatsgewalt sind, der sie, wo dieselbe das Recht überschreiten will, Einhalt gebieten.

§. 23.

Ausführlicher werden wir uns mit den von Stahl aufgestellten Ansichten beschäftigen müssen. Seine Lehren haben das gleißende Gewand gebildet, mit welchem zwei Jahrzehnte hindurch die Gegner des Rechtsstaats ihre absolutistischen Bestrebungen bekleidet haben. Sie haben auf Gesetzgebung und Praxis in den deutschen Staaten den größten Einfluß gehabt. Ja noch heute üben sie ein Blendwerk aus, welches zu durchdringen Manchem nicht leicht wird.

Stahl erklärt sich gegen eine Rechtssprechung in Regierungssachen, zunächst, weil er andere Schutzmittel zur Aufrechterhaltung des Gesetzes für gegeben und für ausreichend hält.

„Das Gesetz," sagt er [3]), „soll dem Könige nicht bloß eine innere Anforderung seines Gewissens sein, wie die Absolutisten wollen, sondern eine äußere staatsrechtliche Schranke. Hierzu wird es durch seine bestimmte Ausbildung und gleichmäßige Uebung — ein gewisses und immer beobachtetes Gesetz zu verletzen, gehört seltene Dreistigkeit — durch den Eidschwur des Königs es zu halten, durch die Verpflichtung und Verantwortlichkeit der obersten Beamten, je nach der Verfassung durch die Rüge und Anklage der Stände. — Ueberschreitet nun dennoch der König die gesetzliche Schranke, geht er auf Umsturz der Verfassung aus, so darf seine Herrschaft ihm deshalb nicht genommen werden, es giebt kein Gericht über ihn; aber sein Gebot soll keine Vollziehung finden. Denn der Unterthan darf zwar nicht richten über seinen Regenten, allein er darf und muß richten über sein eigenes Gewissen, und da muß irgendwo eine Grenze des Gehorsams und der Willfährigkeit sich finden. Sie findet sich auch in der unumschränkten Monarchie da, wo der Befehl des Königs gegen Gottes Gebot oder gegen das allgemeine Gefühl von Recht und Ehre ist. Ist aber das Gesetz ausgebildet und als Schranke des Königs anerkannt, so werden auch die positiven Bestimmungen desselben und die bestehende Verfassung zur

---

[3]) Rechts- und Staatslehre, Abth. 2. S. 256.

Gewissenssache, daß kein Wohlgesinnter zu ihrem Umsturz sich hergeben darf. — Dies Alles ist nun freilich keine vollständige äußere Sicherung, denn es können sich genug Werkzeuge finden, die dennoch gehorchen; so beruht die Schranke gegen den König zuletzt doch nur auf der sittlichen Macht der öffentlichen Denkart nnd der Stärke, die sie den Institutionen verleiht. Dies ist auch hinreichend. Die Scheu vor dem entschieden Schlechten und vor dem Urtheile der unparteiischen Menschen ist die unterste Grundlage aller geselligen Einrichtungen, und bei Allem muß man zuletzt in dem Glauben sich beruhigen, daß, der die Gewalt hat, nicht das Aeußerste wagen, daß, wenn er es wagt, er gegen den Widerstand der öffentlichen Gesinnung nicht durchdringen werde. Die Verfassung muß das leisten, daß der König das Gesetz nicht überschreiten kann, ohne daß dieses bei ihm selbst und bei dem Volke zum entschiedenen Bewußtsein und zum öffentlichen Ausspruch kommt. Das wird ihn zurückhalten und im andern Falle seine Macht schwächen. Dagegen eine Einrichtung, welche mechanisch ihm die Uebertretung unmöglich machte, also eine Macht einsetzte, die ihn sofort mit Gewalt in die Schranken wiese, soll und kann es nicht geben."

Das Alles wäre recht schön und gut, wenn nur nicht Erfahrungen, die wohl keinem Lande ganz erspart geblieben sind, ganz andere Dinge lehrten. Stahl thut, als ob Einhalten und Ueberschreiten des Gesetzes sich immer schieden wie weiß und schwarz. Aber so ist es leider nicht. Wenn eine Regierung ein sie beschränkendes Gesetz verletzt, so sagt sie nicht: „Hier stehe ich und dort steht das Gesetz; und ich bleibe hier stehen, weil es keine Macht auf Erden giebt, die mich in die Schranken des Gesetzes hinein zwänge;" — sondern sie sagt: „Hier wo ich stehe, ist das Gesetz, und ich bleibe hier stehen, weil es keine Autorität giebt, welche nachwiese, daß ich außerhalb des Gesetzes stehe." Mit einem Worte: man überschreitet das Gesetz, indem man es falsch interpretirt. Davor, daß man das Gesetz offen hintansetzt, vor „Umsturz der Verfassung", vor dem „entschieden Schlechten" und dem „Wagen des Aeußersten" mögen die Stahl'schen Schutzmittel in der Regel bewahren. Vor dem leisen Unterhöhlen des Gesetzes, vor dem Zusammenschnüren desselben, daß ihm der Lebensathem ausgeht, kurz vor alle dem Unrecht, welches, wo nicht böser Wille, doch Einseitigkeit und Befangenheit mittelst falscher Deutung zu üben vermag, schützen sie nicht. Selbst eine „bestimmte Ausbildung und gleichmäßige Uebung“ des Gesetzes können wir nicht für eine zureichende Schutzwehr erachten. Haben wir doch in Deutschland erlebt, daß Gesetze, welche Jahrzehnte hindurch eine gleichmäßige allseitig gebilligte Anwendung gefunden, plötzlich von Seiten solcher, die die Gewalt hatten, anders ausgelegt, und daß deren bisherige Auslegung für „einen Irrthum“ erklärt wurde. Vollends fällt jenes Schutzmittel hinweg, wo es sich um die Anwendung noch neuer Gesetze handelt.

Indem Stahl für eine unrichtige Auslegung und Anwendung des Gesetzes dem Könige und seinen Beamten freie Hand bewahrt wissen will, erreicht er auf verstecktem Wege das Nämliche „was die Absolutisten wollen“, daß das Gesetz für jene keine rechtliche Schranke, sondern blos eine innere Anforderung des Gewissens bilde.

Wir dagegen begehren einen Richterspruch, nicht sowohl als „Macht“, welche den König „sofort mit Gewalt“ in die Schranke des Gesetzes zurückwiese, als vielmehr als staatsrechtlich anerkannte Autorität, auf welcher jene moralischen Abwehren erst mit Sicherheit fußen können, und woran namentlich der Unterthan erkennen mag, ob er Gehorsam schulde oder nicht.

§. 26.

Für unzureichend müssen wir ferner unter den Stahl'schen Schutzmitteln auch dasjenige erklären, an welches sich freilich noch immer manche Illusionen knüpfen, die Ministerverantwortlichkeit, und deren Culmination, die Ministeranklage; unzureichend, weil bei ihr das Ziel ein so übertriebenes ist, daß deshalb das Mittel in der Regel versagt. Dies mag auch wohl der Grund sein, weshalb Stahl kein Bedenken hegt, sie zu gestatten, trotz der Inconsequenz, daß er damit doch „Unterthanen“ — denn das würden doch wohl die über die Ministeranklage urtheilenden Richter sein — ein Urtheil über die Rechtmäßigkeit von Regierungshandlungen einräumt.

Aber dieses Urtheil soll nicht darauf gerichtet sein, eine Regierungshandlung an sich für widerrechtlich zu erklären und das durch sie geübte Unrecht zu beseitigen, sondern nur darauf, den Verüber des Unrechts, den verantwortlichen Minister, zur Strafe zu bringen. Sie fällt daher ganz weg, wo dieser wegen Todes oder sonst in irgend einer Weise der Bestrafung entzogen ist. Aber auch wo derselbe noch verantwortlich gemacht werden könnte, wird eine Bestrafung und damit die Constatirung des geübten Unrechts nur in den seltensten Fällen erlangt werden. Wie bereits bemerkt, handeln Minister, die das Gesetz übertreten, regelmäßig nicht in der Weise, daß sie offen dem Gesetze in's Gesicht schlagen, sondern in der Art, daß sie dasselbe falsch interpretiren; und so unwahr auch eine solche Interpretation sein mag, so wird sich doch immer dieses oder jenes scheinbare Argument dafür beibringen lassen. Wer mag nun feststellen, daß nicht wenigstens subjectiv der Minister die von ihm vertheidigte Auslegung für richtig gehalten habe? Und wer wird, so lange sein subjectiver guter Glauben nicht widerlegt ist, ihn für seine Interpretation strafen wollen? Der Staatsgerichtshof soll noch gefunden werden, der in dieser Weise drakonisch verführe. So scheitern denn regelmäßig Ministeranklagen an der Unmöglichkeit, das subjective Verschulden des Ministers genügend nachzuweisen. Die Ministeranklage ist ein zu plumpes Werkzeug; weil sie zuviel will, erreicht sie gar nichts.

Selbst aber unterstellt, es gelänge einmal, einen Minister wegen Gesetzes-Verletzung zur Strafe zu bringen: wäre denn damit das Unrecht selbst beseitigt? An sich noch nicht! Denken wir, es wäre eine verfassungswidrige Anordnung gegeben. Der Minister, der solche contrasignirt hätte, würde abgesetzt und bestraft. Aber sein Nachfolger ließe die Verordnung oder wenigstens die Folgen derselben bestehn. Dann würde es unter Umständen wieder zweifelhaft sein, ob in diesem rein negativen Verhalten eine neue Verfassungsverletzung zu finden wäre. Der Erfolg würde also vielleicht nur der sein, daß zwar der Uebelthäter bestraft würde, aber das Unrecht selbst und seine Folgen bestehen blieben; ein Gegenstück zu der Thorheit, welche den Dieb strafen, aber dem Bestohlenen kein Mittel gewähren wollte, das entwendete Gut wieder zu erlangen.

Zu dieser intensiven Schwäche der Ministeranklage gesellt sich noch eine extensive. Die meisten Verfassungsurkunden beschränken die Ministeranklage auf die Fälle eigentlicher Verfassungsverletzung. Die Sicherung der Unterthanenrechte pflegt aber noch auf vielen andern Gesetzen zu beruhen, für deren Einhaltung dann jene strafrechtliche Garantie von vorn herein fehlt.

Ist endlich gar die Ministeranklage in der Verfassung so beschränkt, daß sie nur von beiden Kammern zusammen ausgeübt werden kann, dann wird in unzähligen Fällen noch aus dem weiteren Grunde, daß eine Uebereinstimmung der Kammern nicht stattfindet, die Ministeranklage ein leeres Wort bleiben. Es liegt auf der Hand, daß ein Minister willkürlich Recht und Gesetz verletzen kann, insofern er nur den in einer Kammer vorherrschenden Interessen dient, und deshalb der Nichtzustimmung dieser zu einer Anklage gewiß ist. Während das Gesetz nur mit Zustimmung beider Kammern rechtlich geändert werden darf, kann es alsdann mit Zustimmung einer Kammer thatsächlich gebrochen werden.

Wir ziehen das Ergebniß in Folgendem. Die Ministeranklage mag als Schutzmittel für die Fälle äußerster Art beibehalten werden; sie ist als solches allerdings nicht zu entbehren. Neben ihr aber bedarf es vor Allem eines Gerichts, vor welchem das von der Regierungsgewalt geübte Unrecht objectiv verfolgt und ein Ausspruch civilrechtlicher Art (vergl. §. 3) über die Pflicht zu dessen Beseitigung erwirkt werden kann. Dieser Ausspruch ist dann unabhängig davon, ob der Minister zu bestrafen steht oder nicht; er ist unabhängig von heraufbeschworenen Interpretationszweifeln, die ja durch ihn gerade überwunden werden. Wollte dann der Minister diesem Spruche keine Folge geben: dann wäre er, nunmehr unzweifelhaft, für die Anklage reif. Denn das früher durch die erhobenen Interpretationsbedenken zweifelhafte Recht wäre durch den Ausspruch des zuständigen Richters zu einem unzweifelhaften geworden, dessen Verletzung fernerhin nicht ohne Arglist geschehen könnte.

An derselben Unvollkommenheit, wie die Ministeranklage, leidet auch die strafrechtliche Verfolgung anderer Staatsbeamten wegen Mißbrauchs der Amtsgewalt ꝛc., auch einmal vorausgesetzt, daß die Unterthanen zur Wahrung ihrer Rechte sich derselben frei bedienen könnten. Sie kann für gewisse äußerste Fälle Schutz gewähren, aber sie wird in unzähligen Fällen, wo sich das Unrecht der strafrechtlichen Erkenntniß entzieht, nicht ausreichen [4]).

§. 27.

Und warum will Stahl einen Richterspruch der Regierungsgewalt gegenüber nicht gestatten? Betrachten wir das bunte Gewebe schillernder Sätze, welche er dagegen vorbringt [5]):

„Nach der Natur des Staates als eines sittlichen Reichs, dem die Einzelnen als Glieder angehören, kann nur er selbst, seine eigene beherrschende Macht, sohin die Regierung, das Urtheil über die gesetzmäßige Anwendung ihrer Functionen haben, sie kann nicht für Vornahme derselben erst die Entscheidung der Gerichte als einer dritten Macht bedürfen, noch weniger kann sie selbst der Macht der Gerichte, deren Verurtheilungs-Befehl und Vollstreckung unterliegen. Dächte man sich einen Zustand, daß über die Acte der Staatsgewalt, sei es vor ihrer Vornahme, sei es nachher, richterliche Entscheidung überall eintrete, wenn der Unterthan sich auf Rechtsverletzung beruft, so hätte damit der Staat aufgehört, wirklich Staat, ein sittliches Reich über den Individuen zu sein, er würde selbst eine bloße Privatpartei, seine Handlungen verlören den Charakter einer höhern Autorität, es käme ihm sein Herrscherrecht gegen die Unterthanen nicht in anderer Weise zu, als dem Gläubiger seine Befugnisse gegen den Schuldner, und die Unterthanen hätten aufgehört, ergänzende Glieder des Staates, dieses sittlichen Ganzen, zu sein, sondern ständen ihm als einem Subjecte außer ihnen als losgetrennte, unabhängige, gleichartige Subjecte gegenüber.“

---

[4]) Auch das Privatrecht gewährt ähnliche Erscheinungen. Gewaltsame Verletzung eines unzweifelhaften Besitzstandes wird in den meisten Ländern als „Eigenmacht“ gestraft. Wollte man aber den Besitz auf diesen strafrechtlichen Schutz beschränken, so würden unzählige Besitzverhältnisse minder unzweifelhafter Art ungeschützt bleiben. Es bedarf daher, damit voller Rechtsschutz gewährt sei, auch der civilrechtlichen Besitzklagen.

[5]) A. a. O. S. 607.

Zunächst werden hier die Gerichte dem „Staate“ entgegengestellt, und aus der Natur des letztern wird abgeleitet, daß nur er selbst, „sohin die Regierung“, das Urtheil über die Gesetzmäßigkeit ihrer Handlungen[6]) haben könne. Aber ist denn nur „die Regierung“ „Staat“? oder sind es nicht auch „die Gerichte“? Wir haben immer gehört, daß auch die Gerichte nicht eine außerhalb des Staates stehende „dritte Macht“ seien, sondern daß sie Organe des nämlichen Staates seien, dem auch die Regierung d. h. der Souverain und seine Administrativbehörden als Organe angehören. Die Worte „sohin die Regierung“ sind also ein Trugschluß. Dem „Staate“ bleibt die Entscheidung, auch wenn die Gerichte entscheiden. Substituiren wir deshalb in der Stahl'schen Deduction dem Worte „Staat“ das Wort „Regierungsgewalt“: so soll nun dieser das eigene Urtheil über die Rechtsgrenzen ihrer Thätigkeit verbleiben müssen, weil sie sonst aufhöre, eine sittliche Autorität zu sein. Wir haben noch andere Verhältnisse, wo die Stellung des Einen über den Andern den Charakter einer sittlichen Autorität in sich trägt. Es übt eine solche der Familienvater über Weib, Kind und Gesinde, der Vormund über den Mündel, der Lehrer über den Schüler, die Gemeinde über die Bürger. Folgt daraus die Nothwendigkeit, daß allen diesen Personen die Rechtsgrenze ihres Autoritäts-Verhältnisses nach eigenem Ermessen zu bestimmen überlassen bleiben müsse? Wenn irgend ein Recht auf Erden von Gottes Gnaden ist, so ist es das Recht, welches der Vater an seinen Kindern hat. Auch finden wir in unseren Rechtsbüchern das Zeugniß von einer freilich mehr als zwei Jahrtausende zurückliegenden Zeit, wo dieses Recht wirklich ein unbegrenztes war. Seitdem ist aber das Verhältniß anders geworden; und im heutigen Rechte hat die väterliche Gewalt ihrer bestimmt gezogenen Rechtsganzen. Ist dadurch nun das

[6]) „Gesetzmäßige Anwendung ihrer Functionen,“ sagt Stahl. Schon darin liegt eine Zweideutigkeit. Es läßt nämlich dieser Ausdruck an sich auch die Deutung zu, daß der Regierung das freie Urtheil über die Anwendung ihrer Functionen, diese als gesetzmäßig vorausgesetzt, zustehen müsse, was ganz richtig wäre. Dem Zusammenhange nach kommt aber der angegebene Sinn heraus. Dies nur als Beispiel, wie trügerisch Stahl seine Ausdrücke wählt.

Verhältniß zwischen Vater und Kind ein minder sittliches geworden? Weil der Vater nach heutigem Recht sein Kind nicht mehr tödten oder als Sclave verkaufen darf; weil er rechtlich verpflichtet ist, es zu erhalten, es unterrichten zu lassen, weil er ihm die Einwilligung zu seiner Verheirathung nicht mehr willkürlich versagen darf: stehen deshalb beide nur noch als „Gläubiger und Schuldner" sich gegenüber?

Es ist eine Unwahrheit, daß eine sittliche Autorität dabei gewönne, daß sie für sich den Vorzug in Anspruch nimmt, sich keinem Rechte zu beugen. Die sittliche Autorität verbleibt der Regierungsgewalt dadurch, daß sie innerhalb der gesetzlichen Schranken frei waltet, nicht aber bedarf es dazu, daß sie diese Schranken nach Belieben sich selbst zurecht schiebe. So gut, wie Stahl, erkennen wir an, daß das Wesen des öffentlichen Rechts, kraft dessen die Regierungsgewalt den Unterthanen gegenübertritt, diese als ergänzendes Glied eines höheren Ganzen erfaßt und heranzieht. Aber wir behaupten, daß, soweit hiefür Rechtsgrenzen bestimmt sind, jenseits dieser Grenzen auch die Rechte des Individuums beginnen, und nicht minder Anspruch auf Geltung haben, als das Recht und die Autorität der Obrigkeit. Man kann überhaupt Rechte als solche nicht als verschieden gewerthet gegen einander abwägen wollen. Ein jedes Recht als Recht hat gleichen Werth und gleichen Anspruch auf Geltung.[7]) Stahl aber benutzt die herrschende Unklarheit über das Wesen des öffentlichen Rechts, um das Verhältniß zwischen Obrigkeit und Unterthan seines rechtlichen Charakters leise zu entkleiden, und unter dem Vorwand „sittlicher Autorität" zu einem Verhältniß einseitiger absoluter Gewalt zu machen.

---

[7]) Es ist deshalb auch eine unwürdige Redeweise, wenn Stahl an anderer Stelle fragt: ob denn die Gerichte über Handlungen des Königs eben so entscheiden sollen, wie etwa über die Gültigkeit einer Frauenbürgschaft? Mit gleicher Emphase könnte man fragen: ob denn die Gerichte über den Bestand einer Ehe eben so entscheiden sollen, wie über den Sündenlohn eines Freudenmädchens? Und doch entscheiden sie über beides. Darin liegt gerade die hohe Bedeutung des Rechts, daß es das menschliche Zusammenleben in seiner Gesammtheit umfaßt. Und auch für das Höchste ist es keine Herabwürdigung, wenn es, eben so wie das Geringste, dem Rechte unterliegt, — so wenig, wie die Erhabenheit des Weltenbaues darunter leidet, daß das Gesetz, welches den Sternen ihre Bahn weist, das nämliche ist, welches auch den Apfel zur Erde fallen macht.

§. 28.

Stahl sagt dann ferner: „Die ältere Zeit hatte eine Annäherung an diesen Zustand, aber auch nur eine Annäherung; völlig kann er nirgend bestehen, weil der Staat nirgend seine Natur als Staat völlig verleugnen kann. Dagegen die Vollendung des staatlichen Charakters in der neuern Zeit strebt auch die Annäherung an solchen Zustand von Grund aus aufzuheben. Ihr wirksames Princip ist es, daß die Staatsregierung (bez. der Souverain), als höhere sittliche Autorität über den Unterthanen, selbst und allein die Entscheidung über gesetzmäßige Ausübung ihrer Functionen gegen dieselben hat und weder vor den Functionen über deren Zulässigkeit noch auch nach ihnen über deren Rechtmäßigkeit oder Entschädigungsfolge einer anderen Autorität unterliegen kann."

Auch hierin liegt Wahres und Falsches gemischt. Es ist wahr, daß die ältere Zeit, weil die Begriffe von Staat und Staatsrecht noch unentwickelt waren, die Rechte der Unterthanen der Obrigkeit gegenüber aus einem mehr privatrechtlichen Gesichtspunkte auffaßte und so annähernd zu dem nämlichen Resultate gelangte, welches auch hier erstrebt wird, zu einem denselben zu gewährenden Rechtsschutz. Es ist wahr, daß die Entwickelung des Staatsbegriffs den Gegensatz jener Rechte zu denen des Privatrechts klarer gestellt hat. Es ist wahr, daß die Regierungen, durch die s. g. Hofpublicisten unterstützt, diesen Umwandlungsproceß vielfach benutzt haben, um die nunmehr vom Standpunkt des öffentlichen Rechts zu beurtheilenden Unterthanenrechte zu klaglosen, des Rechtsschutzes entbehrenden zu stempeln. Es ist aber unwahr, daß dies die natürliche Folge jenes Umwandlungsprocesses wäre und als dessen bleibendes Ziel aufgestellt werden müßte. Es ist unwahr, daß das öffentliche Recht nicht ebenso gut geeignet sei, Gegenstand eines Richterspruches zu werden, als das Privatrecht. [8]) Und wenn bisher auch der vom staatsrechtlichen Gesichtspunkte aus zu construirende Rechtsschutz in den meisten Ländern unausgebildet ge-

[8]) Das erkennt auch z. B. Gerber an: „Ueber öffentliche Rechte". S. 43, Note 1 a. E.

blieben ist, so ist das doch nur ein einzelnes Moment in der allenthalben geschichtlich begründeten Erscheinung, daß für die Umwandlung des Patrimonialstaats in den Rechtsstaat der Absolutismus den Durchgangspunkt bildet.

Weiter fährt Stahl so fort: „Das, was Gegenstand der Verwaltung, der Autorität der Staatsregierung ist, kann niemals, auch wenn Verletzung der Unterthanenrechte behauptet wird, zur Justizsache werden. Beide Gebiete sind schlechterdings von einander unabhängig, und es gilt, für jedes die ihm gebührenden Gegenstände auszuscheiden, d. i. von vornherein zu bestimmen, welche Zustände und Streitigkeiten durch die verwaltende Thätigkeit der Regierung, welche dagegen durch die Richter geordnet und bez. entschieden werden sollen. Diese Ausscheidung beruht auf Folgendem: Diejenigen Lebensverhältnisse, bei denen es der primäre und absolute Zweck ist, den einzelnen Staatsbürger bei dem ihm zukommenden Recht unverbrüchlich zu erhalten, bilden die Sphäre der Rechtspflege; diejenigen dagegen, in welchen der primäre Zweck eine Gestalt und ein Erfolg für das Ganze ist, bilden die Sphäre die Verwaltung, der Behörden. Der Gegensatz gegen das Recht des einzelnen Staatsbürgers ist nämlich nicht bloß das Gemeinbeste in dem Sinne von Vortheilen, die der Gesammtheit erst erworben werden sollen, sondern nicht minder die Gemeinordnung, der Erhaltung des öffentlichen Zustandes, der Verfassung in ihren bestehenden Grundverhältnissen, der Verwaltung in ihrem regelmäßigen nothwendigen Gange. Tiefer ausgedrückt, wo die innere Absicht allein die Gerechtigkeit ist, da ist das Bereich der Gerichte und sonst nirgends. Denn Gerechtigkeit muß zwar in allen Gebieten beobachtet werden, im Gebiete der Verfassung und Verwaltung wie der Justiz; aber in dem einen ist sie bloß die Schranke, in dem andern ist sie das positive einzige Ziel. Dort wird das Gemeinwohl u. s. w. mit Beobachtung der Gerechtigkeit angestrebt, hier die Gerechtigkeit selbst und nur sie.“

Setzen wir auch hier unseren Scheidungsproceß zwischen Wahrheit und trügendem Scheine fort. Von dem höheren Standpunkt der einheitlichen Staatsidee betrachtet, verfolgen Gerichte und Verwaltungsbehörden allerdings nur *einen* Zweck, wir wollen ihn den des *Gemeinwohls im weiteren Sinne* nennen. Von diesem Standpunkt aus erscheinen dieselben als coordinirte Organe; hierauf beruht ihre *gleiche* Stellung in der Diensthierarchie, ihr gleichmäßiges Recht, ihre Anordnungen selbständig zu vollziehen. Ja es läßt sich in gewissem Sinne sogar von einer Competenzeintheilung zwischen ihnen reden. Aber diese „Competenz“ ist nicht zu bestimmen nach Gegenständen („Lebensverhältnissen“), sondern nur nach zu realisirenden Principien. Die Gerichte haben das Gemeinwohl zu fördern, indem sie das Princip des *Rechts* realisiren; die Verwaltungsbehörden, indem sie alle übrigen Interessen der Gesammtheit vertreten. Das ihre Thätigkeit bestimmende Princip ist also nicht das des (objectiven) Rechts, sondern ein anderes, das wir — es ist schwer mit einem völlig passenden einheitlichen Namen zu begreifen — das Princip der *Zweckmäßigkeit* nennen können. Wie verhalten sich nun beide Principien zu einander? *Stahl* selbst sagt, daß die Verwaltungsbehörden das *Recht* als *Schranke* zu wahren haben. Haben nun etwa auch die Gerichte in gleicher Weise die *Zweckmäßigkeit* als *Schranke* zu wahren? Können sie, wenn z. B. ein Nachbar gegen den andern klagt, weil dieser mittelst eines Baues seine Grenze überschritten habe, erwägen, „daß es Schade sei, wenn der Bau wieder abgebrochen werde“, und deshalb den Kläger abweisen? Können sie, wenn ein hülfsbedürftiger Armer einen reichen Filz mit einer ungegründeten Schuldklage belangt, „in Anbetracht, daß es sehr zweckmäßig sei, wenn dieser von seinem Gelde etwas abgebe“, eine Verurtheilung aussprechen? Wir glauben nicht.

In der That verhält es sich so: *im geordneten Staatsorganismus geht das Recht jeder andern s. g. Zweckmäßigkeit vor.* In der unbedingten Herrschaft des Rechts liegt eine so große Wohlthat, daß alles Uebrige dagegen zurückstehen muß. *Das Recht ist die höchste Zweckmäßigkeit.*

§. 29.

Wenn hiernach die Gerichte nur das Recht ohne Schranke, die Verwaltungsbehörden aber die Zweckmäßigkeit mit der Schranke des Rechts als bewegendes Princip anzuerkennen haben: so fragt es sich, ob denn in denjenigen Verhältnissen, welche, als ausschließlich von dem Princip des Rechtes beherrscht, Stahl den Gerichten zuweist, die Zweckmäßigkeitsfrage gar nicht vertreten sei? Allerdings ist sie es, aber an einer Stelle, die Stahl gar nicht in den Kreis seiner Betrachtung hereinzieht. Sie wird vertreten durch die Selbstbestimmung des Individuums, welche diesem gleichfalls innerhalb der Schranke des Rechts zusteht. Bin ich Eigenthümer eines Grundstückes, so ist es eine Zweckmäßigkeitsfrage für mich, ob ich darauf Korn oder Rüben bauen, ob ich einen Garten anlegen, oder ein Haus errichten will. Was ich aber auch thue, ich darf nicht über die Grenze hinaus bauen; das verlangt das Recht. Es ist eine Zweckmäßigkeitsfrage für mich, ob ich mir diese oder jene Sache, theuer oder wohlfeil, kaufen will. Habe ich aber gekauft, dann nöthigt mich das Recht, auch zu bezahlen.

Man sieht, in den Verhältnissen des Privatrechts waltet für die Individuen derselbe Gegensatz ob, welcher die Stellung der Verwaltungsbehörden kennzeichnet: sie verfahren nach Zweckmäßigkeitsgründen innerhalb der Schranken des Rechts. Nur werden sie dabei durch ihr individuelles, die Verwaltungsbehörden durch das von ihnen zu vertretende Gemeinwohl bestimmt. Ein noch näher liegendes Analogon für die Stellung der letzteren liegt aber in der Stellung der leitenden Organe anderer Genossenschaften. Auch diese (die Direction einer Actiengesellschaft, der Vorstand eines Vereins ꝛc.) üben eine „Verwaltung“, bei welcher Zweckmäßigkeitsrücksichten das leitende Princip, die durch die Statuten bestimmten Rechte der Genossenschaft und ihrer Mitglieder aber die Schranke bilden, innerhalb deren sie sich zu bewegen haben.

Eine Scheidung der „Lebensverhältnisse“ in solche, bei denen das Recht „primärer, absoluter Zweck“ wäre, und in solche, wo etwas

Anderes, Zweckmäßigkeit, Wohlfarth &c., die Herrschaft übte, giebt es deshalb nicht. Der Gegensatz ist nur ein subjectiver, je nach der zu dem Lebensverhältnisse eingenommenen Stellung. Alle Lebensverhältnisse gewähren einen doppelten Standpunkt der Beurtheilung, den der Zweckmäßigkeit, und den des objectiven Rechts. Vom ersteren Standpunkt hat derjenige darüber zu entscheiden, welcher das auf Gestaltung des betreffenden Lebensverhältnisses hinzielende subjective Interesse vertritt; also bei individuellen Interessen das Individuum, bei genossenschaftlichen Interessen das leitende Organ der Genossenschaft; bei Interessen der Staatsgenossenschaft insbesondere die Regierungsgewalt. Den letztern Standpunkt vertritt allein das Gericht.

In allen übrigen Verhältnissen ist es anerkannt, daß beide Standpunkte nicht in derselben Person vereinbar sind; daß vielmehr derjenige, welcher eine Angelegenheit vom Standpunkt des subjectiven Interesses vertritt, wenn die Wahrung der Rechtsschranken ihm bestritten wird, sich einem Richterspruche unterwerfen muß. Für die Regierungsgewalt des Staats aber soll letzteres nicht allein nicht nöthig, sondern sogar unerträglich sein. Weil das „Gemeinwohl" ihr Ziel ist, und sie nur nebenbei auch die Schranke des Rechts zu wahren habe, soll auch die Bestimmung dieser Schranke ihrem Ermessen überlassen bleiben müssen. Mit dem nämlichen Rechte kann man sagen: weil der Eigenthümer über die Benutzung seines Eigenthums bestimmen darf, muß er auch über dessen Grenze entscheiden können; weil es Jedem frei steht, Schulden zu contrahiren, muß es ihm auch freistehen, ob er sie bezahlen will; weil dem Vorstand einer Gesellschaft die Verwaltung der Gesellschafts-Interessen zusteht, so muß es ihm auch zustehen, endgültig zu entscheiden, was für Rechte und Pflichten die Gesellschaftsmitglieder nach den Statuten haben.

So wie wir alle diese Schlüsse nicht für richtig halten, so halten wir es auch nicht für richtig, daß die Gesetzmäßigkeit der Functionen der Regierungsgewalt nur in deren eigener Autorität eine endgültige Entscheidung finden könne. Sind auch die Verwaltungsbehörden insofern den Gerichten coordinirt, als beide für die Staatszwecke, das Gemeinwohl im weiteren Sinne, thätig sind, so ist doch das Princip ihrer Thätigkeit, die Zweckmäßigkeit, oder wie man es sonst nennen mag, dem Princip der Gerichte, dem Rechte, subordinirt. Oder will etwa Stahl nicht eine solche Subordination? Hält er das „Gemeinwohl", wie es die Verwaltungsbehörden vertreten, „die Gestalt und den Erfolg für das Ganze" für so wichtig, daß sie sich nach Befinden auch einmal über das Recht hinaussetzen oder wenigstens von diesem einen Vergleich fordern dürfen? — Wir meinen, es sei nicht schwer, das Gefährliche einer solchen Lehre einzusehen. Wie wenn z. B. die Unterthanen einen Fürsten, dessen Mißregierung vielleicht nicht hinwegzuleugnen stände, unbehindert seines Rechtes bloß aus Gründen offenbarer Zweckmäßigkeit nöthigen wollten, von der Regierung zu scheiden? Das würde doch Stahl gewiß nicht billigen. Nun, wenn denn zu Gunsten der Regierenden eine bloße Zweckmäßigkeit dem Rechte weichen muß, so darf wohl ein Gleiches auch zu Gunsten der Regierten in Anspruch genommen werden.

Soll aber die Zweckmäßigkeit überhaupt dem Rechte untergeordnet sein, so ist es eine nothwendige Folge, daß auch die Organe, welche das Princip der Zweckmäßigkeit vertreten, bezüglich der Rechtsfrage den Organen der objectiven Rechtsordnung sich unterordnen. Denn die Organe sind ja nur die lebendigen Factoren jener Principien.

Eine Selbständigkeit ist hiernach den Verwaltungsbehörden allerdings zuzugestehen, aber nur innerhalb der der Regierungsgewalt zustehenden Rechte. Auf diesem Gebiet ist es vollkommen richtig, daß, „was Gegenstand der Verwaltung, der Autorität der Staatsregierung ist, nicht zur Justizsache werden" d. h. nicht von den Gerichten materiell beurtheilt und gehindert werden kann. Ein Eingreifen der Gerichte in dieses Gebiet ist jedoch nicht deshalb ausgeschlossen, weil die Frage, ob Rechte verletzt seien, in diesem Falle nicht zu ihrer „Competenz" gehöre, sondern weil diese Frage überhaupt zu verneinen ist. Die gerichtliche Entscheidung, daß die Verwaltungsbehörde innerhalb der Rechtsschranken gehandelt, ist keine Ablehnung der gerichtlichen Zuständigkeit, sondern die Verneinung eines vom Kläger erlittenen Unrechts im juristischen Sinne, keine formelle, sondern eine materielle

Entscheidung. Von einer Competenzfrage kann nur die Rede sein, wo mehrere Organe zu einer gleichartigen Thätigkeit berufen sind; wo gewissermaßen die Thätigkeit verschiedener Behörden nebeneinander parallel geht. Der Beruf der Gerichte, die Thätigkeit Anderer nach dem Maßstabe des Rechts zu messen, hat aber mit dem Beruf dieser Anderen, ihre Thätigkeit innerhalb des Rechts nach ihren Interessen zu bestimmen, nichts gemein. Mit gleichem Rechte würde man sonst auch in unzähligen andern Verhältnissen „Competenzfragen" haben. Es wäre eine solche, wenn der Grundeigenthümer, vom Nachbar belangt, daß er einen belästigenden Rauch ihm hinübersende, sich damit vertheidigt, daß er nur von einer ihm als Eigenthümer zustehenden Benutzungsweise seines Grundes und Bodens Gebrauch gemacht; wenn der Lehrherr, wegen einer dem Lehrling zugefügten Züchtigung mit der Injurienklage angegriffen, bestreitet, daß in dieser Ausübung seines Lehramts eine Injurie zu finden sei; wenn der Vater, von seinem Sohne auf Bestreitung von Studienkosten in Anspruch genommen, entgegnet, es stehe in seinem väterlichen Ermessen, ob er seinen Sohn studiren lassen wolle oder nicht; wenn der Vorstand einer Actiengesellschaft die Verpflichtung, gewisse Einnahmen an die Mitglieder als Dividende auszuzahlen, bestreitet, weil er von seinem statutenmäßigen Gutbefinden, einen Reservefond zu bilden, Gebrauch gemacht habe. Denn in allen diesen Fällen behaupten die Angegriffenen, daß sie sich auf einem Gebiete bewegt haben, wo nur ihnen, nicht dem Gerichte die Entscheidung zustehe[9]). Aber die Frage, ob sie sich auf einem solchen Gebiete bewegt, können sie doch nicht der Entscheidung des Gerichts entziehen; und damit hört ihre Vertheidigung auf, eine

[9]) Bei französischen Gerichten finden wir mitunter solche Fragen wirklich als „Competenzfragen" hingestellt. So erklärte ein Handelsgericht auf die Klage von Tänzerinnen, daß der Theaterdirector ihnen einen Theil ihrer Gage als über sie verhängte Geldbuße in Abzug gebracht, „sich für nicht zuständig", weil jene Bestrafung „eine Handlung der inneren Theaterverwaltung" bilde. (Vergl. Zink, die Ermittelung des Thatbestandes nach franz. Proc. II, S. 34.) Diese Entscheidung räumt also auf dem „Lebensgebiete" der Tänzerinnen dem Theaterdirector eine mit den Gerichten Concurrenz machende Jurisdiction ein. Das ist consequent von dem Standpunkt der Vertheidiger der Competenzhöfe.

Bestreitung der Competenz des Gerichts zu sein. Ganz die nämliche Natur hat die Behauptung der Verwaltungsbehörden, auf dem Gebiete ihres freien Ermessens innerhalb der Rechtsschranke gehandelt zu haben. Wer denselben auch in Betreff der Frage, ob sie sich auf diesem Gebiete befinden, die Selbständigkeit vindicirt, macht damit diese Schranke aus einer objectiven zu einer rein subjectiven, d. h. zu gar keiner.

§. 30.

In den Worten „Gerechtigkeit als primärer Zweck" und „Gestalt und Erfolg für das Ganze" hat nun Stahl gefügige Ausdrücke gefunden, um sein System zurecht zu bauen. Er überläßt jedoch, selbst auf die Gefahr einer Inconsequenz, bereitwillig „der Gerechtigkeit" dasjenige, was sich nach den einmal herrschenden Anschauungen ihr nicht wohl mehr entziehen läßt. So soll vor Allem die „Bestrafung der Vergehen und Verbrechen" der Rechtspflege zufallen, weil hier die Gerechtigkeit allein entscheidender Maßstab sei. Aber strafen wir denn nicht gerade zwecks „Gestaltung und Erfolgs für das Ganze"? Soll, wenn der Dieb, der Mörder angeklagt wird, damit nicht Diebstahl und Mord überhaupt verhütet werden? Und wie gar, wenn es sich um Verbrechen gegen den Staat selbst, um Hochverrath, Aufruhr, Zolldefraude ꝛc. handelt? Ist denn hier nicht noch unzweifelhafter „Erhaltung des Staates in seiner Intregität und seinen Rechten" Zweck der Bestrafung? — Nein, sagt Stahl; hier ist Gerechtigkeit der allein entscheidende Maßstab, weil „die Intregität des Unschuldigen gegen jede Strafe das absoluteste Recht des Individuums ist." Das heißt, richtiger ausgedrückt: das Individuum ist absolut berechtigt, nicht unschuldig, d. h. ungesetzlich bestraft zu werden. Das Interesse aber, welches dieses Recht begründet, besteht doch wohl nur darin, daß die Strafe ein Uebel ist, in dessen Zufügung für ihn ein Nachtheil liegt. Das, was hier also die gerichtliche Zuständigkeit nothwendig begründen soll, ist nichts anderes, als das Interesse des Individuums, nicht unter dem Vorwand des Gemeinwohls — denn solches vertritt ja die Staatsgewalt, indem sie Vergehen verfolgt, — mit ungesetzlichen Nachtheilen belegt zu werden. — Im Gegensatz hierzu stellt Stahl als Sache der

Verwaltung dasjenige hin, was „Gegenstand einer öffentlichen Verpflichtung und Aufopferung sei, wie körperliche Dienste und Vermögen". Das sind sie allerdings in gewissem Maße. Wir müssen uns gefallen lassen, für das Gemeinwohl unter Umständen Dienste zu leisten und Vermögen zu opfern. Aber doch gewiß nicht nach Belieben und ohne alles Maß, sondern, soweit das Gesetz bestimmte Schranken setzt, nur innerhalb dieses Maßes. Warum nun soll in einem Falle, wo Jemand gesetzlich ein Recht hat, von solchen Opfern frei zu bleiben, dieses Recht ein minder beachtungswerthes sein, als das Recht, nicht unschuldig gestraft zu werden? Treffen nicht ungesetzliche Belastung mit Opfern und ungesetzliche Bestrafung in dem gemeinsamen Begriffe ungesetzlich zugefügten Nachtheils zusammen? Ist ein wesentlicher Unterschied, ob Jemand widerrechtlich zu einer Freiheitsstrafe verurtheilt, oder an einem bestimmten Orte confinirt, ob er durch eine Geldstrafe oder durch eine Concessionsentziehung gesetzwidrig um seinen Lebensunterhalt gebracht wird?

Wenn es hiernach unrichtig ist, daß bei jenen Dingen, die Stahl als „Gegenstand des Gemeinwohls" von der Verwaltung gehandhabt wissen will, das Recht und Interesse des Individuums, gesetzwidriger Behandlung gegenüber, minder betheiligt sei, als bei gesetzwidriger Bestrafung, so ist es nicht minder unrichtig, wenn Stahl so thut, als ob bei Ausübung der Strafjustiz nur das Recht des Individuums, nicht unschuldig gestraft zu werden, in Betracht komme. Diesem Recht steht vielmehr das Recht und das Interesse der bürgerlichen Gesellschaft mit gleichem Anspruch gegenüber, daß ein wirklich Schuldiger nicht ungestraft bleibe, und Gesetz und Richterspruch haben zwischen beiden Interessen die rechte Vermittelung zu suchen.

Daß dies in der That der Gesichtspunkt ist, welcher unsere Strafjustiz beherrscht, davon können wir uns überzeugen, wenn wir einmal etwas genauer die Grundsätze zergliedern, nach denen die Beweisführung in Strafsachen beurtheilt wird. Tagtäglich sehen wir von unseren Gerichten Angeklagte strafen, bei denen man sich sagen muß, daß ein absoluter, mathematischer Beweis der Schuld nicht vorliegt. Warum darf, warum muß dies sogar geschehen? Weil, wenn wir anders verfahren wollten, eine wirksame Strafjustiz überhaupt aufhören und die Gesellschaft dem Verbrechen preisgegeben sein würde. Als schwache Menschen müssen wir einen sehr hohen Grad von Wahrscheinlichkeit — denn mehr sind unsere „vollen Beweise" in unzähligen Fällen nicht — für juristische Gewißheit nehmen. Und wenn es auch Pflicht ist, diese Annahme so zu beschränken, daß nicht leicht ein Unschuldiger gestraft wird, so dürfen wir doch vor der bloßen abstracten Möglichkeit, daß solches geschehe, nicht zurückschrecken. Die ganze Erwägung, welche hiernach das schafft, was wir „Beweis der Schuld" nennen, ist nichts weiter, als eine menschliche Vermittelung zwischen dem Interesse des Individuums und dem Interesse der Gesellschaft; und mit dem „absolutesten" Recht des Individuums, daß die Unschuld ungestraft bleibe, ist es praktisch nicht einmal an dem.

Indem also bei Bestrafung der Vergehen, Rechte der Gesellschaft dem Individuum gegenüber zur Ausübung gelangen, bildet das Strafrecht einen Theil des öffentlichen Rechts.[10]) Wer nun die Ansicht vertritt, daß der Staat, wenn er sich in Ausübung öffentlicher Rechte und Verfolgung der Zwecke des „Gemeinwohls" an einen Richterspruch binde, aufhöre „ein sittliches Reich über den Individuen" zu sein: von dem ist es unbegreiflich, wie er die Ausübung der Strafgewalt des Staats nicht für eine bloße Verwaltungssache erklären mag.[11])

Darin aber gerade, daß die Ausübung der öffentlichen Strafgewalt in allen gesitteten Ländern Sache der Gerichte ist, liegt der bündigste Beweis, daß eine Rechtssprechung auf dem Gebiete des

---

[10]) Nur darin unterscheidet sich die Ausübung der Strafgewalt von der Ausübung anderer öffentlich-rechtlichen Befugnisse des Staats, daß die Zwecke des Gemeinwohls durch die einzelne Bestrafung nicht unmittelbar, sondern nur mittelbar gefördert werden. Deshalb ist es nicht allein möglich, sondern auch sachentsprechend, daß der Staat sein Recht auf Bestrafung sogar von einer vorgängigen richterlichen Entscheidung abhängig mache, während da, wo die Staatsgewalt in unmittelbarer Verfolgung ihrer Zwecke handelt, es ihr unbenommen bleiben muß, selbständig vorzuschreiten. (§. 22).

[11]) In manchen Ländern ist denn auch die Uebertragung der Strafjustiz auf unabhängige Gerichte weit später erfolgt, als die der Civiljustiz. So z. B. in Kurhessen erst im Jahre 1821.

öffentlichen Rechts mit der sittlichen Autorität des Staats recht wohl vereinbar ist; und in dem täglichen Auftreten des öffentlichen Anklägers vor Gericht erweist sich die ganze Nichtigkeit der Phrase, daß der Staat, wenn er seine Rechte einem Richterspruche unterwerfe, in das Verhältniß eines Gläubigers zum Schuldner herabsinke.

§. 31.

Während Stahl in seiner Anerkennung der Bestrafung von Verbrechen als Justizsache der Rechtsprechung auf dem Gebiete des öffentlichen Rechts ein unbedingtes Zugeständniß macht, will er dagegen von der Civilrechtspflege das Gebiet des öffentlichen Rechts nicht berührt wissen, weil für dessen Handhabung nicht Gerechtigkeit, sondern Gesammterfolg das leitende Princip sei. Auf die einzelnen hierfür aufgeführten Beispiele — welche sich größtentheils auf dem Gebiete der ihrer Natur nach zweifelhaften Frage bewegen, wieweit de lege ferenda das freie Ermessen der Verwaltungsbehörden in den ihrer Obsorge anheimfallenden Verhältnissen durch Rechtsgrenzen zu beschränken sei — wollen wir vorerst nicht eingehen. Von Interesse aber sind die Ausnahmen, für welche Stahl die gerichtliche „Zuständigkeit" einräumt, und die er unter dem Namen der „exemten Rechte" zusammenfaßt.

Er unterscheidet directe (positive) und indirecte (negative) Exemtion. Als die erstere begründend bezeichnet er „Befugnisse der Unterthanen, die gerade ihrem Begriff und vollends ihrem Zwecke nach eine Ausnahme und Schranke gegen den betreffenden Zweig der Staatsgewalt seien." Auf dieser Grundlage stellt er eine Reihe von Gegensätzen auf, wo in dem einen Falle der Rechtsweg gegeben, in dem anderen ausgeschlossen sein soll; ein buntes Gemisch principloser Willkür. Nicht klarer wird die Sache dadurch, daß Stahl sagt, es bedürfe zwar für die Exemtion nicht nothwendig eines besonderen Gesetzes (Privilegs) oder besonderen Erwerbsacts; aber sie beruhe immer auf einem besonderen Titel, der von dem Titel des Hoheitsrechts selbst unabhängig sei. Was ist denn aber der Titel eines Hoheitsrechts? was ein Titel außerhalb desselben? Weder die Ausführungen

Stahl's[12]), noch die Praxis derjenigen Gerichte, denen dieses räthselhafte Ding zur Anwendung überwiesen worden ist, klären uns darüber auf. Warum ein Gesetz, welches die Söhne der Standesherren für militairfrei erklärt, einen Titel, dagegen ein Gesetz, welches den einzigen Sohn eines Bauern von der Militairpflicht ausnimmt, keinen Titel; ein Gesetz, welches für eine Classe von Unterthanen die gänzliche Freiheit von einer bisherigen Abgabe ausspricht, einen Titel, ein anderes Gesetz dagegen, welches bestimmt, daß eine Abgabe nur bis zu einem gewissen Betrage erhoben werden solle, für die Freiheit von dem Mehr keinen Titel gewähre; warum der gesetzwidrigen Untersagung eines Gewerbes als angeblich concessionirten ein exemtes Recht, der gesetzwidrigen Entziehung einer Gewerbsconcession aber kein solches Recht gegenüberstehen soll: das Alles ist schwer einzusehen.

Am nächsten läge vielleicht der Gedanke, Stahl wolle eine nur durch den negativen Ausdruck des Gesetzes bestimmte Freiheit der Unterthanen von Eingriffen eines Staatshoheitsrechts nicht als eigentliches (s. g. exemtes) Recht gelten lassen. Nun lehrt er aber selbst, daß es auch negativ exemte Rechte gebe, d. h. solche, wo die Berechtigung des Individuums schon daraus erwachse, daß die Administrativgewalt ihren Wirkungskreis überschreite; freilich, nach Stahl, nur dann, wenn sie völlig außer ihrem Amtskreise, also in einem Bereiche handelt, in welchem sie in thesi keine rechtliche Gewalt hat; z. B. die Polizei erkennt eine höhere Geld- oder Gefängnißstrafe, als ihr verfassungsmäßig zusteht. Dahin soll auch gehören, wenn „alle" thatsächlichen Beziehungen zur Ausübung des Hoheitsrechts mangeln, z. B. Jemand aus Namensverwechselung zu einer Steuer herangezogen werde; dann liege eine unmotivirte, nicht bloß falsch motivirte Bereicherung des Staates vor, welche ihn zur Rückzahlung verpflichte.

Wir halten diese Lehre für eine in sich selbst verfehlte. Der Name „exemte Rechte" ruft zunächst den Schein hervor, als ob an

---

[12]) Daß die Vergleichung dieses Titels mit dem besonderen Titel des verklagtischen Besitzes, welcher die Erbschaftsklage ausschließt, die Sache nicht besser macht, wird Jeder einsehen, der über die Bedeutung dieses Einwandes bei der hered. petitio eine klare Anschauung hat. Stahl (S. 624) faßt denselben irrig auf.

sich die Regierungsgewalt der Rechtssphäre des Individuums gegenüber unumschränkt, und nur kraft besonderer Ausnahme ein Schutz gegen sie verliehen sei. Dieser Gesichtspunkt wird dann auch festgehalten bei den s. g. direct exemten Rechten durch die Aufstellung des räthselhaften, der willkürlichsten Anwendung preisgegebenen Erfordernisses eines besonderen „Titels“. Aber Stahl selbst giebt jenen Gedanken wieder auf durch Aufstellung der s. g. indirect exemten Rechte, eines Begriffes, der den Zwiespalt in sich selbst trägt. Denn das, was hier Stahl als berechtigt anerkennt, ist nichts anderes, als die natürliche Freiheit der Person und des Vermögens, die gegen das Extrem der Verwaltungswillkür so stark reagirt, daß selbst Stahl ihr Schutz nicht zu versagen wagt. Aber freilich auch nur gegen dieses Extrem. Nur wenn die Verwaltungsbehörde „völlig“ außer ihrer Competenz handelt, wenn sie gar keine Gründe anführt, einen handgreiflichen thatsächlichen Irrthum begeht oder contra jus in thesi clarum verfährt, verwandelt sich die sonst so fügsame Freiheit des Individuums in ein „exemtes“ und damit klagbares Recht. Wenn aber die Regierungsgewalt sich nur halbwegs in ihrer Sphäre hält, wenn sie Gründe anführt, seien sie auch noch so unhaltbar, wenn sie falsch auslegt, kurz, wenn sie diejenigen Formen wählt, welche Regierungsbehörden auch da, wo sie Gesetze verletzen, in der Regel einzuhalten pflegen, dann, lehrt Stahl, ist kein exemtes Recht vorhanden, und der Unterthan hat sich der Rechtswidrigkeit zu fügen.

Daß da, wo kein geschriebenes Gesetz die Thätigkeit der Regierungsgewalt normirt, wegen Unbestimmtheit der Rechtsgrenze das Verhältniß in einer Weise sich gestalten kann, die einigermaßen der Stahl'schen Darlegung entspricht, haben wir schon oben (S. 63) bemerkt. Der eigentliche Vorwurf für seine Lehre liegt deshalb da, wo ein bestimmtes, die Thätigkeit der Regierungsgewalt beschränkendes Gesetz vorhanden ist, indem er die Auslegung dieses Gesetzes den Regierungsbehörden frei einräumt. Damit schafft er über die wahre Rechtsgrenze hinaus eine weite Zone, in welche nach Willkür abzuschweifen er der Regierungsgewalt vorbehält. Er thut so, als ob, trotz des beschränkenden Gesetzes, das betreffende Staatshoheitsrecht doch eigentlich unumschränkt in den Händen der Verwaltungsbehörden geblieben sei; das beschränkende Gesetz aber nur gute Vorsätze bezeichne, nach welchen zu handeln die Staatsregierung in Aussicht gestellt habe. Daneben aber gewährt die Aufstellung der s. g. exemten Rechte noch die Grundlage, um einerseits den äußersten, vernichtenden, Consequenzen dieser Lehre zu entgehen, andrerseits diesem oder jenem Recht, für welches man eine besondere Zuneigung fühlt, ausnahmsweise gerichtlichen Schutz angedeihen zu lassen.

§. 32.

Aber selbst diese „exemten Rechte" beschränkt Stahl in der Art, daß er die Frage, ob ein solches in Natur oder nur in Form einer Entschädigung zu verfolgen stehe, abhängig erklärt von dem Urtheile der Verwaltungsbehörden, „ob die betreffende Maßregel überhaupt unterlassen werden könne". Damit räumt er der Regierungsgewalt hinsichtlich aller Rechte der Unterthanen ein unbeschränktes Expropriationsrecht ein, dessen Ungerechtigkeit bereits oben (S. 66) dargelegt ist[13]). Man lasse sich doch nicht beirren durch den Vorwand, daß das öffentliche Wohl jene Befugnisse erheische. In den geordneten Zuständen unseres heutigen Staatslebens kommen wirkliche Nothstände viel zu selten vor, als daß ihre Abwendung mit Einräumung jener Befugniß erkauft werden müßte. Und wo sie wirklich einmal sich zeigen, wird das Leben auch noch in anderer Weise sich zu helfen wissen.

Endlich will auch Stahl beileibe nicht, daß bei gerichtlicher Entscheidung über ein „exemtes Recht" die Administrativbehörde als Partei behandelt, vor Gericht geladen und gar verurtheilt werde. Vielmehr fordert er im Namen des „öffentlichen Princips," daß in solchen Fällen die Sache von vornherein an die Gerichte zur Entscheidung verwiesen werde, damit sie, und nicht die Behörden, „die Gesetze realisiren."

[13]) Die Staatsgewalt, welche Alles thun darf, wenn nur der „Fiscus" Entschädigung dafür leistet, erinnert an jenen Römer, der sich ein Vergnügen daraus machen durfte, in den Straßen Roms den ihm Begegnenden Ohrfeigen auszutheilen, weil er einen Sclaven mit einem Geldsacke hinter sich hergehen ließ, welcher sie den Empfängern nach der festen Taxe der zwölf Tafeln baar bezahlte.

Verweigern aber die Behörden die Ueberweisung, so soll das Gericht dagegen Einsprache thun und „Competenz-Conflict" erheben. — Vielleicht erweist sich in dieser Form am allerklarsten, daß die Negation des öffentlichen Rechts als Rechts der eigentliche Ausgangspunkt der Stahl'schen Lehre ist. Wesen des Rechtes ist es, daß es eine objective Ordnung bildet, welche zwischen sich gegenüberstehenden Interessen — behaupteten subjectiven Rechten — vermittelt. Zur Herstellung objectiven Rechts, den im Rechtsstreit begriffenen Interessen gegenüber, gehören daher nothwendig drei Personen, zwei als Vertreter der streitenden Interessen — Parteien — und eine dritte, als Vertreter der objectiven Rechtsordnung, der Richter. So wie nun aber Stahl die Verwaltungsbehörden — die berufenen Vertreter subjectiver Rechte der Regierungsgewalt — um sie keinem Richter unterworfen erscheinen zu lassen, in den ihnen zugewiesenen „Lebensgebieten" zugleich zu Entscheidern über das objective Recht machen will: so sollen zu gleichem Zwecke umgekehrt die Gerichte — die berufenen Vertreter der objectiven Rechtsordnung — in ihrer auf das öffentliche Recht bezüglichen Thätigkeit den subjectiven Standpunkt der Verwaltungsbehörden in sich aufnehmen, und statt über das fragliche Recht richterlich zu entscheiden, dasselbe administrativ handhaben. Auf dem Gebiet des öffentlichen Rechts giebt es daher, nach Stahl, keinen Gegensatz zwischen subjectivem und objectivem Rechte. Alle Rechte der Staatsgewalt werden nur vom subjectiven Standpunkte aus geübt, und zwar je nach „Lebensgebieten", theils von den Verwaltungsbehörden, theils von den Gerichten. Beide „realisiren die Gesetze" in gleichem Sinne. Damit wird die Scheidung in der Thätigkeit beider in der That zu einer Competenzscheidung. Der auf Wahrung seines Rechts dringende Unterthan hat nicht einen Anspruch darauf, daß ihm Recht gesprochen, sondern nur, daß er, je nach Umständen, von dieser oder jener Staatsbehörde behandelt werde. Und auch das Gericht soll, wenn von der Verwaltung in seine „Competenz" eingegriffen wird, darüber einen Streit anfangen, ähnlich, wie weiland ein landesherrlicher und ein Patrimonialbeamter über die Grenzen ihrer Zuständigkeit miteinander haderten und rechteten. Das nur entspricht, nach Stahl'scher Auffassung, der Würde des Staats.

Nur beiläufig möchten wir fragen, ob denn in dieser Weise auch bei den s. g. negativ exemten Rechten verfahren werden soll? — ob, wenn eine Verwaltungsbehörde in offenbarer Widerrechtlichkeit handelt, damit die Zuständigkeit für die richtige Verwaltungshandlung den Gerichten erwachsen soll? — Ueberhaupt bilden die „negativ exemten Rechte" denjenigen Punkt der Stahl'schen Lehre, an welchem der Mantel der Sophistik am wenigsten ausreicht, um deren Blöße zu verdecken.

Aber noch an einer anderen Stelle tritt diese Blöße hervor. Wenn nämlich wegen Verletzung „exemter Rechte" Entschädigung begehrt wird, so soll nichts entgegenstehen, daß „der gewöhnliche Proceß gegen den Fiscus" eröffnet werde. Wir haben oben bemerkt, daß die Unterscheidung zwischen „Staatsgewalt" und „Fiscus" einen Sinn hat, wenn man damit bezweckt, den Staat einerseits in seiner öffentlichrechtlichen, andrerseits in seiner privatrechtlichen Beziehung zu bezeichnen. Wird denn aber dadurch, daß wegen eines von der Staatsgewalt als solcher verletzten Rechts, statt Wiedereinräumung in Natur, auf Entschädigung geklagt wird, der Streit von dem Gebiet des öffentlichen auf das des Privatrechts übergeführt? Mit nichten! Die Hauptfrage bleibt ganz dieselbe, ob nämlich die Staatsgewalt in Ausübung ihres Hoheitsrechts die Rechtsgrenze überschritten und somit eine zur Entschädigung verpflichtende Rechtsverletzung begangen habe. Gegenstand des Richterspruchs ist stets diese Rechtsverletzung und die Entschädigung ist ja nur eine secundäre Form der Ausgleichung derselben. Einen solchen Proceß würde daher auch nicht die Staatsfinanzbehörde, als Vertreterin des „Fiscus", sondern diejenige Behörde zu führen haben, deren hoheitsrechtliche Handlung in Frage stände. Diese müßte nun doch „als Partei" auftreten, sie würde ihre Handlung zu rechtfertigen haben; und über die Berechtigung oder Nichtberechtigung dieser Handlung würde nun doch im Proceßwege entschieden werden. Wäre das alles eine „staatsrechtliche Unmöglichkeit", so hätte Stahl auch die Frage über die Verpflichtung zur Entschädigung einer gleichen administrativen Erledigung zuweisen müssen, wie die Entscheidung über das Recht selbst. Warum thut er das nicht? Gewiß nur deshalb, weil es doch allzusehr auffallen würde, die Rechtsfrage über einen Geldanspruch wider den Staat als administrative Angelegenheit behandeln zu wollen. Um aber die Inconsequenz zu verdecken, wird wieder die Unterscheidung zwischen Staatsgewalt und Fiscus herbeigeholt, und gethan, als ob letzterer eine von der Staatsgewalt ganz verschiedene Person wäre, deren Stellung vor Gericht der Würde des Staats keinen Eintrag thue. Wie kommt es aber nun, daß diese andere Person „für rechtswidrige Acte der Administrativgewalt haftet"? Wir wissen für diese Haftbarkeit nur die eine Erklärung, daß Fiscus und Staat eben nur eine Person sind, in ihren verschiedenen rechtlichen Beziehungen gedacht. Damit tritt denn auch die Inconsequenz der Stahl'schen Lehre klar zu Tage.

Daß auch wir zur Rechtsprechung auf dem Gebiete des öffentlichen Rechts nicht gerade überall den förmlichen Proceß für nothwendig, sondern in manchen Verhältnissen andere, den Stahl'schen Vorschlägen sich annähernde Formen für geeignet halten würden, ist bereits oben (S. 72) bemerkt. Wenn aber irgend etwas gegen diese Formen Bedenken erregen könnte, so wäre es eben der von Stahl verfolgte Zweck, durch sie zu verdecken, daß es sich dabei um eine wirkliche Rechtsprechung handele.

§. 33.

Die Auffassung des Verhältnisses der Administrativbehörden und Gerichte als gleichmäßig zur Realisirung der Rechte der Staatsgewalt gegen die Unterthanen berufener Organe, zwischen denen nur eine gewisse gegenständlich abgegrenzte Arbeitstheilung stattfinde, führt Stahl dahin, zur Entscheidung von Zweifelsfällen über die beiderseitige „Zuständigkeit" eine neutrale Macht für nothwendig zu erklären. An sich habe der Fürst, als der Einheitspunkt aller Gewalt im Staate, diese Entscheidung zu ertheilen. Er thue ein Uebriges, wenn er dieselbe einer Behörde von judiciärer Stellung überlasse. Für diese „müsse Gemeinordnung und Gemeinwohl, und müsse Gerechtigkeit, Beides in gleicher, Beides in absoluter Weise leitender Beweggrund der Entscheidung sein."

Damit gelangt Stahl zu einer theoretischen Rechtfertigung des Competenzgerichtshofes; eines Instituts, das bekanntlich nicht deutscher Rechtsanschauung, sondern dem französischen Imperialismus seine Ausbildung verdankt.

Und in der That ist der Competenzhof eine Erfindung, die mit deutschem Rechtssinn nichts gemein hat. Ihm soll eine Vermittelung zwischen Gemeinwohl und Gerechtigkeit obliegen. Ist denn das aber in der That ein Gegensatz? — und wenn ein Gegensatz, ein solcher, der einer Vermittelung fähig wäre? — Nicht die Gerechtigkeit ist dasjenige, was dem von den Administrativbehörden vertretenen Gemeinwohl gegenübersteht, sondern das individuelle Wohl derjenigen, auf deren Kosten das Gemeinwohl befriedigt werden soll. Wenn eine Regierungsbehörde findet, daß das Gemeinwohl die Entziehung einer Concession erheische, der Concessionirte aber dies seinem individuellen Wohl durchaus nicht entsprechend findet; wenn eine Polizeibehörde die Aenderung einer Anlage im Interesse des Gemeinwohls für nöthig erachtet, der dadurch berührte Grundeigenthümer aber dieser Aenderung in seinem Interesse widerspricht: so treten hier überall nicht etwa Gemeinwohl und Gerechtigkeit, sondern Gemeinwohl und individuelles Wohl als die Gegensätze auf, welche der Vermittelung bedürfen. Und wo finden sie diese Vermittelung? Nur in dem Rechte. Liegen die Voraussetzungen vor, unter welchen die Regierungsgewalt berechtigt ist, die Concession zu entziehen, die Anlage zu ändern 2c., so hat das nach ihrem Urtheil gefährdete Gemeinwohl den Vorzug, und das individuelle Wohl muß sich opfern. Wo nicht, umgekehrt. Nicht einseitiger Vertreter des individuellen Wohls ist ja das Recht, sondern es liegt in seinem Begriffe, daß es eben alle widerstreitenden Interessen, das allgemeine, wie das individuelle, jedes in seiner Art, würdigt und berücksichtigt. Wenn hiernach bereits das Recht bestimmt ist, zwischen den in Wahrheit streitenden Factoren die rechte Mitte zu bilden, so kann ein Versuch, zwischen diesem Factor der rechten Mitte und dem einen streitenden Factor nochmals zu vermitteln, nur darauf ausgehen, eine falsche Mitte, ein Unrecht auf Kosten des anderen streitenden Factors zu erzielen; und ein Institut, welchem die Idee einer solchen Vermittelung zu Grunde liegt, ist daher ein Institut principiellen Unrechts.

Dies fühlt auch der einfache Rechtssinn klar durch; und es bedarf nicht einmal einer Hinweisung auf die oft in sehr einseitiger Weise vorgenommene Besetzung der Competenzhöfe, um die tiefwurzelnde Abneigung wider das ganze Institut im Volke zu erklären.

Die einzige Grundlage, auf welcher nach dem Princip des Rechtsstaats die Scheidung zwischen Zulässigkeit oder Unzulässigkeit eines gerichtlichen Urtheils über Handlungen der Administrativbehörden unternommen werden kann, bildet die Frage: hat die Behörde die ihrem freien Verwaltungsermessen gesetzte Rechtsgrenze überschritten oder nicht? Dies ist aber eine reine Rechtsfrage, von der nicht abzusehen ist, weshalb über sie eine Vorfrage gestellt und im Wege eines Compromisses zwischen Administration und Justiz entschieden werden müsse. Nach gleichem Grundsatze müßten sonst auch auf dem Privatrechtsgebiete alle Vertheidigungen, welche darauf hinauslaufen, daß der Verklagte innerhalb seiner Rechtssphäre nach freiem Ermessen gehandelt habe, zu „Competenzfragen“ erwachsen (S. 91). Und noch mehr müßte dies einleuchten bei solchen Streitigkeiten, welche zwischen den Mitgliedern von Genossenschaften, Gemeinden ꝛc. mit ihren Vorständen wegen angeblicher Ueberschreitung ihrer gesetz- oder statutenmäßigen Befugnisse geführt werden. Denn auch diese vertreten ein kleines „Gemeinwohl“, welches sich erst mit der „Gerechtigkeit“ auseinandersetzen müßte.

Oder will man vielleicht behaupten, das größere „Gemeinwohl“, welches die Staatsbehörden vertreten, sei so wichtig, daß hier etwas Anderes gelten, daß es unter Umständen auch einmal der Gerechtigkeit vorgehen müsse? Man bejahe doch diese Frage, wenn man den Muth dazu hat! Antwortet man aber darauf, mit uns, ein entschiedenes: Nein! so ist damit über alle Competenzhöfe der Stab gebrochen. Denn der Zweck derselben ist eben kein anderer, als unter dem Vorwand des Gemeinwohls nach Umständen etwas Anderes als das Recht zur Geltung zu bringen.

Stellt man einmal Gemeinwohl und Gerechtigkeit als Gegensätze einander gegenüber, dann ist ein Standpunkt, wie ihn Stahl den Competenzhöfen zuweist, daß sie „Beide in absoluter Weise" vertreten sollen, ein absolutes Unding. Entweder stimmen beide überein; dann ist kein Grund vorhanden, der Gerechtigkeit nicht freien Lauf zu lassen. Oder sie stimmen nicht überein; dann giebt es zwischen beiden keine Vermittelung, keinen Vergleich. Ein jeder Abbruch am Rechte ist ein Unrecht.

Allerdings giebt es noch einen höheren Standpunkt, vor welchem Gemeinwohl und Gerechtigkeit nicht mehr als Gegensätze erscheinen. Dieser Standpunkt findet in dem Satze seinen Ausdruck: Gerechtigkeit ist das höchste Gemeinwohl. Wollten aber die Competenzhöfe diesen Standpunkt einnehmen, so würden sie schwerlich der Absicht ihrer Schöpfung entsprechen. Denn sie dürften dann keine Sache der verlangten Prüfung vom Standpunkte des objectiven Rechts, d. h. der Prüfung der Gerichte entziehen.

§. 34.

Sollen Recht und Gesetz eine objective Schranke für die Regierungsgewalt sein, so ist die Consequenz nicht zu vermeiden, daß bei jeder Handlung derselben von dem dadurch Berührten die Rechtsfrage müsse erhoben und deren Prüfung und Entscheidung von einem objectiven Standpunkt aus müsse begehrt werden können.

Freilich ist dieses Resultat den Freunden einer vielvermögenden Regierungsgewalt nicht genehm. Man ergeht sich deshalb in Uebertreibungen darüber, was daraus werden möchte. So sagt Stahl [14]): „Wenn man die Competenzausdehnung der englischen Richter auf unsere Richter überträgt, welche bloß, wenn ein Verletzter (Privatmann) sie gegen die Verwaltung anruft, in dem Verwaltungsgebiet erkennen sollen, und wenn man sie gerade aus dem Grunde auf sie überträgt, nicht damit die öffentliche gesetzliche Ordnung auch streng nach Gesetz und Recht gehandhabt werde, sondern damit das persönliche Recht des Unterthanen, als welches keine obrigkeitliche Gewalt über sich zulasse (!),

---

[14]) A. a. O. S. 667.

überall der Obrigkeit als Partei gegen Partei gegenüberstehe (!) und eine dritte neben und über der Obrigkeit stehende Macht der Entscheidung an ihnen erhalte; dann giebt man den öffentlichen Wohlbestand in seinem Totalzusammenhang den vereinzelten Rechten und Rechtsstreiten der Unterthanen Preis, und macht man die Richter aus Organen des Souverains zu Herren der Verwaltung, zu Herren des Souverains."

Und ein anderer Schriftsteller der neueren Zeit sagt [15]): „Sollte die Polizei und Finanzbehörde, so oft es dem Unterthan beliebt, ein von ihr gegen ihn beanspruchtes Recht des Staates zu bestreiten, hierüber vor dem Civilrichter Recht nehmen müssen, so müßte sie in die vollkommenste Abhängigkeit von der Justizbehörde gerathen; denn derjenige, dessen Entscheidung von Andern anerkannt und befolgt werden muß, der ist doch eigentlich Herr. Im Grunde wäre die Justizbehörde nicht allein Verwalterin, sondern auch Inhaberin der Finanz- und Polizeihoheit des Staates, und die hierfür eigens aufgestellten Behörden wären nur Werkzeuge zum Vollzug ihrer Entscheidungen."

Was soll man nun dazu sagen? — Denken wir uns, wir besuchten einen Freund, das Haupt einer glücklichen Familie, den Besitzer eines großen Landguts, eines reichen Capitalvermögens. Er zeigte uns das Alles, und sagte dann: „Eigentlich gehört Alles, was Du hier siehst, nicht mir, sondern einem Andern." Auf unsere erstaunte Frage: wie so? aber sagte er weiter: „Wenn mein Weib auf Nichtigkeit unserer Ehe, meine Kinder auf Absprechung meiner väterlichen Gewalt klagen, und das Gericht ihnen Recht giebt, so habe ich meine Familie verloren. Wenn Jemand mir mein Eigenthum an meinem Landgut oder meine Capitalien bei Gericht abstreitet, so bin ich um mein Vermögen gebracht. Im Grunde genommen bin also nicht ich Herr von Allem, sondern das Gericht ist es. Denn du wirst einsehen, lieber Freund, daß derjenige, dessen Entscheidung von einem Andern anerkannt und befolgt werden muß, der eigentliche Herr ist." Wenn so unser armer Freund redete, so würden wir uns scheu umsehen;

---

[15]) Pöhlmann, über das Wesen der s. g. administrativ-contentiösen Sachen mit besonderer Rücksicht auf Baiern. S. 16.

denn wir würden kaum zweifeln, mit einem Wahnwitzigen zu thun zu haben. Jene Schriftsteller aber dürfen uns ganz das Nämliche bieten, ohne Besorgniß, für wahnwitzig gehalten zu werden.

Es ist wahr, über allen unseren Rechten und Interessen schwebt die Macht der Justiz. Sie kann uns die Familie, das Vermögen, ja sogar das Leben nehmen. Fühlen wir uns nun ob dieser Macht gedrückt und beängstigt? Fürchten wir, weil sie uns bedroht, nicht mehr Herr im eigenen Hause zu sein? Glauben wir, nicht mehr unser Feld bestellen zu dürfen, weil noch vor der Ernte ein richterliches Urtheil hereinbrechen und die Frucht unserer Arbeit uns rauben könnte? Nicht im mindesten! Im Gegentheil, jeder rechtlich Gesinnte fühlt eine auch nur halbwegs guteingerichtete Justiz als die größte Wohlthat. Denn wir achten die an sich nicht hinwegzuleugnende Gefahr, daß die Justiz durch ungerechten Spruch uns um unsere Rechte bringen könnte, für gar nichts im Vergleich mit der Wahrscheinlichkeit, daß sie unsere Rechte, ungerechtem Angriffe gegenüber, anerkennen und schützen werde.

Wie kommt es nun wohl, daß die Regierungsgewalt eine auch ihre Rechte abgrenzende Rechtsprechung nicht als Wohlthat anerkennen, vielmehr in ihr nur eine Gefahr für sich erblicken will? Liegt der Grund etwa darin, daß sie mit minderer Wahrscheinlichkeit auf ein gerechtes Urtheil rechnen dürfte? Daß, während der Familienvater, der Eigenthümer 2c. in dem Bestande einer über ihm waltenden Rechtssprechung kein Hinderniß für die freie Bewegung innerhalb seiner Rechte erblickt, die Regierungsgewalt von einer solchen erdrückt und vernichtet zu werden befürchten müßte? Wir wüßten nicht, wie das kommen sollte. Oder sind etwa die Gerichte geborene Feinde des „Gesammtwohls“, stete Widersacher der „öffentlichen Ordnung“? Lehrt sie die Rechtswissenschaft nur die Rechte der Unterthanen, nicht auch die der Obrigkeit achten? — Das ist es gewiß nicht. Der Grund jenes Mißbehagens ist vielmehr ein ganz anderer. Die Regierungsgewalt *bedarf* der Justiz nicht, um sich in ihren Rechten zu schützen. Sie thut das selbst mit eigenen Mitteln. Da *fühlt* sie denn eine neben ihr stehende Rechtssprechung, die für *Andere* eben so sehr

Schutz als Schranke ist, für sich nur als Schranke. Und nur daraus erklärt sich die traurige Verirrung, wenn die Verwaltung in der Rechtspflege nicht einen im Sinne des Staatswohls nothwendigen Vermittler zwischen sich und den Unterthanen, sondern lediglich einen Gegner erblickt. Das Verhältniß ist ungefähr das nämliche, als wenn bei einem Streite zwischen einer Großmacht und einem kleinen Lande ein andere Großmacht eine billige Vermittelung versuchte; und nun jene erstere, statt darin einen Ausdruck der Gerechtigkeit zu erkennen, zu der vermittelnden Macht sagte: „Du bist mein Feind, mein eigentlicher Gegner; denn ohne dich müßte sich der Kleine — von mir alles gefallen lassen." Ist das wohl eine gerechte Anschauung?

Aber es liegt in dieser Anschauung zugleich eine Selbsttäuschung. Bedarf auch die Regierungsgewalt nicht des Richterspruchs, um sich in ihren Rechten zu schützen, so bedarf sie desselben doch, um sich das Rechtbewußtsein nicht zu entfremden. Darüber, daß man schon deshalb glaubte, eine Regierung sei stets in ihrem Rechte, weil die staatliche Einrichtung fehlt, ihr Unrecht zu constatiren, ist unsere kritische Zeit längst hinaus. Wer sich in streitigen Rechtsverhältnissen einem Richterspruche beharrlich entzieht, setzt sich dem Verdachte aus, nicht ganz in gutem Glauben zu sein. Die Unterwerfung unter eine Rechtssprechung wird vielleicht eine Regierung nöthigen, von Manchem abzulassen, wozu sie sich sonst im Bewußtsein ihrer Allmacht gereizt fühlen könnte. Aber was sie an Umfang ihrer Gewalt verliert, wird ihr an moralischer Kraft zuwachsen. Eine Regierung steht ganz anders da, wenn sie sagen kann: „Das, was ich thue, thue ich mit dem Bewußtsein, mein Handeln vor den Schranken des Rechts vertreten zu können;" als wenn sie sich auf nichts weiter zu berufen vermag, als auf ihr subjectives Dafürhalten und ihre Macht. Ja es kann Zeiten geben, wo diese Macht nicht ausreicht, um den Impulsen, welche auf die Entscheidung einer Frage des öffentlichen Rechts in einem dem Regierungsinteresse zuwiderlaufenden Sinne hindrängen, andauernden Widerstand zu leisten, wenn die Regierung diese Entscheidung allein in der Hand hat. Kann sie aber umgekehrt auf den offen stehenden Rechtsweg hinweisen, kann sie sagen:

„Ich thue, was ihr wollt, sobald der Richter es für Recht erklärt; und nun geht hin und beweist mir, daß ich Unrecht habe;“ so liegt hierin für sie selbst der mächtigste Schutz und Riegel gegen ungerechtes Andrängen.

Als eine ganz phantastische Unwahrheit müssen wir es endlich auch bezeichnen, wenn man sagt, durch eine Rechtsprechung über die Handlungen der Regierungsgewalt bekomme das Gericht die gesammte Verwaltung in die Hand. Es geschieht das so wenig, als die Gerichte die Verwaltung des Eigenthums dadurch in die Hand bekommen, daß sie über die Rechtsgrenzen, innerhalb deren der Eigenthümer sein Eigenthum ausüben darf, zu sprechen berufen sind.

Die Macht der Gerichte trägt in sich selbst die nöthige Beschränkung durch die ihnen zugewiesene Stellung.

Sie sind zunächst auf den Rechtsstandpunkt beschränkt. Das gesammte, oft sehr weit ausgedehnte Gebiet, auf welchem sich das Urtheil der Verwaltungsbehörden vom Standpunkte der Zweckmäßigkeit ꝛc. bewegt, haben sie unberührt zu lassen. Positiv innerhalb dieses Gebiets können nur die Verwaltungsbehörden Bestimmung treffen; die Thätigkeit der Gerichte verhält sich dazu rein negativ. Es ist ferner ihre Thätigkeit durch das Auftreten eines Klägers bedingt; und hier, wie überall, wird gegen frivoles Beschreiten des Rechtswegs eine Succumbenzstrafe (Verurtheilung in die Proceßkosten) schützen müssen. Endlich beschränkt sich die Entscheidung des Gerichts jedesmal nur auf den einzelnen Fall; obwohl in der Entscheidung des einzelnen Falles allerdings auch ein Präjudiz für andere Fälle und damit die Grundlage für die Fortbildung des Rechts in abstracto gegeben sein kann.

Danach wird der Regierungsgewalt auch bei einer sie beschränkenden Rechtsprechung noch immer die Fähigkeit bleiben, zum Wohl oder Wehe der Unterthanen unendlich Vieles nach freier Wahl zu thun oder zu unterlassen. Es ist eine unwahre Uebertreibung, in einem solchen Falle von den Gerichten als „unausgesetzten Hofmeistern der Administration“, von den Unterthanen als solchen, die „keine obrigkeitliche Gewalt über sich zulassen,“ welche „überall der Obrigkeit als Partei gegen Partei gegenüberstehen,“ zu reden. Es ist nicht minder unwahr, wenn man die „strenge Handhabung der öffentlichen gesetzlichen Ordnung" zu den „persönlichen Rechten der Unterthanen" in Gegensatz stellt. Denn die strenge gesetzliche Ordnung besteht nicht bloß darin, daß die Obrigkeit Gewalt übe, sondern eben so sehr darin, daß sie diese Gewalt innerhalb der gebührenden Schranken übe, und daß die Rechte der Unterthanen nicht gekränkt werden. Es ist unwahr, wenn man thut, als ob durch jene Rechtssprechung „der öffentliche Wohlbestand in seinem Totalzusammenhange" gefährdet oder gar vernichtet würde. Wo liegt der Beweis dafür? Es ist endlich unwahr, wenn Stahl die über Verwaltungshandlungen rechtsprechenden Gerichte als „Herren der Verwaltung und des Souverains" denunciirt. Ein jeder Schein einer solchen „Herrschaft" wird ausgeschlossen durch die beschränkte, rein negative Stellung der Gerichte.

Allerdings können die Gerichte, die ja auch nur mit Menschen besetzt sind, einmal irren, und durch eine oder die andere ihrer Entscheidungen der Regierungsgewalt zu nahe treten. Allein was beweist denn das? Es kann sich ja nur um die Frage handeln, ob wegen der Möglichkeit solcher Irrungen durch eine unabhängige Rechtssprechung auf dem Gebiete des öffentlichen Rechtes die Gerechtigkeit mehr gefährdet erscheine, als wenn der Regierungsgewalt die eigene Entscheidung über den Umfang ihrer Befugnisse überlassen bleibt. Wäre diese Frage zu bejahen, dann sieht man nicht ein, warum überhaupt Richter bestellt werden, statt überall das Recht der Macht der Interessenten zu überlassen. Man sieht ferner nicht ein, wie sich der Staat auch nur auf privatrechtlichem Gebiete den Gerichten unterwerfen möge. Oder könnte nicht der „öffentliche Wohlbestand" auf's Tiefste erschüttert werden, wenn z. B. einmal die Gerichte sämmtliche Staatsdomainen vindicirenden Privaten als Eigenthum zusprächen; oder den „Fiscus" zu nochmaliger Zahlung einer längst getilgten Staatsschuld von vielen Millionen verurtheilten? Warum fürchtet man sich davor nicht? Weil man dergleichen für unmöglich hält. Zugegeben! Aber eben so wenig ist es möglich, daß die Gerichte, die ja doch auch nur vom Staate ihre Macht leihen, und wahrlich kein Interesse haben, das Ansehen der Obrigkeit herabzusetzen, bei einer Rechtssprechung auf dem Gebiete der Hoheitsrechte die Regierungsgewalt in irgend erheblicher Weise verletzen. Man muß nur den Gedanken aufgeben, als ob von der Aufrechthaltung jeder kecken Polizei-Maßregel das Heil der Welt abhinge.

Die letzte Garantie alles Rechts kann freilich immer nur eine moralische sein. Wir glauben aber, daß diese auch für die Abgrenzung öffentlicher Rechte in der Hand unabhängiger Gerichte sicherer liegt, als in der Hand des Souverains und seiner Behörden [16]). Wir stützen diese Ansicht auf Gründe, welche die nämlichen, ja noch stärker sind, wie die für die Unabhängigkeit der Privatrechtspflege längst anerkannten. Denn bei Privatrechtsstreitigkeiten sind der Souverain und seine Behörden in der Regel unbetheiligt; bei Fragen des öffentlichen Rechts sind gerade sie Partei.

---

[16]) Dies glaubt, wenn wir nicht irren, auch Stahl. Denn wo es ihm sehr ernstlich um Aufrechthaltung von Rechten zu thun ist (z. B. bezüglich des Indigenats, der Adelsqualität 2c.) empfiehlt auch er richterliche Entscheidung, welche „ihre großen Vortheile" habe vor dem bloßen „Urtheile des Fürsten" oder der Entscheidung der Verwaltung „ohne Gegenhülfe" (a a. O. S. 614).

V. Geschichtliche Rückblicke

A. auf die Rechtssprechung in Deutschland überhaupt.

§. 35.

Bei Erörterungen, wie sie hier unternommen sind, lohnt es sich stets, auch einen Blick rückwärts zu werfen, und sich die Frage zu stellen: wie sind die gegenwärtigen Verhältnisse entstanden? Die Bewegung der Dinge in der Vergangenheit wird in der Regel am Besten die Richtung erkennen lassen, der wir, bewußt oder unbewußt, auch in der Gegenwart zusteuern.

Betrachten wir das Staatsleben, wie es gegen Ende des Mittelalters in Deutschland bestand, so tritt uns hier der wunderliche Doppelbau des Reiches und der einzelnen Territorien entgegen.

Als Quelle der höchsten Gerichtsbarkeit im Reiche galt der Kaiser. Er vereinigte in seiner Person die höchste Regierungs- und Richtergewalt. Er konnte selbst zu Gericht sitzen; und wenn er seine Rechtssprechung durch Behörden üben ließ, so waren dies doch von ihm völlig abhängige Organe [1]).

Es lag aber im Interesse der Reichsunmittelbaren, sich eine vom Kaiser minder abhängige Rechtssprechung zu schaffen. Lange wider-

[1]) Vergl. die Darstellung bei Harprecht Staatsarchiv des R.-Kammergerichts I, §. 144 flg.

strebte der Kaiser [2]). Endlich kam auf der Reichsstände Drängen das Reichskammergericht zu Stande. Es sollte ein ständiges, Kaiser und Reich repräsentirendes Gericht sein. Die Urtheile ergingen zwar Namens des Kaisers. Dieser aber ernannte nur den Gerichtsvorstand (Kammerrichter), die Stände die Beisitzer. — Schon in der R. K. G. Ordnung von 1495 (§. 25) hieß es: „Das Kammergericht soll seinen gestreckten Lauf haben, unverhindert einiger Restitution, Avocation oder in andere Wege Aufschläge, die aus ordentlicher Form oder Erkenntniß des Kammergerichts auf sonderliche Commission nicht erlangt wäre.“ Und ähnliche Zusagen finden sich später oftmals wiederholt. Damit darf man sich aber noch nicht eine Unabhängigkeit der Justiz geschaffen denken, wie sie unseren heutigen Begriffen entspricht. Das Kammergericht blieb in mehr als einer Beziehung von seinem Committenten, dem Reichstage, abhängig. Der Reichstag entschied auf die einberichteten »dubia cameralia« [3]). Gegen Entscheidung des R. K. G.'s fand das Rechtsmittel der Revision statt, welches durch Subdelegirte der mit der Visitation des Gerichts beauftragten Reichsstände entschieden wurde [4]). Auch ein Recurs an den Reichstag selbst war nicht ausgeschlossen, und wenngleich über die Berechtigung [5]) dieses Rechts-

---

[2]) „Seine Majestät wollten frei sein, wie andere Fürsten mit ihren Gerichten und Canzleien wären.“ (Harprecht I, §. 133). Die Stände setzten ihr Begehren durch, weil der Kaiser der Reichshülfe bedurfte. Vergl. Häberlin Teutsch. Staatsrecht II, §. 253.

[3]) Moser Justiz-Verfassung II, S. 614. Fast überall waren in früherer Zeit die Gerichte angewiesen, in zweifelhaften Rechtsfragen bei ihrem Constituenten berichtlich anzufragen — eben ein Beweis der unvollkommenen Lostrennung der Rechtsprechung von der Person des Regenten.

[4]) Moser l. c., S. 822.

[5]) Ludolf (de Jure camerali, 1719 Sectio I, §. 1, i) erklärt diejenigen, welche die Berechtigung dieser in den Gesetzen überall nicht begründeten Recursinstanz behaupten, entweder für Rechtsstümper oder für Hoffschmeichler. „Freilich,“ sagt er, „fehlt es niemals an Ministern, welche die höchsten Gerichte nur in den zu ihren Gunsten ergangenen Urtheilssprüchen verehren, dagegen es sehr übel nehmen, wenn gegen sie gesprochen wird, und dann, um sich selbst von Vorwurf frei zu machen, die Gerichte einer Ueberschreitung der Gesetze beschuldigen, so daß sie in den von ihnen selbst vertheidigten Sachen den Gesetzinterpreten spielen wollen.“ — Offenbar war der recursus ad comitia nichts anderes, als

mittels, sowie dessen Voraussetzungen [6]) vielfach gestritten wurde, so war doch gegen die Mitte des vorigen Jahrhunderts dasselbe so häufig geworden, daß man über Mittel der Abhülfe berathschlagte [7]).

War hiernach die Vorschrift von dem „gestreckten Lauf" der Reichs-Justiz vernehmlich nur gegen einseitige Einflüsse des Kaisers selbst gerichtet, so wollte doch auch dieser nicht so leichten Kaufes seiner Gerechtsame sich begeben. So z. B. erging gleich im Jahre nach der Errichtung des R.-K.-G.'s (1496) in Sachen des Stifts Worms contra Stadt Worms an dasselbe ein kaiserliches „Avocationsrescript", worin der Kaiser, „da solich Sach unser und des heilgen Reiches Oberkeit, Herrlichkeit und Gerechtigkeit nit klein berühren", für sich selbst die Jurisdiction in Anspruch nahm [8]). Und nicht allein diese Angelegenheit zog sich dann noch in jahrelangen Streitigkeiten hin, sondern wir begegnen auch später noch vielfach Aehnlichem, wobei der Kaiser meistens mit den Reichsfürsten in Hader lag, mitunter aber auch von einzelnen derselben, wenn es gerade ihrem Interesse entsprach, unterstützt wurde [9]).

Das Organ, durch welches der Kaiser seine eigene Jurisdiction im Reiche aufrecht erhielt, war der Reichshofrath. Zwar behaupteten die Reichsstände nach Errichtung des Reichskammergerichtes, daß Justizsachen nur vor dieses gehörten. Als aber die Religionsspaltung hinzu kam und der kaiserliche R.-H.-R. den Katholischen günstiger

ein Ueberbleibsel des Gedankens, daß die Gerichte nur Delegirte der sie constituirenden Staatsgewalt seien; ein Rest der ursprünglichen Gerichts-Abhängigkeit. Stahl dagegen (S. 657) sieht darin ein „seinem Gedanken nach richtiges und unentbehrliches Institut"!

[6]) Meistens wurde gesagt, es setze ein gravamen commune (Principienfrage) voraus. Andere wollten es an eine offenbare Rechtswidrigkeit geknüpft wissen. Vergl. Moser, von der Justizverfassung I, S. 1213. Leist, Staatsrecht 1805. §. 153. Häberlin l. c. §. 321.

[7]) Die Reichstagsabstimmung wegen der Abhülfe do anno 1766 ist zu lesen bei Moser l. c., S. 1215. Es kam natürlich nichts dabei heraus. Uebrigens waren auch die meisten Recurse erfolglos, weil sie liegen bleiben.

[8]) Harprecht l. c. II, S. 237.

[9]) Zahlreiche Beispiele in dem cit. Werke von Harprecht. Ferner Ludolf l. c. I, §. 1, Note h.

war, sahen diese durch die Finger [10]). So bildete sich die Jurisdiction des R.-H.-R.'s, nachdem die Stände im Westphälischen Frieden sich ihrer Anerkennung nicht mehr hatten erwehren können, als eine mit der des R.-K.-G's. völlig concurrirende aus. Ja es wurden „aus leicht zu errathenden Staatsursachen" beim R. H. R. ungleich mehr wichtige Rechtssachen angebracht als beim R.-K.-G. [11]) Der R.-H.-R. aber war eine vom Kaiser völlig abhängige Behörde; [12]) und er blieb das auch, obwohl im Laufe der Zeit die Reichsstände über die Art seiner Besetzung und das bei ihm einzuhaltende Verfahren dem Kaiser mancherlei Zusagen abnöthigten. Durch den R.-H.-R. vornehmlich hielt der Kaiser sein Ansehn im Reiche aufrecht. Er war „seine rechte Hand und sein Augapfel." Dabei stand er in dem Rufe, ziemlich einseitig die Interessen des Wiener Hofes zu vertreten [13]).

War hiernach in den Reichsgerichten der Gedanken einer Lostrennung der Rechtssprechung von dem unmittelbaren Einfluß der höchsten Gewalthaber im Reich nicht zur Vollendung gediehen, so war es natürlich, daß diese selbst — Kaiser und Reich — nicht vor ihnen belangt werden konnten [14]). Dagegen nahm der Kaiser

---

[10]) Moser Justizverfassung I, S. 376, II, S. 9. Häberlin l. c., §. 275.

[11]) Moser, Justiz-Verf. II, S. 11. Auch sonst war das R.-K.-G. fortwährend im Nachtheil. Oftmals stand es ganz still, aus Mangel an Subsistenzmitteln. Der Kaiser war in Verdacht, daß er es gern ganz zu Grunde gehen ließe. (Moser l. c., II, S. 348.) Kaiserliche „Avocationen" zu Gunsten des R.-H.-R.'s waren häufig genug, und Remonstrationen dagegen halfen in der Regel nichts. (Moser l. c. I, S. 467 flg.)

[12]) „Unser Kaiserlicher Reichshofrath, dessen obristes Haupt und Richter allein Wir, und ein jeder röm. Kaiser allein, Selbst ist;" hieß es in der R.-H.-R.'s Ordnung. Moser l. c. II, S. 25.

[13]) Moser l. c. II, S. 20 flg. Desselben „Landeshoheit in Militärsachen". S. 7. Ueber die scandalösen Verhältnisse, welche aus der Jurisdictions-Concurrenz zwischen R.-H.-R. und R.-K.-G. mitunter hervorgingen, vergl. Häberlin l. c. §. 307.

[14]) Aber nicht etwa bloß in hoheitlicher, sondern auch in privatrechtlicher Beziehung. „Den besten Beweis," sagt Gönner (Handbuch des Processes II, S. 36), „liefert die Reichsoperationscasse. Ein Reichsstand, welcher seine schuldigen Beiträge zu ihr nicht entrichtet, wird durch den Reichsfiscal vor ein Reichsgericht gezogen und durch den Richter zur Bezahlung angehalten; aber wer an die Reichsoperationscasse Forderungen hat, kann sie vor keinem Reichsgericht klagbar machen."

keinen Anstand, vor jenen Gerichten in der Art formell Recht zu nehmen, daß er als Kläger vor ihnen auftrat. Bei jedem der beiden Reichsgerichte war ein Fiscal angestellt, welcher die kaiserlichen Gerechtsame bei solchem wahrzunehmen hatte. Als Gegenstände seiner Verfolgung finden wir in den Reichsgesetzen bezeichnet: Zuwiderhandeln gegen die goldene Bulle, wider den Landfrieden, wider die Reichs-Polizei-Ordnung (insbesondere durch Drucksachen ꝛc.), wider Gebote des Kaisers oder Kammergerichts, Zurückbleiben mit bewilligten Reichsanlagen, namentlich den s. g. Kammerzielern, Duldung von Wiedertäufern, Münzverbrechen, Beleidigung des Kammergerichts und seiner Mitglieder, Nichtbefolgung der Reichs-Vorschriften wegen der Zollstätten, Verbesserung der Straßen, Beaufsichtigung der Wirthshäuser, Nicht-Beachtung der Monopolien, Erhebung ungebührlicher Zölle, Licenten ꝛc., unbefugte Anmaßungen von Standeserhöhungen ꝛc. [15]). Die Processe des Fiscus waren hiernach sehr häufig und mannigfaltig. Dabei kam es auch öfters zu Conflicten. Als das R.-K.-G. (1496) den Fiscal mit einem unförmlichen Libell zurückwies und in die Kosten verurtheilte, erließ der Kaiser ein Rescript, „daß der Fiscus niemals in die Kosten verurtheilt werden solle." Das R.-K.-G. aber remonstrirte: „es sei wider die Rechte, daß Fiscus Victori keine Expensas geben solle"; und fand auch beim Reichstage Unterstützung [16]). In dem oben erwähnten Wormser Streithandel erließ der Kaiser (1510) einen Befehl, daß auf die Klage des Bischofs wider die Stadt anstatt der letzteren der Fiscal als Widerpart auftreten und den Proceß übernehmen solle. Das R.-K.-G. ließ auch die Einlassung des Fiscals zu, wies aber auch zugleich die Stadt Worms zur Einlassung an [17]).— Man sieht aus dem Allen, daß der Begriff „fiscalische Sachen" im Laufe der vergangenen Jahrhunderte auf nichts weniger als bloße Privatgerechtsame des Staats beschränkt war.

Im Gegensatz zum Kaiser konnten die Landesherrn der einzelnen Territorien vor den Reichsgerichten nicht allein klagen, sondern auch

[15]) Moser l. c. I, S. 763 flg.

[16]) Harprecht l. c. II, S. 98, 99, 103, 104.

[17]) Harprecht l. c. III, S. 81 flg.

— abgesehen von dem einem Theil derselben zustehenden Rechte auf eine Austrägal-Instanz [18]) — verklagt werden; und zwar letzteres auch von ihren eigenen Unterthanen, da sie ja mit diesen die Eigenschaft von Unterthanen des Reichs gemein hatten.

Außerdem bildeten die Reichsgerichte grundsätzlich die höchste Appellationsinstanz für die Entscheidungen der landesherrlichen Gerichte.

§. 36.

Wie im Reiche der Kaiser, so galt in den einzelnen Territorien der Landesherr als Quelle der Gerichtsbarkeit. Die von ihm bestellten Gerichte waren seine abhängigen Organe. So wie aber die Landesherren als Unterthanen des Reiches ihr ganzes Streben darein setzten, ein von dem unmittelbaren Einfluß des Reichsoberhaupts unabhängiges Gericht innerhalb des Reiches zu gewinnen, so konnten sie ein Gleiches auch den eigenen Unterthanen innerhalb der Territorien nicht wohl versagen. Auch wiesen die Reichsgesetze ausdrücklich dazu an. Daher wurden überall ständige Gerichte gebildet [19]). Ja es wiederholte sich sogar in den einzelnen Territorien jene eigenthümliche Doppel-Gerichtsbarkeit des Reichs, indem die „Hofgerichte", als lediglich der Rechtssprechung gewidmet, dem Reichs-Kammergericht entsprachen; daneben aber die fürstlichen „Canzleien" oder „Regierungen", adäquat dem Reichshofrath, auch Rechtssachen an sich zogen, und die Hofgerichte öfters aus ihrer Thätigkeit verdrängten. So wie die Reichsstände bezüglich des Reichs-Kammergerichts, nahmen auch die Landstände bei Besetzung der Landesgerichte öfters durch Ausübung eines Präsentationsrechts Theil [20]); Rechte, die sich in einzelnen deutschen Ländern (Hannover, Meklenburg) bis auf den heutigen Tag erhalten

---

[18]) Ueber dieses äußerst verworrene Institut vergl. Moser, Just.-Verf. I. Cap. 3, S. 45 flg. Häberlin 1, c., §. 280 flg. — Uebrigens kamen die Austräge immer mehr in Abnahme und wurden von den Reichsgerichten nicht begünstigt.

[19]) Häberlin l. c., §. 289.

[20]) Ders., §. 287.

haben. So wie endlich der Kaiser den Unmittelbaren, so ertheilten auch die Landesherren einer nach dem anderen ihren Unterthanen die Zusicherung, daß nicht mit Gewalt, sondern nur im Wege Rechtens gegen sie vorgeschritten, und daß der Justiz stets „ihr stracker Lauf“ gelassen werden solle [21]). Zwar kamen trotzdem in den Wirren jener trüben Jahrhunderte Eingriffe genug vor. Gegen solche aber gewährten — wenn sie anders Macht genug besaßen — die Reichsgerichte Schutz [22]). Schon im 18. Jahrhundert konnte es als ein fest ausgebildeter Satz gelten, daß landesherrliche Eingriffe in die Rechtssprechung und s. g. Cabinetsjustiz unstatthaft seien, der Landesherr vielmehr die Rechtssprechung seinen Gerichten selbständig zu überlassen habe [23]).

Ein Hauptförderungsmittel aber, durch welches sich die unabhängige Stellung der Landes-Gerichte in ihrer heutigen Bedeutung heraubildete, lag in dem Streben der Landesherren, ihre Torritorien zum selbständigen staatlichen Abschluß zu bringen, und deshalb sich, wie vom Reich überhaupt, so namentlich auch von dessen Gerichtsbarkeit zu emancipiren. Manche unrechtmäßige Versuche, die Unterthanen von Anrufung der Reichsgerichte abzuhalten, fanden bei diesen selbst und in der Reichsgesetzgebung Widerstand [24]). Es gab aber auch rechtmäßige Mittel für diesen Zweck. Als Appellationsinstanz wider die Entscheidungen der Landesgerichte entledigte man sich der Reichsgerichtsbarkeit, indem man sich vom Kaiser ein privilegium de non appellando erwirkte. Als Forum der Landesherren selbst für Klagen der Unterthanen wider sie ließen sich die Reichsgerichte in der Weise beseitigen, daß die Landesherren erklärten, sich ihren eigenen Gerichten unterwerfen zu wollen, und demgemäß ihre Unterthanen veranlaßten, sie bei diesen statt bei den Reichsgerichten

---

[21]) Moser Landeshoheit in Justiz-Sachen, S. 11 flg.

[22]) Zahlreiche Beispiele hat zusammengestellt: Pfeiffer, Unabhängigkeit und Selbständigkeit des Richteramts.

[23]) Moser Landeshoheit in Justizsachen, S. 25. Leist Staatsrecht, §. 156. Häberlin l. c., §. 291, 300.

[24]) So wurde es für unwirksam erklärt, wenn Stände ihren Unterthanen einen Eid abnähmen, nicht an die Reichsgerichte zu appelliren. K.-G.-O. v. 1613, Th. II, Tit. 31, §. 1. — Vergl. auch Moser, Justizverfassung I, S. 568 flg.

zu belangen. Beides konnte nur erstrebt werden, wenn die Landesherren ihren Landesgerichten eine Einrichtung und Stellung gaben, daß dadurch die Reichsgerichtsbarkeit füglich als ersetzt angesehen werden konnte.

Heutzutage, wenn von der Unterwerfung der Landesherren unter ihre eigenen Gerichte die Rede ist, pflegt man eine solche wohl als einen Act besonderer Großmuth oder Gerechtigkeitsliebe anzupreisen, und den Zweifel zu erörtern, ob dieselbe auch wohl mit der Würde und Autorität der Landesherren vereinbar sei. Es ist dies jedenfalls völlig unhistorisch. Jene Unterwerfung war der Kaufpreis, für welchen sich die Landesherren vom Reiche loskauften. Und wenn ein Bedenken dagegen obwaltete, so war es ursprünglich nicht das, ob nicht dadurch der Landesherr seiner eigenen Würde zuviel vergebe, sondern das ganz andere, ob wohl den Unterthanen zugemuthet werden könne, wider ihre Landesherren bei Gerichten Recht zu suchen, welche man bisher als Organe des Landesherrn selbst anzusehen gewohnt war, so daß durch sie der letztere gewissermaßen in eigener Sache urtheile[25]). Die Landesherren aber, „welche es gar gerne geschehen ließen, daß sie vor ihren eigenen Gerichten belangt wurden, weil sie keine Ursache hatten, in diese ein Mißtrauen zu setzen" [26]), suchten diesem Bedenken dadurch zu begegnen, daß sie für den Fall eigner Betheiligung ihre

---

[25]) Vergl. Mevius. Decis. V, 322, Note 12. Ludolf, de jure camer. Sect. I, §. 2, N. 15. Häberlin l. c., §. 299, S. 464.

[26]) Struben, Unterricht von Reg. u. Justizsachen, §. 12. — Charakteristisch sind die Vorgänge in Ostfriesland, wo der Graf durch Concordat von 1599 mit seinen Ständen vereinbarte: „Auf daß auch Unsere getreue Landstände und Unterthanen desto wirklicher vernehmen, daß Wir dem Hofgerichte seinen starken Lauf zu lassen gänzlich gemeint; so erklären wir uns ferner hiermit, daß Wir in Gnaden zufrieden, daß nicht allein Unsere Beamten vor Unser Hofgericht, sowohl ihrer Person, als ihres Amtes halber, zu Recht stehen sollen, sondern Wir haben auch gnädig gewilligt, wenn Jemand Unserer Unterthanen zu Uns Spruch und Forderung gewinnen möchte, daß Wir denselben vor gedachtem Unseren Hofgericht in personalibus et realibus actionibus zu Recht stehen wollen. — Dagegen denn Ritterschaft, Städte und Stände sich gegen Uns verpflichten, daß Sie Uns in allen Sachen, wie die Namen haben, auch an keinem anderen Orte, als an besagtem Hofgerichte in erster Instanz besprechen sollen." Moser, Justizverfassung I, S. 26.

verordneten Räthe der Pflichten gegen sie für entbunden erklärten, und nur auf eine unparteiische Handhabung der Justiz, darauf sie geschworen und beeidigt seien, verwiesen [27]). So bildete sich, zunächst durch das Interesse der Landesherren selbst veranlaßt, jene Abstraction heran, welche die Gerichte als Vertreter der objectiven Rechtsordnung von der Person des sie bestellenden Landesherrn dergestallt als losgelöst betrachtet, daß sie unabhängig von ihm nicht allein zwischen Unterthanen untereinander, sondern auch dem Landesherrn selbst gegenüber Recht zu sprechen befähigt erscheinen.

Gegen Mitte des vorigen Jahrhunderts hatten bereits alle größeren Stände nicht allein privilegia de non appellando, sondern auch das Recht erlangt, statt bei den Reichsgerichten vor ihren eigenen Gerichten belangt zu werden [28]).

§. 37.

Welche Stellung nahm nun neben der solchergestalt zur Selbständigkeit heranwachsenden Rechtspflege die Regierungsgewalt der Landesherren ein? — Richtig gesprochen, hatte man zu Anfang des Zeitraums, von welchem wir hier reden, von einer solchen Regierungsgewalt im heutigen Sinne noch keinen Begriff. Viele Hoheitsrechte, die wir heutzutage uns mit dem Wesen des Staates unabweislich verbunden denken, (z. B. Besteuerungsrecht, Militairhoheit), kannte man als solche gar nicht. Die einzige Bethätigung, in welcher von Alters her die Landeshoheit als öffentliche Gewalt sich erwies, bestand eben in der Jurisdiction. Alle anderen Gerechtsame hatten einen mehr privatrechtlichen Charakter; der Landesherr übte sie, wie ein großer Gutsherr die Rechte an seinem Gute übt. [29])

---

[27]) Solches kommt fast allerorten vor. Auch werden mitunter die Gerichte ermächtigt, ihre Urtheile in solchen Fällen, statt auf den Namen des Landesherrn, auf ihren eigenen Namen zu stellen.

[28]) Struben, Note 26 cit.

[29]) Daß man nur zwei Kategorien landesherrliche Gerechtsame kannte, Jurisdictions- und Kammergerechtsame, erweist sich auch noch in der bis heute üblichen Eintheilung der staatswissenschaftlichen Studien in **Jura** und **Cameralia**.

Dieser landesherrlichen Machtstellung gegenüber suchten andererseits die Unterthanen eine gleichartig gesicherte Stellung zu gewinnen. Die hervorragenden Stände, Adel und Städte, thaten sich zusammen. Ihre „Gerechtsame" und „Freiheiten" wurden durch „Landesverträge", „Landesvergleiche" ꝛc. festgestellt, deren Aufrechthaltung ein jeder Landesherr bei seinem Regierungsantritt anzugeloben hatte. Die so begründeten Rechte galten aber als Rechte wie alle anderen auch; es dachte Niemand daran, sie als „öffentliche Rechte" zu den „Privatrechten" in einen Gegensatz zu stellen und daraus einen Mangel rechtlichen Schutzes abzuleiten.

Allerdings begann nun nach und nach die obrigkeitliche Gewalt in einem neuen Sinne sich zu regen. Es entstand der Begriff der Politia — Polizei — als des landesherrlichen Rechts, für gute Ordnung und gemeinen Wohlstand zu sorgen. In den vielfach erlassenen „Polizei-Ordnungen" — bunten Zusammenwürfelungen von allerhand Vorschriften im Sinne jener Zwecke — machte sich zuerst eine Art landesherrliche Gesetzgebung, in deren Handhabung eine Art Administration geltend; beide jedoch nichts weniger als in strenger Trennung und Gegensätzlichkeit.

Die so erstehende junge Regierungsgewalt trat aber keineswegs sofort als etwas Selbständiges auf. Die Functionen, in welchen sie sich bethätigte, reihten sich vielmehr den bisherigen landesherrlichen Gerechtsamen, einerseits der Jurisdiction, andererseits den Privatgerechtsamen des Landesherrn, ein. Namentlich galten „Polizeisachen" als in der „Jurisdiction" begriffen, wie denn überhaupt das Wort „Jurisdictio" in früheren Jahrhunderten einen weit umfassenderen Sinn hatte, als heutzutage [30]).

Soweit nun diese neue Thätigkeit sich so in die Jurisdiction gewissermaßen hineinschob, unterlag auch sie, gerade so wie die eigentliche Rechtssprechung, der Appellation an die Reichsgerichte, welche hier aber, da neben der Obrigkeit, welche als judex figurirte,

---

[30]) Man denke nur an den Begriff der Jurisdictio ecclesiastica.

kein Proceß-Gegner vorhanden war, zu einer Extrajudicial-Appellation[31]) sich gestaltete.

Soweit dagegen die erstehenden Hoheitsgerechtsame sich den privatrechtlichen Gerechtsamen des Landesherrn einreihten, fand in gleicher Weise, wie diesen letztern gegenüber, wider ihren unberechtigten Gebrauch die einfache Klage bei den Reichsgerichten statt; wobei freilich ein Theil der Reichsstände zunächst Anspruch auf die Austrägal-Instanz hatte.

Es war natürlich, daß die Grenze zwischen dieser gegensätzlichen Auffassung der neu erwachsenden Hoheitsgerechtsame, welche doch auf keiner Seite deren wahrer Natur völlig entsprach, bald unsicher und schwankend wurde. Es war nicht minder natürlich, daß die Reichsgerichte, wenn in der Form der Extrajudicial-Appellation solche hoheitliche Acte der Obrigkeiten zu ihrer Beurtheilung gebracht wurden, auch ihrerseits nicht immer bloß den Rechts-, sondern auch den Verwaltungsmaßstab anlegten und danach ihr Urtheil sprachen; hiergegen aber auf Seiten der dadurch berührten Obrigkeiten eine in dem Wesen der Regierungsgewalt wohlbegründete Reaction sich regen mußte. Auch mochte manche Obrigkeit zu klagen haben, daß die Form der Extrajudicial-Appellation mißbraucht wurde, um Angelegenheiten sofort an die Reichsgerichte zu bringen, die, den privatrechtlichen Gesichtspunkt zu Grunde gelegt, nur im Wege der Klage, und zwar zunächst vor den Austrägen, hätten verfolgt werden können.

Diese Verhältnisse geben sich bereits in einer Bestimmung des Reichsabschieds v. 1594 kund. Darin heißt es:

(§. 94.) „— nachdem die Extrajudicial-Appellationen fast häufig an Unser Kaiserl. Kammer-Gericht erwachsen, dahero etwa geklagt worden, als würden dadurch die ordentlichen Außträge abgeschnitten: wiewohl es nicht ohne, daß die Obrigkeit jure et vi potestatis at-

[31]) Der Begriff dieser Extrajudicial-Appellation als einer Beschwerde an den höheren Richter, wo man sich von der Obrigkeit in nicht streitigen Sachen („außerhalb Gerichts") verletzt erachtete, entstammte dem kanonischen Recht (c. 5. X de appell. 2,28 — Clem. 3. de appell. 2,12), welches z. B. auch eine Appellation wider das Wahldecret kannte (c. 4 de elect. in 6).

que jurisdictionis vor sich selbst oder auf eines Anderen Ansuchen ihren Unterthanen oder einem andern außerhalb Gerichts mit beschwerlichen Bescheiden, Gebot und Verboten, oder auch Geldstraf gravirt, daß solche appellationes vermöge der gemeinen Rechte angenommen werden, wie es auch billig bei solcher rechtlichen Disposition verbleibt. Jedoch damit die Unterthanen gegen ihre Obrigkeiten nicht leichtlich Ursach schöpfen mögen, als wenn ihnen von allen Ambts- und denen Bescheiden, so ihnen von der Obrigkeit und aus deren vorgehenden Geheiß auferlegt, zu appelliren bevor- und freistehe:

(§. 95.) Darum setzen, ordnen und wollen wir ferner, daß denen unmittelbaren Unterthanen auf solche Extrajudicial-Appellationen, es wäre dann dasselbe Gravamen zuforderst verisimiliter erwiesen, und daß der Magistrat tamquam judex procedirt hätte, keine Proceß oder Ladung erkannt werden sollen; sonsten aber und im Fall ex Narratis interpositae Appellationis in Processu erscheinen würde, daß die Obrigkeit tamquam Pars und als Widersacher und nicht richterlicher Weiß gehandelt, dieweilen zu ermessen, daß hierin mehr simplex Querela, denn die Appellatio statt habe, sollen solche Sachen an Richtern erster Instanz gewiesen werden."

In dieser Vorschrift tritt zuerst die Tendenz hervor, den Obrigkeiten in Ausübung ihrer Hoheitsgerechtsame eine gewisse Freiheit zu sichern. Zugleich ersieht man daraus, daß damals die Obrigkeiten durchaus keinen Werth darauf legten, jure et vi potestatis et jurisdictionis gehandelt zu haben, daß es ihnen im Gegentheil weit lieber war, als „tamquam pars" handelnd zu gelten.

Die nämliche Vorschrift finden wir dann im Concept der Kammergerichts-Ordnung v. 1613 Th. II, Tit. 31, §. 16—18, und in der Reichshofraths-Ordnung v. 1654 Tit. 2, §. 2 fast wörtlich wiederholt.

Noch deutlicher aber spricht sich folgende Bestimmung des Reichsabschieds v. 1654 aus. „(§. 105). Benebens sollen Kammerrichter, Präsidenten und Beisitzer bei Administration der heilsamen Justiz — — die erste Instantias und Austräg bei Erkennung der Processen fleißig in Acht nehmen, — — wie auch insonderheit den Unterthanen und Bürgern wider ihre Obrigkeit die Proceß nicht leichtlich erkennen, sondern vorher um Bericht schreiben; — — (§. 106.) Wie nun solches von den causis mandatorum et simplicis querelae eigentlich zu verstehen, allwo der Bürger und Unterthan directe wider seine Obrigkeit klaget, also soll es daneben auch gehalten werden, wenn Sachen, die der bei einem Stand insgemein eingeführter guter Polezey, Zunft- und Handwerks-Ordnung anhangen, durch Appellation an unser Kais. Kammergericht gezogen werden wollen, daß der Richter, ehe er die Proceß erkennet, jedes Orts Obrigkeit und des Status publici mit einlaufendes Interesse, mit seinen Umständen wohl erwogen, fürnemlich aber in dergleichen Sachen keine Inhibition leichtlich erkennen, sondern dafern solche Sach wider selbigen Orts hergebrachte, und den Reichs-Constitutionen nicht ungemäße Handwerks- und andere hergebrachte rechtmäßige Ordnung laufet, zu Abschneidung des in den Reichs-Constitutionen so hoch verbotenen Auftreibens &c. — — ab und an des Orts Obrigkeit, als die ohne das die Gewalt haben, dergleichen Statuta nach Gelegenheit der Läufft und Zeiten zu widerrufen und zu ändern, verweisen."

Damit war der Standpunkt für die Gerichte der Verwaltung gegenüber bereits ziemlich richtig angedeutet. Als Commentar zu dieser Bestimmung kann eine bei Mevius referirte Decision gleich aus dem nächstfolgenden Jahre 1655 gelten. Es war dort der Zweifel erhoben, ob eine Appellation nicht ausgeschlossen sei, „da ja eine Polizeisache vorliege, welche inappellabel sei". „Indessen," sagt Mevius[32]), „kann das doch nicht so einfach als Axiom gelten; denn weder das gemeine Recht hat solche Sachen ausgenommen, noch beobachtet die Praxis eine solche Ausschließung. So wie eine gute Polizei nicht außer dem Gesetze steht („non est exlex"), so ist sie auch der Rechtssprechung nicht völlig fremd. Da sie nämlich durch die Gesetze eine bestimmte Form empfangen hat, die Gesetze auch nicht allein Regeln für bürgerliche Geschäfte, sondern auch den Bürgern, allen oder einigen, Rechte geben, so darf diesen auch, wenn ihnen dem Polizeirecht Zuwider-

[32]) Decis. III, S. 154.

laufendes zugefügt wird, oder unter dem Vorwand der Polizei Jemanden sein Recht genommen oder gehindert wird, die Rechtsvertheidigung nicht fehlen." Dann wird auf die neueste Reichsordnung Bezug genommen, welche die Appellation in Polizeisachen nicht ausschließe, sondern erlaube, und nur gewisse Beschränkungen beifüge. Nach näherer Ausführung hierüber heißt es am Schlusse: „Richtig zu reden, ist es keine Polizei-, sondern eine Justizsache, wo nicht sowohl der öffentliche Nutzen, als das Recht der Einzelnen in Frage kommt. Dem steht auch nicht der öfters gehörte Vorwurf entgegen, daß der Obrigkeit in Ausübung der Regierung Hindernisse in den Weg gelegt und ihre öffentliche Obsorge gestört werde. Denn so weit sie für das Gemeinwesen oder die gemeine Wohlfarth den Polizeiverordnungen gemäß sorgt, wird sie nicht vor Gericht gezogen, sondern nur soweit sie beschuldigt wird, Unrecht zugefügt zu haben." — Wir sehen, man hatte schon anno 1655 ganz verständige Anschauungen.

Die Auffassung von Verwaltungsverfügungen als Jurisdictionsacten und die damit zusammenhängende Anfechtung derselben im Wege der Appellation hat auch bis zum Ende des deutschen Reichs nicht aufgehört; obgleich man nach und nach die theoretische Unrichtigkeit derselben einzusehen begann. Zeugniß hierfür liefert die Ausführung von Gönner über den „Ungrund der s. g. Extrajudicial-Appelation" [33]). Gönner selbst eifert gegen diese bei den Reichsgerichten „noch immer übliche Behandlung" [34]), indem er darzulegen sucht, daß in diesen Fällen die

---

[33]) Handbuch des Processes III, Nr. 68. Dazu auch der frühere Abschnitt: „Berichtigung des Begriffes der Justizsachen II. Nr. 26. — Die Ausführungen Gönner's sind sehr lesenswerth. Sie zeigen das Ringen eines kräftigen Geistes, aus der Wirrniß der damaligen Verhältnisse zur Klarheit zu gelangen.

[34]) Als Beispiel führt Gönner (l. c. II, S. 46) einen Fall an, wo wider den Magistrat der Stadt Nordhausen von den dortigen Bewohnern wegen einer Verordnung vom 27. Oct. 1795, wodurch das bisher übliche Schrotgeld von 4 Pf. auf 12 Pf. erhöht wurde, an das Reichs-Kammer-Gericht „appellirt" war. Auf die übergebene Supplica pro Mandato de non gravando insolitis oneribus aut eventualiter decernendis plenariis appellationis processibus erkannte das R.-K.-G. am 28. Nov. 1800: „— daß durch Richtern voriger Instanz übel geurtheilt, wohl davon appellirt, daher solche Urtheile zu reformiren, dergestalt daß der Magistrat zu der in Frage stehenden Erhöhung des Schrotgeldes in der Art und zu dem

Obrigkeit ja gar nicht als Richter handele. „Die Unterthanen, welche in einer Handlung der Obrigkeit eine Rechtsverletzung zu finden glauben, mögen immerhin Schutz ihrer Rechte bei dem Richter suchen; nur sollen sie sich der Appellation, einer Handlung der zweiten Instanz, enthalten, wo keine erste Instanz, und für dieselbe entweder kein Richter oder keine Partei vorhanden ist, (denn die Obrigkeit kann doch nicht beides zugleich sein)."

Noch möge hier zur Klarstellung der Verhältnisse Folgendes bemerkt werden. Es war für den Standpunkt der Reichsgerichte einerlei, ob die im Wege der Extrajudicial-Appellation angefochtene Thätigkeit der Obrigkeit auf eine allgemein getroffene oder eine specielle Anordnung hinauslief, also, im heutigen Sinne zu reden, mehr legislatorischer oder administrativer Natur war. Beide Arten von Regierungsthätigkeit flossen ineinander. Auch der Erlaß allgemeiner „Verordnungen" bildete, vom Reichsstandpunkt aus betrachtet, eine Art administrativer Thätigkeit der Landes-Obrigkeiten, und unterlag als solche der Correction der Reichsgerichte, welche namentlich mittelst des Satzes geübt wurde, daß wohlerworbene Rechte nicht verletzt werden dürfen [35]. So bildete sich dieser Satz, den wir oben (S. 50) nur als eine moralische Schranke für die Factoren der Gesetzgebung anerkannten, innerhalb des deutschen Reichs der landesherrlichen Verordnungsgewalt gegenüber als eine Rechtsschranke aus, und wurde von dort aus, wo er völlig correct war, auch in die staatsrechtlichen Anschauungen

Ende, wie er es gethan, nicht befugt, daher derselbe seine desfalls erlassene Verordnung wieder einzuziehen schuldig, und dazu zu condemniren sei, dagegen demselben eine allgemeine, die Bürger am wenigsten drückende, ihrem Gewerbe und Vermögen angemessene Erhöhung der Abgaben verfassungsmäßig auszumitteln unbenommen bleibe." — Gönner findet dieses Erkenntniß, „welches genau in den Grenzen bleibe, soweit der Gegenstand Justizsache sei" — abgesehen von der beschrittenen Form der Appellation — ganz in der Ordnung. Man sieht, wie weit hiernach noch zu Anfang dieses Jahrhunderts die Rechtssprechung ging.

[35]) Vergl. u. a. Häberlin l. c. II, S. 459. Als Beispiel führt derselbe den Fall an, daß ein Fürst bei verändertem Münzfuße die bisherigen Münzsorten durch eine Verordnung unter ihren wahren Werth herabsetze; was diejenigen, welche in jenem Münzfuße Capitalien ausgeliehen haben, sich nicht gefallen zu lassen brauchen.

dieses Jahrhunderts, der wirklichen Gesetzgebung der souverain gewordenen Staaten gegenüber, vielfach mit herüber genommen.

§. 38.

Während auf der einen Seite nach und nach die Gedanken reiften, welche die Regierungsgewalt aus ihrer theilweisen Vermischung mit der Jurisdiction loszulösen und dieser in einer gewissen Selbständigkeit gegenüber zu stellen bestrebt waren, begegnen wir andererseits dem nämlichen Ausscheidungsprocesse auf dem Gebiete derjenigen Regierungsrechte, welche man bisher mit den landesherrlichen Privatrechten zusammengeworfen und denen gegenüber man demgemäß die „simplex querela" zugelassen hatte. Auch hier treten Erscheinungen zu Tage, die in dem Wesen der Regierungsgewalt ihre volle Berechtigung finden. Dahin gehört schon die oben angeführte Bestimmung des jüngsten Reichsabschieds, „daß in Klagsachen der Unterthanen wider die Obrigkeit nicht leichtlich Processe erkannt werden sollen." Noch entschiedener aber sprechen seit Mitte des 17. Jahrhunderts die Wahlcapitulationen sich aus. In Art. 15 [36]) hieß es: „(§. 1.) Wir wollen die mittelbaren Reichs- und der Stände Landesunterthanen in Unserem Kaiserlichen Schutz haben und zum schuldigen Gehorsam gegen ihre Landes Obrigkeit erhalten. (§. 2.) Wie wir dann keinen Churfürsten, Fürsten und Stand-Landsassen, Unterthanen ꝛc. von deren Botmäßigkeit und Jurisdiction, wie auch wegen landesfürstlicher hohen Obrigkeit, und sonsten rechtmäßig hergebrachten respective Steuern, Zehenden und anderen gemeinen Bürden und Schuldigkeiten, weder unter dem Prätext der Lehen-Herrschaft, noch einigen anderen Schein eximiren und befreien, noch solches andern gestatten. (§. 3.) Auch nicht gut heißen, noch zugeben, daß die Landstände die Disposition über die Landsteuer — mit Ausschließung des Landesherrn privative vor und an sich ziehen, oder in dergleichen und anderen Sachen ohne der Landesfürsten

---

[36]) So wie die Artikel hier citirt sind, wurden sie zuerst a. 1663 votirt. Fast schon die nämlichen Bestimmungen enthielt die Wahlcapitulation Leopold's I. von 1658, Art. 3 und 7. Vergl. Moser, Carl's VII. Wahlcapitulation II, S. 440 flg.

Vorwissen und Bewilligung Convente anstellen, oder wider des jüngsten Reichsabschieds ausdrückliche Verordnung sich des Beitrags, womit — Landsassen und Unterthanen zur Besetzung und Erhaltung der — Vestungen, Plätze und Garnisonen, wie auch zu Unseres und des heil. Reichs Cammer-Gerichts Unterhalt an die Hand zu gehen schuldig sind, zur Ungebühr entschlagen. (§. 4.) Auf den Fall auch Jemand von den Landständen oder Unterthanen wider dieses oder andere obberührte Sachen bei Uns oder Unserem Reichshofrath oder erstbemelteten Kammergericht etwas anbringen oder zu suchen sich gelüsten lassen würde, wollen wir daran sein und darauf halten, daß ein solcher nicht leichtlich gehört, sondern a limine Judicii ab und zu schuldiger Parition an seinen Landesfürsten und Herrn gewiesen werde. (§. 8.) Inmaßen denn auch Kurfürsten, Fürsten und Ständen zugelassen und erlaubt sein soll, sich — bei ihren hergebrachten und habenden landesfürstlichen und herrlichen Juribus selbst und mit Assistenz der benachbarten Stände, wider ihre Unterthanen zu manuteniren und sie zum Gehorsam zu bringen. (§. 9.) Da aber die Streitigkeiten vor dem Richter mit Recht verfangen wären, sollen solche auf's schleunigste ausgeführt und entschieden werden." — Sodann enthielt Art. 19, §. 6 und 7: „Wenn auch Landstände und Unterthanen wider ihre Obrigkeit Klage führen, so sollen und wollen Wir insonderheit, wenn es die landesherrliche Obrigkeit und Regalien sowohl überhaupt, als in specie die Jura Collectarum, Armaturae, Sequelae, Landesdefension, Besatzung der Festungen und Unterhaltung der Garnisonen und dergleichen betrifft, ad nudam Instantiam subditorum keine Mandata noch Protectoria oder Conservatoria ertheilen, sondern zuvörderst die Austräg in Acht nehmen. — Wo aber die Jusrisdictio fundiret, dennoch, ehe und bevor die Mandata ergehen, die beklagte Obrigkeit mit ihrem Bericht und Gegennothdurft vernehmen, — und wenn alsdann sich befinden würde, daß die Unterthanen billige Ursach zu klagen haben, dem Proceß schleunig abhelfen, inmittelst aber gleichwohl sie zu schuldigem Gehorsam gegen ihre Obrigkeit anweisen."

Blieb hiernach auch der Anspruch der Unterthanen auf Rechtsschutz ihrem eigenen Landesherrn gegenüber, wo es um Ausübung von

Hoheitsrechten derselben sich handelte, mit gewissen, die Natur dieser Rechte berücksichtigenden Beschränkungen, reichsgrundsetzlich anerkannt, so begegnen wir doch seit Beginn des 18. Jahrhunderts dem Bestreben der Landesherren, für ihre Belangbarkeit vor ihren eigenen Gerichten das Verständniß zu gewinnen, daß sie nur in Privatsachen denselben unterworfen seien [37]); sei es nun, daß sie sich damit in hoheitsrechtlicher Beziehung jeder Rechtssprechung entziehen zu können glaubten, oder daß sie die, dann allein noch übrig bleibende Klage vor den Reichsgerichten bei der zunehmenden Schwäche des Reichs und dem gemeinsamen Interesse aller Stände, ihre Hoheitsrechte zu erweitern, minder scheuten. Wir finden daher schon im Laufe des vorigen Jahrhunderts bei Schriftstellern die Sache so dargestellt, als sei der Fall, wo die Obrigkeit „tamquam pars und als Widersacher gehandelt", so zu verstehen, als ob es heiße: tamquam privatus [38]). Und hiermit hing es ohne Zweifel zusammen, daß in die Wahlcapitulation Leopold's II. a. 1790 auf Antrag Kur-Trier's [39]) zu Eingang des §. 6, Art. 19, der Satz aufgenommen wurde: „Wenn auch Landstände und Unterthanen wider ihre Obrigkeit in Privatsachen,

[37]) Hier muß vor Allem wieder der ostfriesischen Händel (§. 36, Note 26) erwähnt werden. Als nämlich zu Anfang des vorigen Jahrhunderts dort die Landstände die Ansicht geltend machten, „der Landesherr sei in allen Sachen vor dem Hofgericht justitiabel, ohne Unterschied, sie mögen gemeine Landes- oder Regierungs- oder Privat-Justizsachen sein," ließ der Fürst ausführen, er sei vermöge der Concordaten nur in solchen Sachen vor dem Hofgericht justitiabel, darin er als ein Privatus consideriret werde," und fand auch hierin beim Reichs-Hofrath Schutz. Vergebens beschwerten sich die Landstände, „daß dadurch der Landesherr in allen Sachen, wo der landesherrliche Charakter in Betracht komme, von der Jurisdiction des Hofgerichts gänzlich eximirt worden, da doch eine unleugbare Sache sei, daß in Ostfriesland vor mehr denn 100 Jahren selbst unter Kaiserlicher Autorität, die Landesherren sich in allen Sachen, sie seien zu den Regalien oder Polizei gehörig oder nicht, vor dem Hofgericht justitiabel gemacht, und das Hofgericht mehr denn 100 Jahre durch in dergleichen des Landesherrn zu den Regalien oder zur Landesregierung und Polizei gehörigen Sachen judicirt habe." Moser l. c. I, S. 29. Struben, Rechtl. Bd. V, Nr. 128.

[38]) Ludolf, Jus camer. Sect. I, §. 13, N. 14. Struben, Unterricht 2c., §. 12, N. d.

[39]) Vergl. Häberlin, pragmat. Geschichte der neuesten Wahlcapitulation 1792. S. 277.

welche die landesherrliche Kammer betreffen, Klage führen, so sollen und wollen Wir diese bei ihren ordentlichen Landesgerichten entscheiden lassen, weder den Reichsgerichten gestatten, über solche Klagen in letzter Instanz, wenn Privilegia de non appellando vorhanden sind und darin kein ausdrücklicher Vorbehalt enthalten, oder ein anderes durch Verträge mit der Landschaft und Obrigkeit nicht bestimmt ist, zu urtheilen. Auch sollen und wollen Wir bei anderen Klagsachen der Landstände und Unterthanen wider ihre Obrigkeit, insonderheit wenn es rc." (wie oben). — Mit diesem Zusatz erlangte man das Doppelte, daß die Gerichtsbarkeit der Landesgerichte in Sachen der Obrigkeit nach oben abgeschlossen und nach unten beschränkt wurde; ersteres durch Ausschließung der Appellation an die Reichsgerichte[40]); letzteres, indem die Bestimmung gleichsam stillschweigend davon ausging, daß nur in Privatsachen Landstände und Unterthanen wider die Obrigkeit bei den Landesgerichten Klage führen könnten[41]).

Ueberhaupt aber konnten für die ganze Entwicklung der Lehre die veränderten Machtverhältnisse nicht ohne Einfluß bleiben. „Seitdem Miles perpetuus auf die Beine kam", hatten das Ansehen der Landstände und die Landesfreiheiten „einen großen Abschlag erlitten." Das staatliche Princip bildete sich aus, eben so sehr, wie auf Kosten des Reichs, auch auf Kosten der Unterthanenrechte; und aus der nach oben und unten beschränkten Landeshoheit erwuchs eine mehr und mehr souveraine und absolute Staatsgewalt. Es fehlte auch nicht an Juristen, die dieser Tendenz ihre Dienste liehen. Gegen sie eifert bereits der wackere Struben (a. a. O. §. 13), indem er sagt: „Viel insoutenabler ist es aber, wenn man sich verweigert, in den zwischen den teutschen Fürsten und ihren Landsassen entstandenen Irrungen einen Richter zu erkennen, und behaupten will, es wären jene nicht schuldig, sich mit

[40]) Aus diesem Gesichtspunkt spricht Häberlin, Note 39 cit., S. 284, und Staatsrecht, §. 299, mit wahrer Entrüstung über diese neue Bestimmung, und will dieselbe als ungültig und nicht geschrieben betrachtet wissen.

[41]) Leist, Staatsrecht §. 147, bemerkt ausdrücklich: „Den bis 1790 ergangenen Reichsgesetzen ist der ganze Unterschied zwischen Staats- und Privatsachen in Hinsicht auf den Gerichtsstand der Landesobrigkeit völlig fremd."

diesen in gerichtliche Contestation einzulassen." Ferner (§. 14): „Was bisher angeführt ist, erweist zugleich den Ungrund des paradoxen Satzes, welchen jüngsthin ein gewisser ICtus behaupten wollte, daß kein Fürst verbunden sei, sich mit seinen Unterthanen in Processe einzulassen, bevor sie einen Titulum beigebracht, kraft dessen ihnen die Gerechtsame zustehen, welche ihnen die Landesherrschaft streitig machet, und daß die Regierung, nicht aber die Dicasteria, darüber erkennen müsse, ob ein solcher Titulus vorhanden? Man wird wohl schwerlich unter der großen Anzahl der bisherigen Rechtsgelehrten einen einzigen finden, dem diese Thesis jemals in den Sinn komme." — Wir sehen, die Stahl'sche Lehre vom „Titel" ist, wenn auch nicht neu erfunden, doch auch noch nicht sehr alt; und sie hat schon früh ihre Beurtheiler gefunden[42]).

Ungünstig für die ganze Lehre wirkte aber noch das insbesondere, daß man — wozu ohne Zweifel der Umstand wesentlich beitrug, daß Administrations- und Jurisdictions-Acte gemischt von den nämlichen Behörden ausgingen — die Frage über den wider solche Acte zu gewährenden Rechtsschutz regelmäßig dahin formulirte: Was ist Regierungs- (oder Polizei-) und was ist Justizsache? — eine Fragstellung, durch welche diese Begriffe gewissermaßen in einen absoluten Gegensatz gestellt erscheinen.

Hiergegen erklärt sich mit der ihm eigenthümlichen Energie wiederum Gönner[43]), indem er es als den größten Fehler der Schriftsteller bezeichnet, daß sie immer nur fragen, „wann mit Wirkung eine gerichtliche Beschwerde in Regierungs- und Polizeisachen geführt werden könne, wodurch sie dann ungegründete Rechtsansprüche aus der Reihe der Objecte gerichtlicher Verhandlungen verbannen; als ob nicht bei jedem Processe ein Theil Unrecht hätte, und als ob nicht

---

[42]) In einer Note fügt Struben noch hinzu: „Wenn in solchen Controversen, die einige ICti für die Fürstl. Aemter, andere wider selbige decidiren, es den Ständen und Unterthanen nicht einmal erlaubt ist, auf dem Wege Rechtens ihr Heil zu versuchen, so befinden sich selbige in einer sehr betrübten Situation. Denn es hat bisher an Scribenten nicht gefehlt, und wird ferner aus leicht zu errathenden Ursachen dann nicht fehlen, die das Jus domaniale dergestalt ausdehnen, daß den Unterthanen wenig übrig bleibt."

[43]) Handbuch des Processes II, S. 20.

die Entscheidung über Grund oder Ungrund des Anspruchs schon die Zuständigkeit des Richters, also die Eigenschaft einer Justizsache voraussetzte!" Und an einer andern Stelle[44]) sagt er, nachdem er dargelegt, wie in Deutschland durch die Existenz der Reichsgewalt es möglich geworden, auch die landesherrliche Gewalt einem Richterspruch zu unterwerfen: „Diesemnach wird vom Objecte, um dasselbe zu einer Justizsache zu qualificiren, nur erfordert, daß es unter den Gesichtspunkt des verletzten Rechtes gestellt sei, ohne daß zwischen einer Classe von Rechten oder einer Classe von Verletzungen ein Unterschied wäre; weshalb niemals im Objecte an sich, sondern nur in der Ansicht, unter welche es gestellt wird, der Unterschied zwischen Justiz- und Regierungs- oder Polizeisachen aufgesucht werden darf."

Als aber Gönner so schrieb, war bereits die letzte Entwickelungsphase für unsere Lehre nahe. Das deutsche Reich löste sich auf. In den Einzelstaaten aber wurden überall Verwaltung und Rechtssprechung mindestens in den höhern Instanzen getrennt, und die an die Stelle der Reichsgerichte tretenden höchsten Gerichtshöfe nur für die rechtsprechenden Behörden als oberste Instanz beibehalten. Damit fiel die Extrajudicialappellation als Form, in welcher bisher Verwaltungshandlungen der gerichtlichen Entscheidung unterworfen waren, von selbst hinweg. Die Consequenz wäre gewesen, die Obrigkeit in den Sachen, in welchen sie nun nicht mehr als „tamquam judex procedirend" galt, als „tamquam pars" handelnd anzusehen, d. h. statt der Appellation die einfache Klage gegen die als rechtsverletzend bezeichneten Hoheitsacte zuzulassen. Allein nun machte sich die im Laufe des vorigen Jahrhunderts aufgekommene Lehre geltend, daß die Landesherren nur in „Privatsachen" sich den eigenen Gerichten unterworfen haben. Und so schwang sich in den meisten Ländern aus der Wirrniß der Zeiten die Regierungsgewalt als eine mehr oder weniger absolute Gewalt wie ein Phönix aus der Asche. Sie konnte das um so erfolgreicher, als in und mit ihr auch die gesetzgebende Gewalt im Sinne der heutigen staatlichen Omnipotenz sich entwickelt hatte, und,

---

[44]) Staatsrecht, §. 303.

von ihr formell nicht getrennt, meistens ebenfalls unbeschränkt in die Hände des Landesherrn gelangt war. Damit waren die alten Formen, welche die Rechte und Freiheiten des Landes geschützt hatten, bedeutungslos geworden, ja diese selbst vielfach untergegangen.

Wo aber diese Rechte in den modernen Verfassungen neu erstanden, dachte man zu wenig an deren Schutz. Man glaubte, es genüge, wenn man die Volksrechte nur in abstracto decretire, und war sich nicht bewußt, welch ein weiter Weg noch zwischen dem Buchstaben des Gesetzes und seiner Anwendung liegt. Oder man vertröstete sich mit dem unpraktischen Mittel der Ministeranklage. Auf diese Weise haben sich in den meisten Staaten Verhältnisse gebildet, bei welchen man die Wahl hat zu sagen: auf dem Gebiete des öffentlichen Rechts wird gar kein Recht gesprochen; oder: auf dem Gebiete des öffentlichen Rechts spricht die Regierungsgewalt sich selbst Recht; ein Mißstand, welcher wesentlich dazu beigetragen hat, den deutschen Constitutionalismus bisher auf eine Scheinexistenz zu beschränken.

Dies gilt namentlich auch von Preußen[45]). Nicht allein daß es nach der preußischen Verfassung für die größeren im Innern des Staatslebens auftauchenden Rechtsfragen an einem rechtlichen Austrag fehlt: sondern es ist auch der einzelne Unterthan in seinen persönlichen Interessen in weit höherem Maße der Willkür der Verwaltungsbehörden unterworfen, als dem Rechte günstig ist. Das Gesetz vom 11. Mai 1842, indem es auch die „Gesetzmäßigkeit" polizeilicher Anordnungen der Regel nach nur der Beurtheilung der vorgesetzten Dienstbehörde unterwirft, hat eine Polizeigewalt geschaffen, die in der That nicht viel weniger als Alles kann, was sie will. Außerdem weisen zahlreiche Special-Bestimmungen eine Menge von Verhältnissen, welche tief in das Wohl und Wehe der

---

[45]) Ueber die preußische Gesetzgebung und Praxis auf diesem Gebiete vergl. Kosmann, Erkenntnisse des Gerichtshofs zur Entscheidung der Competenz-Conflicte, 1857; Sydow, die Zulässigkeit des Rechtswegs und die Competenz-Conflicte in Preußen, 1860. — Ueber die Zustände, welche sich daraus gestaltet haben, vergl. Primker, die Competenz-Conflicte in Preußen 1861; und ferner: Lasker, „Polizeigewalt und Rechtsschutz in Preußen" in den „Deutschen Jahrbüchern für Politik und Literatur", Bd. I, S. 27 flg. 1861.

Unterthanen eingreifen, und bei denen deshalb das Bedürfniß eines wahren Rechtsschutzes sich dringend fühlbar macht, ausschließlich der Entscheidung der Verwaltung zu. Diesem Uebergewicht der Verwaltung gegen die Rechtsprechung ist endlich in dem Institut des Competenzgerichtshofs ein eifriger Hüter bestellt worden. Preußen, nach seinen dermaligen Institutionen, ist noch weit davon entfernt, Rechtsstaat zu sein. [46])

Wie wenig man aber selbst in höchst freisinnigen Kreisen sich des Wesens des Rechtsstaats noch bis vor Kurzem bewußt gewesen ist, bezeugt die in unsern Augen fast wunderbare Thatsache, daß auch in den im J. 1848 zu Frankfurt berathenen „Grundrechten des deutschen Volkes" (§. 48.) dem Competenzhof eine Stelle eingeräumt wurde; eine Thorheit, die freilich in dem Eifer, womit man damals noch andere französische Institutionen (z. B. die französische Staatsprocuratur) nach Deutschland herüber nahm, ein Seitenstück findet.

§. 39.

Wir glauben dieser Darstellung folgende Betrachtung anreihen zu dürfen. Wenn irgend wo, so ist gerade in Deutschland das Verhältniß der Unterthanen zu ihrer Obrigkeit historisch niemals ein der einseitigen Willkür preisgegebenes, sondern stets ein rechtlich geschütztes gewesen. Dieser Rechtsschutz mochte in den verworrenen Zeiten der vergangenen Jahrhunderte noch so oft thatsächlich schwach sich erweisen; er mochte auch von unbefriedigenden juristischen Theorien getragen werden; er bestand aber grundsätzlich, in den Gesetzen, wie in dem Rechtsbewußtsein der Juristen und des Volkes. Die Theorie bedurfte der Verbesserung. Es war eine ungenügende Auffassung,

---

[46]) Oesterreich freilich wohl noch viel weiter. — Das auf dem Dresdener Juristentag von einem österreichischen Juristen ausgesprochene Lob des Kaiserstaats: „daß dort stets die Gerichte selbst über ihre Competenz erkannt haben," würde nur dann entschiedenen Werth haben, wenn der Redner zugleich dargelegt hätte, welche Rechte der Unterthanen denn überhaupt die österreichischen Gerichte der Regierungsgewalt gegenüber zu schützen in der Lage gewesen seien, so daß dieser das Bedürfniß eines Competenzhofs sich schon fühlbar gemacht hätte.

wenn man nur Jurisdictionsrechte und Privatrechte der Obrigkeit unterschied. Das staatliche Princip erforderte zunächst Anerkennung der Gesetzgebung, als einer über der Rechtssprechung wie über der Verwaltung stehenden, absolut freien Thätigkeit der zu solcher berufenen Organe. Es erforderte nicht minder Anerkennung der Regierungsgewalt, als einer, von der Jurisdiction und von den Privatrechten gleich verschiedenen, der Staatsgewalt zustehenden relativ freien Thätigkeit; in ihrer Bethätigung, gleich der Jurisdiction, über den Unterthanen stehend; in ihrer Begrenzung, gleich den Privatrechten, unter dem Rechte stehend.

Diesen Entwickelungsproceß zu vollbringen, übernahm die landesherrliche Gewalt, zunächst freilich zu ihrem eigenen Vortheil, im Sinne des Absolutismus. Sollen wir ihr darob zürnen? Wir dürfen es nicht; sie hat damit eine geschichtliche Mission erfüllt. Hätte sie es nicht gethan, so würde Niemand die Kraft gehabt haben, die privatrechtlichen Anschauungen des Patrimonialstaates zu brechen; es würden überall mecklenburg'sche Zustände erwachsen sein. Der Absolutismus war der historisch nothwendige Durchgangspunkt des staatlichen Princips. Aber er ist nicht das Ziel desselben. Solches ist nur der Rechtsstaat.

Auf dem Gebiete der Gesetzgebung hat nun der Rechtsstaat seine volle Berechtigung bereits erkämpft. Fast in allen deutschen Landen ist die Gesetzgebung nicht mehr absolut in den Händen des Landesherrn. Die Regierungsgewalt dagegen will ihre absolutistische Stellung noch nicht aufgeben. „Können wir das Gesetz auch nicht mehr nach Willkür schaffen, so wollen wir doch die Befugniß behalten, dasselbe, soweit es uns angeht, nach Willkür zu deuten." So lautet die Lehre, welche unsere übereifrigen Regierungsmänner beharrlich festhalten.

Die Verweigerung der Rechtssprechung auf dem Gebiete des öffentlichen Rechts ist hiernach der letzte Schlupfwinkel des Polizeistaates. Ihn gilt es zu zerstören. Darf auf ein Gelingen hierbei gehofft werden? Auch in dieser Beziehung kann uns die Geschichte Belehrung geben. Wenn man sieht, welche Kämpfe es gekostet hat, um die Unabhängigkeit der Rechtsprechung, auch soweit sie jetzt allgemein anerkannt ist, zur Geltung zu bringen; wie dieser Gedanke früher mit ganz denselben Grunden von den unveräußerlichen Rechten der Obrigkeit u. dergl. zu ringen hatte, die man auch jetzt noch einer Rechtsprechung auf dem Gebiete des öffentlichen Rechts entgegensetzt; wenn man erkennt, wie die zur Zeit eingenommene Stellung der Regierungsgewalt über dem Rechte nicht etwa auf einem positiven Gedanken beruht, sondern gleichsam durch Zufall gewonnen ist, so wird man nicht glauben, daß es hierbei nothwendig sein Bewenden haben müßte. An der Hand der Geschichte zurückschreitend, wird man die Strömung nicht verkennen, die in dem Ganzen herrscht, und daraus die Ueberzeugung schöpfen, daß auch jetzt die Wasser weder still stehen, noch durch künstliche Aufstauungen gehalten werden können. Das Ziel aber, welchem der Gedanke unserer Zeit mächtig zutreibt, ist kein anderes, als die Herrschaft des Rechtes.

B. Die Rechtsprechung in Kurhessen.

§. 40.

Der historischen Skizze, die wir in Vorstehendem von den deutschen Verhältnissen im Allgemeinen entworfen, sei es erlaubt, noch ein kleines Bild in engerem Rahmen beizufügen. Indem wir versuchen, einen Ueberblick über die Geschichte der Rechtsprechung in Kurhessen zu geben, thun wir es in dem Bewußtsein, daß vielleicht kein anderes deutsches Land in der fraglichen Beziehung gleich interessante Erscheinungen aufzuweisen hat.

Auch in Hessen, nachdem die Landeshoheit daselbst zur vollen Entwickelung gelangt war, lag die Rechtsprechung in den Händen des Landesherrn. Die Landgrafen übten dieselbe durch ihre Regierungen oder Canzleien aus; Behörden, welche in völliger Abhängigkeit von dem Landesherrn dessen Hoheitsrechte überhaupt zu wahren hatten.

Das im Jahre 1500 zu Marburg errichtete „Hofgericht" hatte zwar mit jenen concurrente Jurisdiction. Allein auch von diesem konnte ursprünglich an den Landgrafen appellirt werden, der dann die Appellation entweder selbst oder durch seine Räthe entschied.

Von Alters her waren jedoch die hessischen Landgrafen darauf bedacht, ihren Behörden Uebung der Gerechtigkeit einzuschärfen. Schon die Hofgerichtsordnung von 1500 enthielt die Zusicherung, daß die Hofrichter „an dem rechtlichen Erkenntniß keine andere Pflicht hindern oder irren" solle. Die Canzleiordnung vom 14. März 1628 enthielt folgende Stelle: „Wo sich auch Gezenk und Irrthum zwischen unsern Beamten und Untersassen vom Adel oder andern, uns und die unsern betreffend, als sei um Obrigkeit, Folg, Steuer, Gericht, Wildbahn, Jagd, Gehölz oder anderes zutrüge, darauf sollen unsere Statthalter, Canzler und Vize-Canzler mit sonderem Fleiß sehen, daß uns nichts entzogen, sondern das Unser, so viel in Recht und Billigkeit geschehen kann, ohne Verminderung erhalten werden; doch ist unsere Meinung nicht, daß Jemand das Seine abgezogen oder mit Unbilligkeit sollte beschwert werden, sondern wir begehren allein, das Unsere zu behalten, und einem Jeden das Seine zu lassen [1])."

Eine fürstliche Resolution, welche am 2. Octbr. 1655 auf die ritterschaftlichen Gravamina erging, verzichtete auf das Recht der Austräge zu Gunsten der fürstlichen Canzleien, und erklärte bei den in das fürstliche Interesse laufenden Sachen die Räthe ihrer Pflichten entlassen.

Damit war aber noch keineswegs eine Unabhängigkeit der Justiz im heutigen Sinne geschaffen. Die Anweisung an die entsprechenden Behörden, nach den Rechten zu erkennen, hatte keine andere Bedeutung, als wenn der Landesherr heutzutage seinen Verwaltungsbehörden befiehlt, nach den Gesetzen zu verfahren. Es war damit nicht eine Objectivirung des Rechts in dem Ausspruch der Rechtsorgane, sondern eine Selbstbeschränkung gemeint, die sich die Organe des Landesherrn in Ausübung von dessen Gerechtsamen angedeihen lassen sollten. So wie die fürstlichen Räthe, indem sie Rechtsstreitigkeiten entschieden,

---

[1]) Fast wörtlich wiederholt in der Canzleiordnung von 1656.

damit nur ein Recht des Landesherrn übten, so befolgten sie auch, indem sie dabei die Gesetze wahrten, hierin nur den unmittelbaren Willen des letzteren.

Bei dieser Unselbständigkeit der Rechtssprechung war es auch nichts Abnormes, wenn jede Behörde, welche landesherrliche Rechte vertrat, zugleich den mit solchen zusammenhängenden Theil der Rechtssprechung ausübte. So das Consistorium in Kirchensachen, das Bergcollegium in Bergwerkssachen 2c. Selbst der fürstlichen Rentkammer, einer Behörde, die doch vorzugsweise solche landesherrliche Gerechtsame verwaltete, welche wir heutzutage als dem Privatrechte anheimfallend ansehen, wurde durch Verordnungen v. J. 1735 und 1736 in „Kammersachen“ die „Jurisdiction“ zugetheilt.

Das bedeutsamste Moment für die Heranbildung der Selbständigkeit der Gerichte in Hessen lag in dem Ereignisse, daß dem Landgrafen im Jahre 1742 ein unbeschränktes privilegium de non appellando ertheilt wurde. In Folge hiervon ward durch landesherrliches Edict vom 26. November 1743 „anstatt der höchsten Reichsgerichte, wohin sonst die Appellationes bishero gegangen“, das Ober-Appellationsgericht zu Cassel bestellt; „also daß daselbst Allen und Jeden, so sich über die von Unsern höheren Gerichten, Regierungen und Canzleien ausgesprochene Urtheile und Erkenntnisse beschwert zu sein vermeinen, die Justiz denen Rechten, auch Reichs- und Land-Constitutionen nach gebührend administriret, und was an gedachtes Ober-Appellations-Gericht nach Maß der Ordnung erwachsen ist, von selbigem ohne alle weiter einzuwendende Provocation völlig ausgemacht und entschieden, mithin die Instanz, welche sie vorhin bei wohlbemeldeten höchsten Reichsgerichten gehabt, dadurch ersetzt werden und ihnen zu gute kommen soll.“

„Damit auch,“ heißt es dann weiter, „die zu diesem Unsern Ober-Appellations-Gericht verordneten Räthe jetzt und vor's Künftige hierunter desto freier ohne alle Schen und Furcht zu Werke gehen und ihr Amt thun können, so wollen Wir dieselben überhaupt und einen Jeden von Ihnen besonders in den Sachen, so Uns und Unsere Nachfolger, Unsere Kammer, Aemter und Jura oder Unsere Beamten und Bedienten, die in Unserm Namen agiren, einigermaßen betreffen, oder dabei Wir und Unsere Nachkommen selbst, oder sie Unsertwegen ein Interesse haben möchten, der auf Respicirung unseres Besten geleisteten Pflicht und Verbindung hiemit erlassen, und sie wie überall, also auch in solchen Uns oder die Unsrigen angehenden Sachen, bei Verwaltung ihres Amtes auf nichts, als Gott den Allmächtigen, und eine ganz unparteiische reine Justiz, worauf sie ihren Eid abgelegt und geschworen, ein- vor allemal gebunden und verwiesen haben; inmaßen dann alles das, was sie also in Unserm Namen handeln, sprechen und erkennen, nichts anders als hätten Wir solches in eigener Person gethan und anbefohlen, geachtet und respectiret, folglich unaufhaltlich zur Execution gebracht und vollzogen, auch sothanen Erkenntnissen keine Hinderung in den Weg gelegt, vielweniger eine an dem Ober-Appellations-Gericht rechtshängige oder dahin gehörige Sache davon avociret, sondern bei selbigem der Justiz ihr stracker Lauf gelassen und eine dawider ausgewürkte Verordnung nicht anders als per sub- et obreptionem erschlichen oder aus Irrthum und Mißverstand ertheilet angesehen, und dann ungehindert im geraden Wege weiter procediret, mithin keine Sache, welche in die Justiz einschlägt, und ihrer Eigenschaft nach durch einen Spruch Rechtens zu erörtern ist, sei es in prima oder secunda Instantia anders wohin, als vor die ordentlich hierzu bestellten Justiz-Collegien gezogen, und alles andere, was dagegen geschieht, als ungültig null und nichtig betrachtet werden, und jetzt und zu ewigen Zeiten davor erkannt und erkläret sein soll."

In engster Verbindung mit diesem Edict stand „eine landesherrliche Entschließung" von dem nämlichen Tage, worin die, durch die Verordnungen von 1735 und 36 anbefohlene Cammer-Jurisdiction wieder aufgehoben, und verordnet wurde, daß „alle Unsere Rentkammer angehenden Sachen, wobei die Gerechtsame mit einem unserer Unterthanen von Prälaten, Ritter- und Landschaft streitig und einer rechtlichen Ausführung und Erkenntniß nöthig ist, wiederum vor Unsere Regierungen und Canzleien verwiesen" sein sollen, dergestalt jedoch, „daß in dergleichen Sachen nichts ohne Communication mit Unserer Rentkammer verfügt," vielmehr besonders dazu bestellte Kammerglieder jedesmal zu „Correferenten genommen werden"; wohingegen allen denen, welche sich durch ein solchergestalt ausgesprochenes Urtheil beschwert erachteten, „die in Rechten vorgeschriebenen Remedia suspensiva" an das Ober-Appellations-Gericht ausdrücklich vorbehalten wurden.

Die Zusicherungen des Edicts wurden dann nochmals zum Theil wörtlich wiederholt in der bald darauf erlassenen Ober-Appellations-Ordnung vom 15. Februar 1746.

Diese durch fürstliches Wort verliehenen, durch die Pflichten gegen das Reich verbürgten Erlasse bilden die Grundlage der richterlichen Unabhängigkeit in Kurhessen. Durch sie ward dem die ganze Rechtsprechung beherrschenden höchsten Landesgericht eine Stellung verliehen, kraft deren es völlig an die Stelle der Reichsgerichte treten und deren Jurisdiction ersetzen sollte.

Allerdings konnte man sich noch nicht alsbald zu Formen entschließen, welche auch in der äußeren Erscheinung die hierin liegende Unterordnung des Landesherrn unter die eigenen Gerichte klargestellt hätten. Bei der Rechtssprechung in Sachen der fürstlichen Rentkammer sollte diese nicht als Partei vor Gericht auftreten, vielmehr die Sache erstinstanzlich in der Form amtlicher Benehmung zwischen der rechtssprechenden und der verwaltenden Behörde erörtert und danach entschieden werden. Aber auch diese Form machte noch im Laufe des vorigen Jahrhunderts einer anderen Platz, welche das Verhältniß der den übrigen verwaltenden Behörden selbständig gegenüberstehenden Justiz klarer stellte. Auf ständisches Desiderium ward durch Verordnung vom 10. März 1786 bestimmt:

„Da bisher die Klagen, welche Städte, Gemeinden und andere Unterthanen gegen unsere Kriegs- und Domainen-Kammer [2]) erhoben, dem Advocato camerae nicht gleich zur Erklärung mitgetheilt, sondern von der Regierung erst mit jenem Collegium darüber communiciret, sodann demjenigen, welcher seine Gerechtsame gegen Unser Steuer-

---

[2]) Diese war an die Stelle der früheren Rentkammer getreten.

Collegium behaupten wollen, der Weg Rechtens ohne vorher ausgewirkte specielle Erlaubniß nicht eröffnet worden, auch die Städte ohne Consens des Steuer-Collegii und die Dorfsgemeinden ohne Einwilligung des Landraths keine Processe führen dürfen, diese Vorbereitungen aber die Justiz in ihrem geraden Lauf gehindert und verzögert haben: So finden Wir Uns auf den von Unseren Landständen deshalb geschehenen unterthänigsten Antrag gnädigst bewogen zu verordnen, daß alle und jede Unterthanen in Processen gegen Unsere Kriegs- und Domainen-Kammer und Unser Steuer-Collegium ohne vorgängige Communication der Regierung und resp. ohne vorher auszuwirkende Erlaubniß sogleich bei Unseren Justiz-Collegiis rechtliches Gehör finden, und daß Städte und Gemeinden nicht mehr schuldig sein sollen, zu ihren vorhabenden Processen den Consens vom Steuer-Collegio und resp. den Landräthen einzuholen."

Eine andere Form, welche an die ursprüngliche Abhängigkeit der Gerichte vom Landesherrn erinnerte, war die, daß das Ober-Appellations-Gericht seine Entscheidungen Namens des Landesherrn („ad mandatum Serenissimi“) ertheilte; was bis zum J. 1821 andauerte.

Sehen wir aber von diesen Formen ab, so war schon mit dem Edict von 1743 eine Selbständigkeit und Unabhängigkeit der Justiz ganz im heutigen Sinne geschaffen. Auch läßt sich, was den Umfang ihrer Befugnisse anbelangt, nicht im mindesten zweifeln, daß man nicht daran gedacht, der gerichtlichen Entscheidung irgend etwas von dem zu entziehen, was früher bei den Reichsgerichten dem rechtlichen Austrag unterlag, namentlich etwa den Landesherrn und seine Behörden, da wo sie bisher den Unterthanen vor den Reichsgerichten zu Recht gestanden hatten, von der Pflicht rechtlicher Verantwortung frei zu machen. Der Gedanke war einfach der: die bisher vom Reich geübte Justiz soll, sachlich unverändert, auf das neugeschaffene höchste Landesgericht übergehen, welches zu dem Ende sich eben so selbständig und unabhängig zu betrachten hat, als stände es außerhalb des Territorial-Verbandes.

Da das Ober-Appellations-Gericht an die Stelle der Reichsgerichte trat, so mußte auch die Art und Weise, wie die „landesherrlichen“

Sachen an dasselbe gelangten, der alten Reichspraxis entsprechen: Wo die Obrigkeit tamquam pars gehandelt (Sachen der Rentkammer ꝛc.), war die Sache zunächst im Wege der simplex querela an die Regierung — als die an die Stelle der alten Austräge getretene erste Instanz — und erst von da im Wege der Appellation an das Ober-Appellations-Gericht zu bringen. Wo die Obrigkeit jure et vi potestatis et jurisdictionis gehandelt (Sachen der Regierung, einer zugleich rechtsprechenden und die hoheitlichen Verwaltungsrechte ausübenden Behörde), war die Appellation unmittelbar an den höchsten Gerichtshof gegeben.

In dieser Appellation war aber wiederum die Extrajudicial-Appellation begriffen, welche nach der Reichspraxis gegen die als Theile der Juridiction angesehenen Verwaltungshandlungen an die Reichsgerichte zog; also namentlich auch die Appellation wegen Rechtsverletzung in Polizeisachen. Zwar enthielt die Ober-Appellations-Ordnung v. 15 Febr. 1746: „Erstens gehören vor Unser Ober-Appellations-Gericht weder Polizei- und die Landes-Verfassung angehende, noch Inquisitionssachen [5]), — sondern nur allein diejenigen Rechtsstreitigkeiten und Processe, welche entweder per Appellationem seu querelam nullitatis oder ob protractam vel denegatam Iustitiam an selbiges gebracht oder nach deren sonderbarer Gestalt von Uns dahin verwiesen werden.“ Allein man verstand das Verbot der Appellation in „Polizeisachen“ nicht anders, als es seiner Zeit in der deutschen Reichspraxis verstanden war. Zeugniß hierfür liefert ein in den älteren Decisionen des O.-A.-Gerichts mitgetheilter Rechtsfall v. J. 1768. Der Referent wollte hier die Appellation, „weil ein Polizeigesetz vorliege,“ einfach als unstatthaft zurückweisen. Die Correferenten

---

[5]) Auch der Ausschluß der Strafsachen von der Competenz des Ober-Appellations-Gerichts war eine Consequenz seiner Bestimmung, an die Stelle der Reichsgerichte zu treten, da auch an diese eine Appellation in Strafsachen nicht stattfand. Bis zum J. 1821 lag in Kurhessen das höchste Strafrichteramt de jure in den Händen des Landesherrn. Jedoch durften geringere Strafen „ohne weitere Anfrage“ von den Regierungen ausgesprochen und vollzogen werden. Peinl. Gerichts-Ordn. v. 1748, Tit. X, §. 3 u. 4.

bemerkten aber dagegen unter Bezugnahme auf Mevius, Cramer sowie die bisherige Praxis, daß die Parömie: „in Polizeisachen giebt es keine Appellation,“ mit einer gewissen Beschränkung verstanden werden müsse; daß namentlich dann, wenn nicht über eine Polizeiordnung selbst, sondern darüber Beschwerde geführt werde, daß die ordentliche Obrigkeit, welcher die Handhabung derselben obliege, nicht darnach verfahren, sondern solche unrecht verstanden und unrecht erklärt habe, die Appellation an den Oberrichter, also von dem Beamten an die Regierung und von der Regierung an dieses Tribunal statt habe [4]). — Demgemäß wurde auch für Zulassung der Appellation entschieden.

Diese Anschauung von der Anfechtbarkeit der Regierungshandlungen im Wege der Extrajudicial-Appellation erhielt sich auch bis in die Zeit nach der Westphälischen Zwischenherrschaft. Erst gegen das Jahr 1817 drang beim Ober-Appellations-Gericht die Ansicht Gönner's (S. 130) durch, daß, wo eine Regierung oder sonstige, Jurisdictionsrechte ausübende, Staatsbehörde nicht in eigentlich richterlicher, sondern administrativer Thätigkeit gehandelt habe, eine Appellation dagegen nicht statt haben könne, sondern nur die selbständige Beschreitung des Rechtswegs in der Form der Klage offen bleibe [5]).

§. 41.

Der hierin bereits sich aussprechende schärfere Gegensatz zwischen administrativer Thätigkeit und Rechtssprechung kam auch in der äußeren Erscheinung zur Vollendung, als Kurfürst Wilhelm II kurz nach seinem

---

[4]) In dieser Unterscheidung kommt bereits der sich entwickelnde Gegensatz zwischen Gesetzgebung und einfacher Verwaltung zur Geltung.

[5]) Vergl. Pfeiffer, prakt. Ausführungen, Bd. III, S. 443 flg., auch S. 164 und 535 das. — Auch fand nunmehr der Satz Geltung, daß in dem zur Souveränetät gelangten Staate die Gerichte nicht mehr für befugt gehalten werden können, wider Acte der Gesetzgebung wegen vermeintlicher Verletzung von Privatrechten Abhülfe zu gewähren. (Vergl. Pfeiffer, cit. Bd. I, S. 257 flg.) Daneben aber bestand freilich immer noch die Ansicht, daß wegen wohlerworbener Rechte mindestens eine Entschädigungsklage auch der Gesetzgebung gegenüber gegeben sei.

Regierungsantritt durch das Organisations-Edict vom 29. Juni 1821 die vollständige Trennung der Justiz von der Verwaltung anordnete. Demgemäß wurden die bisherigen „Regierungen" in zwei Behörden zerlegt, die neuen „Regierungen" als Behörden der inneren Landesverwaltung, und die „Obergerichte" als höhere Richtercollegien. Zugleich ward die Unabhängigkeit der Gerichte von Neuem gewährleistet [6]). Jetzt erst wurde die Strafrechtspflege selbständig den Gerichten zugewiesen, und zu dem Ende dem Ober-Appellations-Gerichte ein Criminalsenat zugetheilt. Ferner ward das höchste Gericht angewiesen, seine Entscheidungen nicht mehr „ad mandatum Serenissimi," sondern einfach als „Kurfürstliches-Ober-Appellations-Gericht" ergehen zu lassen.

Da Rechtsmittel beim Ober-Appellations-Gericht nur gegen Entscheidungen der Obergerichte gegeben, die Obergerichte aber auf die Rechtssprechung im engeren Sinne beschränkt waren: so fiel damit die früher gegen Verwaltungshandlungen für zulässig erachtete Extra-Judicial-Appellation von selbst hinweg. An deren Stelle trat aber nun zum Schutz wider Rechtsverletzungen durch die Staatsverwaltungsbehörden die selbständige gerichtliche Klage. Daß dies wirklich die Absicht war, welche dem Orgarnisationsedict von 1821 zu Grunde lag, ergiebt sich namentlich auch daraus, daß dortselbst in dem von den „Behörden der inneren Landesverwaltung" handelnden Titel und zwar am Schlusse des „von den Regierungen" handelnden Abschnittes, sich in §. 60 die Bestimmung findet:

„Die Vertheidigung Unserer Hoheits und dergleichen Staats-Gerechtsame in streitigen Fällen vor Gericht geschieht durch den Staats-Anwalt."

Danach konnte es keinem Zweifel unterliegen, daß nach dem Sinne jenes Erlasses der Staat nicht bloß in seinen privatrechtlichen Beziehungen, sondern auch bezüglich seiner von den Regierungen vertretenen Hoheitsgerechtsame vor seinen Gerichten Recht

---

[6]) §. 36: „Die Gerichte erkennen nach den Gesetzen in den verschiedenen Instanzen allein und ohne Einwirkung irgend einer anderen Behörde." —

nehmen wollte; ein Gedanke, der so wenig dem Sinne jener Zeit widersprach, als er gewissermaßen aus der Entziehung der bisherigen Extrajudicial-Appellation wider Administrativ-Acte sich von selbst ergab, und durch die Ober-Appellations-Gerichts-Entscheidungen der letztvorangegangenen Jahre, welche jene Appellation versagt und statt dessen auf eine selbständige Klaganstellung verwiesen hatten [7]), unmittelbar vorbereitet war.

So wurde auch die Sache von Anfang an aufgefaßt; und man gestattete bereits während der 1820er Jahre Klagen wider den Staatsanwalt wegen Rechtsverletzungen Seitens der Regierungsgewalt in Ausübung der Staatshoheitsgerechtsame, sobald durch solche in die persönliche Rechtssphäre (die „Privatrechte") der Unterthanen [8]) eingegriffen war. Gleichwohl lag es in der Natur der damaligen Verhältnisse, daß solche Klagen nur in einem sehr beschränkten Maße zur Geltung gelangen konnten. Es fehlte fast in jeder Beziehung an dem festen Boden, worauf die Gerichte hätten Fuß fassen können. Es fehlte zunächst an gesetzlichen Bestimmungen, welche der Regierungsgewalt den Unterthanen gegenüber feste Grenzen angewiesen hätten; und es war deshalb für die Gerichte in vielen Fällen außerordentlich schwer, wo nicht unmöglich, zu bestimmen, wo das Recht der Regierung aufhöre. Es fehlte namentlich an jeder festen Begrenzung des s. g. jus eminens des Staates; so daß, wo die Regierungsgewalt für ihre Anordnungen sich auf „das öffentliche Wohl" bezog, in der Regel nichts übrig blieb, als die Unterthanen wegen ihrer verletzten Rechte auf einen Entschädigunsanspruch zu verweisen. Vor Allem aber war die Stellung der Gerichte selbst eine völlig precäre. Der Schutz, den vor Zeiten die Unabhängigkeit der Justiz in den Einzelländern beim Reiche gefunden, war mit dem Reiche selbst untergegangen. Im Innern des Landes aber hatte sich, — nachdem Kurfürst Wilhelm II. zuerst die Berufung der seit Jahrhunderten hergebrachten althessischen Stände bei seinem Regierungsantritt unterlassen hatte — die Mon-

---

[7]) Vergl. die Erkenntnisse bei Pfeiffer, Note 5 cit.

[8]) Politische Rechte hatten die Unterthanen in jener Periode so gut wie gar nicht.

archie zu einer absoluten erhoben, worin der Fürst unbeschränkt die nunmehr zur Gesetzgebung herangewachsene „Verordnungsgewalt" übte. Derselbe konnte daher, sobald er in einer Verwaltungssache einem unbequemen Widerspruch der Gerichte begegnete, jeden Augenblick sich in den Gesetzgeber verwandeln, um diesen Widerspruch zu brechen. Die Verwaltungsanordnung, welche die Gerichte als rechtsverletzend erkannt hatten, brauchte nur im Gesetzblatt abgedruckt zu werden, und die Gerichte hatten sich ihr unbedingt zu unterwerfen [9]). Was konnten unter solchen Umständen die Gerichte der Regierungsgewalt gegenüber auszurichten gedenken, wenn sie nicht das äußerste Maß der Zurückhaltung beobachteten? Beruhte doch ihre ganze Selbständigkeit auf Grundlagen, die, wie die Dinge einmal standen, der Landesherr mit einem Federstrich vernichten konnte [10]).

§. 42.

Eine ganz andere Stellung erhielten die Gerichte, als mit der am 5. Januar 1831 ertheilten Verfassungs-Urkunde das öffentliche Recht Kurhessens eine neue gesicherte Grundlage gewann. Dieselbe enthielt folgende gewichtige Sätze:

(§. 35.) — „In jedem Falle, wo Jemand sich in seinen Rechten verletzt glaubt, bleibt ihm die gerichtliche Klage offen."

(§. 113.) „Niemand kann an der Betretung und Verfolgung des Rechtswegs vor den Landesgerichten gehindert werden."

„Die Beurtheilung, ob eine Sache zum Gerichtsverfahren sich eigne, gebührt dem Richter nach Maßgabe der allgemeinen Rechts-

---

[9]) Vergl. das Beispiel von 1818 oben §. 4, Note 8.

[10]) Man erzählt, daß während der 1820er Jahre Kurfürst Wilhelm II. wirklich einstmals ein Obergericht wegen einer unliebsamen, wenn auch unzweifelhaft dem Privalrechtsgebiet angehörigen Entscheidung „suspendirt" habe, und daß dieser Schritt erst nach mehreren Tagen rückgängig gemacht sei. — Der Druck, welcher damals auf der kurhessischen Justiz lastete, liest sich deutlich heraus in den Vorreden zu den drei ersten Bänden von Pfeiffer's prakt. Ausführungen. Die Richter müßten nicht Menschen gewesen sein, wenn nicht diese Verhältnisse auch auf ihre Rechtsprechung einen gewissen Einfluß geübt hätten.

grundsätze und solcher Gesetze, welche mit Beistimmung der Landstände werden erlassen werden."

(§. 123.) „Die Gerichte für die bürgerliche und Strafrechtspflege sind innerhalb der Grenzen ihres richterlichen Berufes in allen Instanzen unabhängig. Dieselben entscheiden, ohne irgend eine fremde Einwirkung, nach den bestehenden Rechten und den verfassungsmäßigen Gesetzen. Sie sollen in ihrem Verfahren, namentlich auch in der Vollziehung ihrer Verfügungen und Urtheile, geschützt, und soll ihnen hierzu von allen Civil- und Militärbehörden der gebührende Beistand geleistet werden."

„Das Edict vom 26. Nov. 1743 bleibt hinsichtlich der Bestimmungen über die Selbständigkeit der Rechtspflege auch fernerhin in Kraft, und zwar mit deren ausdrücklicher Ausdehnung auf die Strafrechtspflege."

Zugleich enthielt die Verfassungsurkunde eine Reihe von Bestimmungen über die „Rechte und Pflichten der Unterthanen"; darunter die schwerwiegenden allgemeinen Sätze:

(§. 31.) „Die Freiheit der Person und des Eigenthums unterliegt keiner anderen Beschränkung, als welche das Recht und die Gesetze [11]) bestimmen."

(§. 32.) „Das Eigenthum oder sonstige Rechte und Gerechtsame können für Zwecke des Staats nur in den durch die Gesetze bestimmten Fällen und Formen gegen vorgängige volle Entschädigung in Anspruch genommen werden."

Diese Vorschriften, sowie eine Reihe von Gesetzen, welche in den ersten Jahren nach Erlaß der Verfassung das öffentliche Recht des Kurstaates weiter ausbauten [12]), bildeten die Grundlage, auf welche

[11]) Die Parömie „Recht und Gesetz", über deren Bedeutung öfters gestritten ist, soll ohne Zweifel den Gesammtbestand des geltenden Rechts in abstracto bezeichnen. Sie entspricht den quellenmäßigen Ausdrücken jus et constitutiones, jura et leges. (Vergl. Puchta, Instit. I, §. 133.)

[12]) Darunter ein Gesetz vom 11. Juli 183[illegible], über den Geschäftskreis der Staatsanwälte, worin es wiederum heißt: (§. 2.) „Als Vertreter des Staats haben die Staatsanwälte kraft ihres Amtes alle Hoheits-, Domanial- und andere Rechte des Staates in streitigen Fällen vor Gericht zu vertreten."

gestützt die kurhessischen Gerichte die ihnen bereits durch das Edict von 1743 und das Organisations-Edict von 1821 zugewiesene Stellung sicher einzunehmen und ihre oft gepriesene und oft getadelte Rechtssprechung in Staatssachen auszubilden im Stande waren.

Der Grundgedanke dieser Rechtssprechung war der, daß die persönliche Rechtssphäre der Unterthanen auch der Regierungsgewalt gegenüber wider Rechtsverletzungen zu schützen sei; einerlei, ob die zu erörternde Rechtsfrage auf dem Gebiete des von den Unterthanen vertretenen Privatrechts, oder des von der Regierungsgewalt vertretenen öffentlichen Rechtes sich bewege. Mit anderen Worten: man sprach Recht, wo das von der Regierungsgewalt vertretene öffentliche Interesse mit dem Privatinteresse der Unterthanen in Collision gerieth, über die zwischen beiden zu ziehende Grenzlinie (Kategorie A der S. 39 bezeichneten Rechtsverletzungen auf dem Gebiete des Genossenschaftsrechts). Danach erkannten die kurhessischen Gerichte allerdings kein das Privatinteresse berührendes „Lebensgebiet" an, welches an sich (formal) der Rechtssprechung entzogen und der Regierungsgewalt zu freiem Schalten und Walten überwiesen gewesen wäre. Aber es ist völlig unwahr, wenn man thut, als ob damit die Gerichte zu einer höheren Verwaltungsinstanz sich aufgeschwungen hätten. Die Gerichte erkannten die Freiheit („Competenz") der Verwaltung in vollem Maße an, wo es sich um Verwaltungsfragen handelte. Nur die Rechtsfrage, wie weit das Recht der Verwaltung gehe, ob diese in einer nach Rechtsgründen erkennbaren Weise ihren Wirkungskreis überschritten und das ihr gegenüberstehende individuelle Recht verletzt habe, nahmen sie für ihre Entscheidung in Anspruch. Und nur die Unkunde, welche von dem Unterschiede zwischen Rechts- und Verwaltungsfrage kein Verständniß hat, kann sich dadurch täuschen lassen, wenn mitunter in gehässiger Weise gesagt worden ist: „in Kurhessen habe jede Verwaltungshandlung vor die Gerichte gezogen werden können" [13]).

[13]) So z. B. sprechen sich über die Frage, in welchem Maße Disciplinarmaßregeln von dem dadurch betroffenen öffentlichen Diener im Rechtswege angefochten werden können, die Entscheidungsgründe eines O.-A.-G.-Decrets vom 14. Nov. 1840 (Busch c. Staatsanwalt) in folgender Weise aus: „Den

Auf den Schutz *politischer* Rechte der Unterthanen (Kategorie B, S. 39) haben die kurhessischen Gerichte ihre Rechtssprechung niemals ausgedehnt. Und eben so wenig bestand — abgesehen von der Ministeranklage — eine Rechtssprechung, bei welcher Rechtsverletzungen des Staats-Ganzen durch die Regierungsgewalt (Kategorie C, S. 39) hätten zum Austrag gebracht werden können; obwohl dieser Mangel bei mehr als einer Gelegenheit schwer empfunden wurde. — Einzelne Bestimmungen der Verfassungs-Urkunde* (z. B. §. 35) lauteten zwar so allgemein, daß man aus ihnen einen gerichtlichen Schutz der Unterthanen in *allen* ihren Rechten wohl hätte ableiten können. Die Gerichte aber beschränkten den von ihnen zu gewährenden Schutz, „den allgemeinen Rechtsgrundsätzen“ (§. 113 der Verf.-Urk.) entsprechend, auf den Schutz der Unterthanen in ihren persönlichen Interessen; eine Auslegung der Verfassung, welche jedenfalls den gewichtigen Grund für sich hatte, daß für eine Rechtssprechung über politische Rechte der Unterthanen die Gedanken damals überall noch nicht reif waren. Man bezeichnete jene Beschränkung durch den Satz: *daß der Rechtsweg nur zum Schutz von Privatrechten stattfände.* Als Privatrecht galt aber auch die natürliche Freiheit der Person und des Eigenthums unberechtigten Eingriffen der Regierungsgewalt gegenüber (§. 31 d. Verf.-Urk.). So bildete sich eine *quasi-negatorische Klage* aus, gegründet auf Verneinung der Rechtmäßigkeit solcher

Gerichten steht die Befugniß nicht zu, die von Staatsbehörden in den ihnen anvertrauten Zweigen der Staatsgewalt innerhalb des ihnen gesetzlich angewiesenen Wirkungskreises getroffenen Maßregeln und Verfügungen hinsichtlich deren Nothwendigkeit und Zweckmäßigkeit ihrem Urtheile zu unterwerfen; und dies kommt namentlich auch bei den im Interesse des öffentlichen Dienstes verfügten Disciplinarstrafen zur Anwendung. Daher kann zwar die Frage, ob überhaupt das betreffende Dienstvergehen als vorhanden zu unterstellen, und die verfügende Behörde als die zuständige zu betrachten sei, und ob sie sich innerhalb der gesetzlichen Grenzen ihrer amtlichen Wirksamkeit gehalten, der richterlichen Prüfung unterliegen. Dagegen steht die Frage, ob die Disciplinarstrafe dem Grade nach angemessen, den Gerichten nicht zu.“ — Man sieht hieraus, wie scharf man zwischen der um die Thätigkeit der Verwaltung gezogenen Rechtsgrenze und der Thätigkeit innerhalb dieser Rechtsgrenze unterschied.

Handlungen, mittelst welcher die Regierungsgewalt in die persönliche Rechtssphäre der klagenden Unterthanen eingriff.

Allerdings lebte die Juristenwelt hierbei in einer gewissen Täuschung. Man verkannte den Werth des Richterspruches an sich als Feststellung des Rechtes in concreto und gab sich der Vorstellung hin, als ob nur die gerichtliche Executionsinstanz das sei, weshalb es sich lohne, die Gerichte anzugehen. Dies hatte namentlich die Folge, daß, wenn der Staatsanwalt seinerseits klagend auftreten wollte, um über eine von der Regierungsgewalt in Anspruch genommene öffentlich-rechtliche Befugniß ein Urtheil zu erwirken, man ihn mit seiner Klage zurückwies. Es war dies praktisch verfehlt, weil man dabei übersah, daß die Regieruugsgewalt, wenn sie auch zur Durchführung ihrer Anordnungen der gerichtlichen Hülfsvollstreckung nicht bedarf, doch ein wohlbegründetes Interesse haben kann, ehe sie selbstthätig vorschreitet, sich ihres bestrittenen Rechtes zu vergewissern, und zu diesem Zwecke einen gerichtlichen Ausspruch zu erlangen (s. oben S. 66 a. E.). Es wurde aber auch die theoretische Anschauung dadurch getrübt. Für die Ausschließung der Klage des Staatsanwalts, mittelst deren ja positiv ganz dasselbe Recht zur Geltung gebracht werden sollte, welches auch der klagende Private mittelst seiner negatorischen Klage in Contestation zog, wandte man wieder den nämlichen Satz an: daß nur Privatrechte, nicht auch öffentliche Rechte vor Gericht geltend gemacht werden können; wobei man den Gegensatz als entscheidend ansah, daß der Staatsanwalt, wenn er klagte, das öffentliche Recht der Regierungsgewalt, der klagende Private dagegen seine individuelle Rechtssphäre zum Ausgangspunkte nahm. Dieser Gegensatz bestand auch wirklich, wenn man als Zweck des Processes die an eine oder die andere Klage zu knüpfende Execution in's Auge faßte. Er bestand aber nicht für den Inhalt der Urtheilsfällung. Man urtheilte über das öffentliche Recht der Regierungsgewalt gerade so gut, wenn man dieses durch die negatorische Klage des Privaten in den Streit ziehen ließ, als wenn man die auf dessen Geltendmachung gerichtete confessorische Klage des Staatsanwalts zugelassen hätte. Dessen war man sich aber, wie es scheint, nicht immer klar bewußt. Man glaubte, indem man den

Privaten mit seiner „auf Schutz seines Privatrechts“ wider die Regierungsgewalt gerichteten Klage zuließ, auch über Privatrechte zu erkennen; und vergaß, daß man hier in der That eine Rechtssprechung auf dem Gebiete des öffentlichen Rechtes übte. Und mit Recht konnten die Gegner dieser Rechtssprechung auf die Sonderbarkeit hinweisen, daß der Staatsanwalt, wenn er nicht wolle, genöthigt werde, das öffentliche Recht der Regierungsgewalt (als Einrede auf die Klage der Privaten) vor Gericht geltend zu machen; wenn er es dagegen wolle, (im Wege der Klage), nicht damit gehört werde.

§. 43.

So hatte man also in der That, wenn auch nicht in dem ganzen möglichen Umfange, doch in einer der wichtigsten Beziehungen, eine Rechtssprechung auf dem Gebiete des öffentlichen Rechtes. Fragen wir, wie die kurhessische Justiz die ihr hiermit zu Theil gewordene Aufgabe gelöst habe, so wird ein unbefangenes Urtheil ihr schwerlich Anerkennung versagen wollen. Inmitten von Schwierigkeiten aller Art, ohne ganz klar ausgebildete Theorie, nicht selten auf mangelhafte und unbestimmte Gesetze verwiesen oder von solchen ganz im Stiche gelassen, hineingestellt in den erbitterten Kampf der Parteien, von der einen Seite mitunter maßlos in Anspruch genommen, als ob die Rechtssprechung alle wirklichen und vermeintlichen Unzuträglichkeiten der Verwaltung zu heilen im Stande wäre, von der anderen Seite bekämpft, angefeindet, verdächtigt und verspottet, hat sie, nach menschlichem Maßstabe gemessen, eine große Selbständigkeit und moralische Kraft bewährt, und die ihr überwiesene Lehre mit feinem praktischen Tacte ausgebildet [14]). Einen wesentlichen Antheil daran hatte der Oberappellationsrath Burghard Wilhelm Pfeiffer, ein Mann, dessen juristische Methode zwar einer älteren Schule angehörte, der auch vielleicht in seinen politischen Ansichten von den Einseitigkeiten des

[14]) Es versteht sich von selbst, daß damit nicht die Vertretung jedes einzelnen in der damaligen Periode ergangenen Urtheils hier übernommen werden soll.

Liberalismus seiner Zeit nicht ganz freizusprechen war, der aber in der Lebendigkeit des Rechtssinnes, in der Ueberzeugungstreue, dem Eifer und dem frischen Jugendmuthe, womit er bis in ein hohes Alter für die Herrschaft des Rechtes kämpfte, den Juristen aller Zeiten zum Vorbilde dienen kann. Durch seine rastlose Thätigkeit und seine zahlreichen Schriften, in welchen er mit Vorliebe diesen Gegenstand behandelte [15]), trug er wesentlich dazu bei, jene Lehre in der Praxis der kurhessischen Gerichte zu befestigen; wie er denn auch in der fraglichen Beziehung für die gemeine deutsche Wissenschaft nicht ohne Bedeutung blieb.

Der Tadel, welcher von anderer Seite gegen jene Rechtsprechung erhoben worden ist, hat einen völlig doctrinären Charakter. Er beruht nicht auf Beweisen, die dem Erfolge entnommen wären; er stützt sich nur auf die Behauptung, daß es nicht so sein dürfe. Man zeige doch einmal die heilsamen Verwaltungsmaßregeln, welche die kurhessischen Gerichte nicht hätten aufkommen lassen; man zeige, wo öffentliches Wohl oder öffentliche Ordnung an ihren Aussprüchen gescheitert wären. Man wird dergleichen schwerlich aufzuweisen vermögen. Wohl aber ließe sich leicht eine Reihe von Fällen namhaft machen, wo Verwaltungshandlungen, welche die öffentliche Meinung entschieden als Ungerechtigkeiten empfand, lediglich durch das Veto der Gerichte gehemmt wurden. Alle Classen von Staatsangehörigen, Adel, Bürger und Bauern, Einzelne sowohl, wie ganze Gemeinden und öffentliche Anstalten, fanden sich denn auch häufig genug veranlaßt, der Regierungsgewalt gegenüber gerichtlichen Schutz anzurufen. Und es kann nicht bezweifelt werden, daß von der ungeheueren Mehrheit der Bevölkerung die Freiheit des Rechtsweges in Kurhessen als die größte Wohlthat empfunden wurde. Dies um so mehr, als in der nach und nach bis zum J. 1848 herrschend werdenden Strömung alle übrigen Garantieen des Verfassungslebens kaum Stand hielten, oder doch zum wirksamen

[15]) Es kommen hier namentlich seine staatsrechtlichen Abhandlungen in den Bänden 1, 3, 5 und 6 seiner „praktischen Ausführungen" in Betracht. Durch die Ereignisse von 1850 wurde dann noch sein hier einschlagendes letztes Werk: „Die Selbständigkeit und Unabhängigkeit des Richteramts, 1851", hervorgerufen.

Schutz der Unterthanen sich als unzureichend bewährten; wogegen die unbedingte Geltung des Richterspruches mit so eisernen Zügen in die Verfassung eingezeichnet war, daß ihm sich zu entziehen ohne offenbaren Verfassungsbruch unmöglich erschien.

Auch das verdient hervorgehoben zu werden, daß, so unbequem auch manche damals ergangene gerichtliche Aussprüche in Regierungskreisen empfunden werden mochten, doch deren Vollziehung — bis zum J. 1850 — niemals Schwierigkeiten gefunden hat. Die Verwaltungsbehörden leisteten freiwillig Folge; und wo es ausnahmsweise zu einer reellen Hülfsvollstreckung (z. B. der Pfändung einer Staatscasse) kam, hatte diese doch kaum die Natur eines wirklichen Zwanges, indem die Verwaltung sie ohne Widerstand geschehen ließ.

Das Einzige, was den in der unabhängigen Rechtsprechung liegenden Schutz der Unterthanenrechte illusorisch zu machen drohte, war der Umstand, daß der Regierung einseitig die Besetzung der Gerichte zustand, diese aber, namentlich beim höchsten Gerichtshofe, in einer Weise geübt wurde, daß dadurch einer vielverbreiteten Meinung nach die Interessen einer ächten Rechtsprechung gefährdet erschienen. So wie man dieser Art der Besetzung es beimaß, daß eine Reihe von Ministeranklagen vom Ober-Appellations-Gericht, welches nach der Verfassung zugleich Staatsgerichtshof war, zurückgewiesen wurde [16]), so glaubte man auch den hierdurch geübten Einfluß auf die — ohne Zweifel noch weit wichtigere — gewöhnliche Rechtsprechung in Staatssachen nicht verkennen zu können. Auch die Erscheinung, daß erledigte Stellen im Ober-Appellations-Gericht lange Zeit unbesetzt blieben, dadurch die Rückstände sich häuften, und die Rechtsprechung in's Stocken gerieth, glaubte man auf den Grund zurückführen zu müssen, daß es der Regierung allzu schwer werde, Männer ihres besonderen Vertrauens zu finden, denen sie jene Stellen hätte übertragen mögen. Endlich war die Thatsache, daß der Referent des Urtheils, welches

---

[16]) Einen wesentlichen Antheil an diesem Ergebniß dürfte jedoch die oben (§. 26) geschilderte innere Schwäche des Instituts der Ministeranklage gehabt haben.

Jordan frei sprach, unmittelbar darauf aus dem höchsten Gerichtshof zu einer Eisenbahn-Verwaltung versetzt wurde, ein Ereigniß, welches den Glauben an eine wirkliche Unabhängigkeit der Justiz tief erschütterte.

Es darf daher nicht verwundern, daß bei dem Umschwung der Dinge im J. 1848 es eines der dringendsten Begehren war, die Integrität der Rechtspflege in höherem Maße gesichert zu sehen. Schon bei den Verhandlungen über eine zu ertheilende Verfassung im J. 1815 hatten die kurhessischen Stände ein Präsentationsrecht für den höchsten Gerichtshof, ähnlich wie beim Reichskammergericht, in Anspruch genommen. Dasselbe Begehren ward wiederum laut, und nunmehr gewährt. Durch Gesetz vom 17. Juni 1848 ward den Ständen das Recht eingeräumt, für jede erledigte Stelle, nach einer vorgängigen gutachtlichen Bezeichnung geeigneter Persönlichkeiten durch das Ober-Appellations-Gericht selbst, drei Candidaten vorzuschlagen, aus denen der Landesherr einen wähle. Auch sollten die erledigten Stellen binnen bestimmter Frist wieder besetzt werden; endlich die Mitglieder ohne ihr Einwilligung unversetzbar sein. — Man kann darüber, ob die Construction dieses ständischen Mitwirkungsrechts eine ganz angemessene war, gerechte Bedenken hegen [17]). Aber es darf doch weder die Sachlage, aus welcher jenes Gesetz hervorging, verkannt, noch die Thatsache verschwiegen werden, daß die Art und Weise, wie die Stände in den Jahren 1848 und 49 in einer Reihe von Fällen von ihrem Präsentationsrechte Gebrauch gemacht, auch nach dem Bekenntniß der entschiedensten Gegner jenes Gesetzes nicht der leiseste Schatten eines Vorwurfs trifft.

So kam das J. 1850 heran; und nun sollte die kurhessische Justiz ihre schwerste Prüfung bestehen. In den bekannten September-Verordnungen verhängte das Ministerium unter Bezugnahme auf einen als „Steuerverweigerung" bezeichneten ständischen Beschluß und die hieran geknüpfte Annahme eines „Aufruhrs" über das Land den Kriegszustand, und suspendirte eine Reihe gesetzlich verbürgter Rechte

---

[17]) Vergl. oben §. 23, Anm. 20.

der Unterthanen. Organe, welche die gefährdete Rechtsordnung im Ganzen hätten vertreten können, waren nicht vorhanden. Die Landstände waren entlassen. Eine vom bleibenden landständischen Ausschusse versuchte Ministeranklage wurde zurückgewiesen, weil das Ober-Appellations-Gericht dessen Legitimation zu einer solchen verneinte. Da riefen durch den Kriegszustand bedrängte Private den Schutz der Gerichte an. Diese, gestützt auf die ihnen durch Edict und Verfassung zugewiesene Stellung, erklärten die erlassenen Verordnungen wegen Mangels der für eine solche Ausnahmsgesetzgebung in §. 95. der Verfassungs-Urkunde bestimmten, rechtlich erkennbaren (formalen) Voraussetzungen für unwirksam und geboten, sich der hiernach rechtswidrigen Eingriffe in die Rechtssphäre der klagenden Unterthanen zu enthalten. Mit diesen Erkenntnissen in der Hand traten die Angegriffenen der vorschreitenden Militärgewalt gegenüber. Auch die Strafgerichte begannen, wider die Vollstrecker des Kriegszustandes wegen Vergewaltigung einzuschreiten. Und siehe! der Kriegszustand erlahmte an der moralischen Macht, welche ihm der Ausspruch der Gerichte entgegenstellte [18]).

Es giebt in der Geschichte kein Beispiel, wo das Recht lediglich durch seine sittliche Schwerkraft einen solchen Sieg errungen; wo sich so erprobt hätte, daß der Rechtsstaat eine Wahrheit werden könne. Aber es wäre dies unmöglich gewesen, wenn nicht durch den Ausspruch der Gerichte das bestrittene Recht in formal gültiger Weise zu concreter Gewißheit gediehen wäre [19]).

§. 44.

Mit welchen Mitteln der Widerstand der Unterthanen und der denselben von den Gerichten gewährte Rechtsschutz überwunden wurde,

---

[18]) Der Hebelpunkt für diese Wirksamkeit lag allerdings in dem auch vom Militär geleisteten Verfassungseid, in Verbindung mit dem oben (S. 146) angeführten Schlußsatz des §. 123 der V.-U.

[19]) Charakteristisch ist es, daß die Staatsregierung es verschmähte, mittelst Appellation wider die Erkenntnisse der Obergerichte die bestrittene Frage über die Rechtsgültigkeit der Verordnungen in contradictorio zur Entscheidung des höchsten Landesgerichts zu bringen. Scheute sie, wie es den Anschein hat, dessen Ausspruch, so lag auch hierin eine Huldigung, die sie unwillkürlich der moralischen Macht des Rechtes brachte.

ist bekannt. Es war natürlich, daß die Sieger vor Allem darauf bedacht waren, die Macht der Gerichte zu brechen. Durch ein „mit Zustimmung der Bundes-Commissäre“ erlassenes „provisorisches Gesetz“ vom 29. Juni 1851 ward das Gesetz vom 17. Juni 1848, die Mitglieder des Ober-Appellations-Gerichts betreffend, außer Kraft gesetzt. Durch eine „Verordnung“ vom 9. Juli 1851, „auf Veranlassung der Bundes-Commissäre“, wurde der §. 35 der Verfassungs-Urkunde von 1831 (s. ob. S. 145). dahin „erläutert“:

„Die gerichtliche Klage ist im Allgemeinen und abgesehen von den Fällen, in welchen nach ausdrücklicher gesetzlicher Vorschrift die Betretung des Rechtsweges soll erfolgen können, überall nicht eröffnet, wo die angeblich erlittene Rechtsverletzung auf einer durch die Verfügungen der Staatsbehörden geschehenen Anwendung der Staats- und Hoheitsgerechtsame beruht und nicht etwa ein auf einen besonderen Titel sich gründendes Recht als durch dieselben verletzt nachgewiesen werden kann, durch welches außer dem Gebiet des Privatrechts in dem einzelnen Falle die Anwendung der vorgedachten Staatsgerechtsame beschränkt wird.“

Durch ein weiteres „provisorisches Gesetz“ vom 22. Juli 1851 wurde die Gerichtsorganisation, sowie der Civil- und Strafproceß einer umfassenden Umbildung unterworfen. Den Schlußstein dieses ganzen Legislations-Cyklus aber bildete ein „Ausschreiben des Gesammt-Staats-Ministeriums“ vom 30. Juli 1851, durch welches jede amtliche Cognition über die rechtliche Gültigkeit und Wirksamkeit der Bundesaction in Kurhessen, so wie über die Gültigkeit der mit Beihülfe der Bundescommissäre erlassenen provisorischen Gesetze und Verordnungen, als „Aufruhr“ mit kriegsgerichtlicher Bestrafung bedroht wurde. Bei der kurz darauf in's Leben gesetzten Umbildung der Gerichte ward sowohl in den Obergerichten, welche bereits durch die bekannten Abschiedsnahmen schwere Verluste erlitten hatten, als auch im Ober-Appellations-Gericht durch zahlreiche Versetzungen, Disponibelstellungen und Einschiebungen eine umfassende Personalveränderung herbeigeführt. Sichtlich handelte es sich bei dem Allen um kein geringeres Ziel, als in den Geist der kurhessischen Rechtsprechung einen gänzlichen Umschwung zu bringen.

Auch in die neue Verfassungs-Urkunde vom 13. April 1852 ward der Inhalt der eben gedachten Verordnung vom 9. Juli 1851 als §. 24 von Neuem wörtlich wieder aufgenommen. Seine rechte Spitze erhielt aber dieser Satz erst durch die weitere Bestimmung in §. 87 daselbst:

„Die Beurtheilung, ob eine Sache zum Gerichtsverfahren sich eigne, gebührt bei vorhandenem Streite einem Competenz-Gerichtshofe, der aus zwei höheren Verwaltungs- und zwei höheren Gerichtsbeamten unter dem Präsidium eines Mitgliedes des Gesammt-Staatsministerii oder eines anderen geeigneten höheren Staatsbeamten zu bilden ist."

So sollte also die Stahl'sche Lehre vollständig auf kurhessischen Boden verpflanzt und auch das Institut des Competenzhofes daselbst einheimisch werden. Zahlreiche Sachen wurden sofort von den Gerichten „avocirt" und seiner Entscheidung vorbehalten; während die wirkliche Erschaffung desselben bis zum Ende des Jahres 1853 ruhte.

Man kann nicht sagen, daß der kurhessische Competenzhof während seines Bestehens, in Vergleich mit dem nämlichen Institute anderer Staaten, eine besonders extreme Thätigkeit entwickelt hätte. Abgesehen von einer Entscheidung, die allerdings Aufsehen erregte, hielten sich seine Aussprüche, so weit sie überhaupt erfolgten, innerhalb eines gewissen Maßes. Aber schon das Bestehen dieses Gerichtshofes lagerte wie ein Alpdruck auf dem Glauben an Recht und Gerechtigkeit. Und wohl selten ist in irgend einem deutschen Lande eine Staatseinrichtung so allgemeinem Widerwillen begegnet, wie der Competenzgerichtshof in Kurhessen. Alle Stände, Adel, Bürger und Bauern, Juristen und Nicht-Juristen, die Anhänger des Ministeriums nicht ausgeschlossen, bis in die Mitglieder des Competenzhofes selbst hinein, waren einstimmig in der Verurtheilung dieses Instituts, welches nur in einer ganz kleinen Fraction der Verwaltungsbüreaukratie seine Vertheidiger fand. Auch ergab sich bald, daß in einem nicht großen Lande, wie Kurhessen, es schwer wird, auch nur die Persönlichkeiten für eine solche Behörde aufzufinden, wenn sie anders ihrem Zwecke entsprechen, und doch einigermaßen das Ansehen eines „Gerichtshofes“ bewahren soll.

Kein Wunder daher, daß auch die neuen Stände, denen die Verfassung von 1852 zur Abgabe ihrer Erklärung vorgelegt wurde, vorab die neugeschaffene erste Kammer mit der in ihr vorzugsweise vertretenen Ritterschaft, wider den Competenzhof den entschiedensten Widerspruch erhoben. Erst als die Regierung fort und fort auf dessen Beibehaltung bestand, und jede Hoffnung auf gänzliche Beseitigung desselben geschwunden schien, entschlossen sich dieselben, bedingungsweise darauf einzugehen, indem sie in ihrer im Jahre 1857 abgegebenen Erklärung folgende Bestimmung für die neue Verfassung vorschlugen:

„Die Beurtheilung der Frage, ob eine Sache zum Gerichtsverfahren sich eigne, gebührt bei vorhandenem Streite einem Competenzgerichtshofe, dessen Verhältnisse durch ein mit landständischer Zustimmung zu erlassendes Gesetz geregelt werden sollen. Bis zum Erscheinen dieses Gesetzes gebührt die gedachte Beurtheilung dem ordentlichen Richter nach Maßbabe der Grundsätze des bestehenden Rechts unter Beobachtung der im §. 25 Abs. 3 enthaltenen Bestimmung.“

„Dieselbe Behörde entscheidet auf Anrufen der Betheiligten in oberster Instanz in denjenigen Beschwerdesachen, welche nicht zur Erledigung im Rechtswege geeignet sind, insofern die Beschwerde im Instanzenzuge der Verwaltung keine Abhülfe gefunden hat.“

Hierbei mochte man ständischer Seits vielleicht das größte Gewicht darauf legen, daß die vorbehaltene „gesetzliche Regelung“ die Wiedererstehung des Competenzhofes vorerst wenigstens auf unbestimmte Zeit vertage. Bemerkenswerth ist aber auch der Gedanke, der in dem zweiten Absatz dieser Proposition zum Durchbruch kam. Danach sollte der zu schaffende Gerichtshof nicht blos negativ aussprechen, daß in einer Sache die Gerichte nicht Recht zu sprechen haben; sondern er sollte in diesem Falle auf Anrufen der Betheiligten selbst entscheiden. Damit war das Institut zu etwas ganz Anderem geworden, als was sein Name besagte; statt eines Competenzhofes sollte ein Gerichtshof des öffentlichen Rechts erstehen.

Bekanntlich eignete sich die Kurhessische Regierung später die Anträge der Stände von 1857 an und verkündigte danach die Verfassung vom 30. Mai 1860. Jener Vorschlag trat daher als §. 93 dieser V.-U. in Wirksamkeit; und danach urtheilten über die Frage, „ob eine Sache zum Gerichtsverfahren sich eigne,“ fortan wieder die ordentlichen Gerichte. Norm für diese Beurtheilung blieb aber auch nach dieser neuen Verfassung der oben (S. 155) angeführte Inhalt der Verordnung vom 9. Juli 1851, welcher mit geringen Wortänderungen als §. 25 Abs. 3 wiederum Aufnahme in dieses Staatsgrundgesetz gefunden hatte.

Betrachten wir nun noch einmal diese Bestimmung etwas näher, so zeigt sich in ihr recht ein treues Spiegelbild der Begriffsverwirrung, auf welche die Gegner des Rechtsstaats ihr System bauen. Sie ergiebt deutlich, was aus Stahl'schen Lehren wird, wenn man sie, der glänzenden Worte entkleidet, auf einfache Gedanken zurückzuführen versucht. Scheidet man nämlich die verschrobenen Zwischensätze aus, so bleibt als reeller Kern nur folgender Satz: „Die gerichtliche Klage soll nicht stattfinden, wenn eine Staatsbehörde in Anwendnng einer Staatshoheitsgerechtsame gehandelt hat.“ Was heißt nun: „in Anwendung?“ Ist dieser Begriff objectiv oder subjectiv zu verstehen? — Sagt man: subjectiv, dann ist freilich die Sache sehr einfach; eine jede gegen die Staatsbehörde gerichtete Klage erledigt sich dadurch, daß dieselbe erklärt: „Ich habe in Anwendung eines Hoheitsrechtes gehandelt.“ Dann hätte man aber auch keinen Competenzhof nöthig gehabt; denn worüber sollte der noch entscheiden? Das Resultat bestände vielmehr einfach in dem Satze: der Staatsverwaltung gegenüber ist der Unterthan rechtlos, außer wenn sie selbst erklärt, nicht in Anwendung eines Hoheitsrechtes gehandelt zu haben und deshalb sich die Beschreitung des Rechtsweges gefallen lassen zu wollen. — Versteht man dagegen jenen Begriff objectiv; sagt man: der Rechtsweg soll ausgeschlossen sein, wenn eine Verwaltungsbehörde in wirklicher (objectiver) Anwendung ihrer Hoheitsrechte gehandelt; nun, dann besagt jene neue Bestimmung nichts Anderes, als was von jeher die kurhessischen Gerichte als Recht erkannt haben. Denn der Ausübung eines wirklichen Staatshoheitsrechts gegenüber haben dieselben jederzeit den dadurch als verletzt sich angebenden Privaten, wenn auch nicht den Rechtsweg verschlossen, doch die Rechtshülfe wegen mangelnder Verletzung versagt. Man sieht hieraus: der ganze Werth jener Bestimmung lag nur in ihrer Zweideutigkeit. Kraft dieser war sie aber allerdings sehr geeignet, einen Tummelplatz für unklare Geister und rechtsfeindliche Tendenzen abzugeben.

Von einer den Sinn jener Bestimmung erläuternden Gerichtspraxis läßt sich kaum reden. Bis zum Jahre 1860 absorbirte ohnehin die Herrschaft des Competenzhofs die Thätigkeit der Gerichte, namentlich in der höchsten Instanz [20]). Gleichwohl haben einzelne Entscheidungen des höchsten Gerichtshofs gezeigt, daß dieser auch nach jener Bestimmung das Verhältniß der Unterthanen zur Regierungsgewalt nicht als ein völlig rechtloses betrachtete [21]). Auch darin hielt das Ober-Appellations-Gericht an der alten Anschauung fest, daß es nach

---

[20]) Auch in dieser Beziehung wurde ein Mißbrauch dadurch geübt, daß man, statt den „Competenzconflict" sofort bei Beginn des Processes zu erheben, es meistens erst mit den Gerichten ein oder zwei Instanzen hindurch versuchte, und dann erst, wenn dieselben zu Ungunsten des Staates erkannt hatten, in letzter Instanz, wohin man die Sache im Wege der staatsseitig erhobenen Appellation brachte, Competenzconflict erhob. Das Mißbräuchliche hierbei lag darin, daß man auf diese Weise dem Competenzhofe gleichsam eine reformirende Gewalt bezüglich der Erkenntnisse der unteren Instanzen beilegte, während derselbe doch in Wirklichkeit nur entscheiden konnte, daß die Gerichte nicht zu erkennen haben. Das Nicht-Erkennen der höchsten Instanz, bei welcher die Sache lag, hätte aber — nach der Natur der res judicata — nicht ein Abfälligwerden, sondern ein Rechtskräftigwerden der (zu Ungunsten des Staats ergangenen) Entscheidung der vorhergehenden Instanz zur Folge haben müssen.

[21]) So sprach in einem Falle, wo die Verwaltungsbehörde ein Kind, das der Vater zur katholischen Schule geschickt, der evangelischen Schule zwangsweise zuführen wollte, die hiergegen gerichtete Klage des Vaters aber vom Obergericht als „unstatthaft" zurückgewiesen ward, das Ober-Appellations-Gericht durch Decret vom 23. April 1859 aus: „daß bei dem gesetzlich anerkannten Rechte des Vaters, über die kirchliche Erziehung seines Kindes Bestimmung zu treffen, die Obrigkeit, wenn sie dem zuwider den Vater nöthigen wolle, das Kind einer anderen Schule zuzuführen, einen nicht in ihrer staatshoheitsrechtlichen Befugniß liegenden Act vorgenommen habe, und demgemäß die gerichtliche Klage begründet sei. (Schlechtweg c. St.-Anwalt).

wie vor die Entscheidung der Frage, ob eine Klage wider eine Regierungshandlung zulässig sei, als eine materielle, nicht als eine formelle behandelte[22]). Damit war der Gesichtspunkt einer zwischen Justiz und Administration concurrirenden „Competenz" abgelehnt, und der Grundgedanken des früheren Verfassungsrechts, daß nur die Gerichte Recht sprechen, die Administration dagegen Rechte ausübe, aufrecht erhalten (s. ob. S. 90).

Auch die Verfassung vom 30. Mai 1860 ist nicht von Andauer gewesen. Durch landesherrliche Verkündigung vom 21. Juni 1862 wurde die Verfassung v. 1831 wieder hergestellt. Sind auch nicht alle mit dieser Wiederherstellung zusammenhängende Fragen bereits gelöst, so ist doch damit der Competenzhof, so Gott will, für immer begraben, und den Gerichten die Rechtsprechung in Staatssachen in ihrer früheren Reinheit zurückgegeben. Möchten sie nur selten in die Lage kommen, solche zu üben; wo sie aber geübt werden muß, mit Festigkeit und Maßhaltung ihre Pflicht thun.

Die ganze elfjährige Episode aber, welche Kurhessen durchlebt hat, ist auch in der hier fraglichen Beziehung sehr lehrreich gewesen. Sie hat gezeigt, daß, wo einmal der Gedanke, daß auch der Unterthan seiner Obrigkeit gegenüber Rechte und Anspruch auf Schutz dieser Rechte habe, lebendig geworden und in einer mehr als hundertjährigen Rechtsübung bethätigt ist, dieser Gedanke sich nicht einfach dadurch zurückbannen läßt, daß man die Rechtsprechung verbietet. Damit ist die Pflanze nur über der Wurzel abgeschnitten. Die Wurzel selbst aber wird stets neue Sprossen treiben, in der Lehre der Wissenschaft, wie in dem Rechtsbewußtsein des Volkes.

---

[22]) Es lag dies in dem mehrfach vorgekommenen Ausspruch, daß eine Beschwerde wider Zurückweisung einer gegen die Thätigkeit der Regierungsgewalt gerichteten Klage nur aus dem Gesichtspunkte der Appellation, nicht der Justizverweigerungsbeschwerde zu beurtheilen sei.

VI. Einzelne Verhältnisse.

§. 43.

Wir wollen in diesem Abschnitt unserer Abhandlung noch eine Art speciellen Theiles hinzufügen, indem wir eine Uebersicht derjenigen Verhältnisse zu geben versuchen, bei denen sich im modernen Staat das Bedürfniß einer das freie Ermessen der Regierungsgewalt beschränkenden Rechtsgrenze und eines entsprechenden Rechtsschutzes geltend macht. Es kann hierbei natürlich eben so wenig von einer erschöpfenden Darstellung die Rede sein, als wir die Aufgabe zu lösen versucht sein könnten, bei jedem einzelnen dieser Verhältnisse darzulegen, wie und wo die Rechtsgrenze für die Thätigkeit der Regierungsgewalt zu ziehen oder zu finden sei, da dies immer nur eine Frage des concreten positiven Staatsrechts sein kann. Es wird vielmehr nur die Aufgabe sein, die Verhältnisse zu skizziren, in Beziehung auf welche in unserem heutigen Staatsleben für die Thätigkeit der Regierungsgewalt eine Rechtsgrenze regelmäßig besteht oder wenigstens als legislatorisches Bedürfniß sich fühlbar macht, und anzudeuten, wie eine solche Begrenzung auch durch eine Rechtssprechung sich zu bethätigen habe. Wenn dabei beispielsweise mehrfach auf die Verhältnisse Kurhessens hingewiesen wird, so geschieht dies nur aus dem Grunde, weil das Recht dieses Landes dem Verfasser am nächsten liegt.

11

Der Anordnung dieser Betrachtung legen wir die verschiedenen Kategorien zu Grunde, welche wir oben (S. 39.) für die Rechtsbeziehungen zwischen den leitenden Organen und den Gliedern einer Genossenschaft überhaupt gezogen haben. Indem wir so die auf dem Gebiete des Genossenschaftsrechts im Allgemeinen gewonnenen Ergebnisse für das specielle Staats-Genossenschaftsrecht nutzbar machen, können wir auch hier nur die frühere Bemerkung wiederholen, daß eine völlig scharfe Abgrenzung jener Kategorien unthunlich ist.

§. 46.

A. Verletzungen der Unterthanen in ihren persönlichen (Privat-) Rechten

a. durch Ueberschreitung der Rechte der Regierungsgewalt; und zwar

α. durch ungerechtfertigte Ansprüche auf positive Leistungen der Unterthanen.

Der allgemeine Charakter der hier fraglichen Rechte des Staats besteht darin, daß derselbe von seinen Angehörigen kraft des Unterthanenverbandes gewisse Leistungen in Anspruch nimmt. Die hieraus entspringenden Rechtsverhältnisse kann man deshalb als genossenschaftsrechtliche oder öffentlich-rechtliche Obligationen, beziehungsweise, soweit sie auf dem Besitz von Grundeigenthum ruhen, als Reallasten des öffentlichen Rechts bezeichnen. Da die Regierungsgewalt die auf diese Rechte gegründeten Ansprüche selbstthätig in Vollziehung zu setzen pflegt, so wird eine Erörterung über die Rechtmäßigkeit derselben nicht wohl anders als von Seiten des betroffenen Unterthanen in Anregung kommen, welcher genöthigt ist, seinerseits den Nichtbestand der Obligation, überhaupt oder in dem bestrittenen Umfange, geltend zu machen. Durch diese Umkehrung der Parteirollen kann aber an dem natürlichen processualischen Verhältniß in Beziehung auf Begründungs- und Beweislast nichts geändert werden. Dies selbst in dem Falle, wo der Unterthan der ihm drohenden Vollziehung gegenüber bereits geleistet hat, und daher sein Rechtsanspruch für die Vergangenheit zu einer Rückforderungs- oder Entschädigungsklage sich gestaltet [1]). Nur wird man von dem Kläger begehren dürfen, daß er speciell die Richtung bezeichne, in welcher er sich durch die ihm auferlegte Belastung verletzt erachtet, damit hierdurch der Staatsbehörde die Möglichkeit einer speciellen Begründung gegeben sei.

In der Art, wie jene Obligationen den einzelnen Unterthan treffen, läßt sich folgende Verschiedenheit erkennen. Bei einigen bildet das zu Leistende ein reines Opfer, welches der Staat ohne alle Vergütung in Anspruch nimmt. Bei andern beschränkt sich die Berechtigung des Staats darauf, ein Opfer nur gegen Geldentschädigung in Anspruch zu nehmen.

Der leitende Gesichtspunkt für die eine oder andere Alternative besteht darin, daß die erstere da sich rechtfertigt, wo die Belastung alle Unterthanen relativ gleichmäßig, oder doch wenigstens den Einzelnen dergestalt regelmäßig wechselnd trifft, daß danach eine Ausgleichung unter Allen unterstellt werden kann; die zweite Alternative dagegen da geboten erscheint, wo für die Auswahl der zu belastenden Personen in höherem Maße der Zufall oder beliebiges Ermessen entscheidet. In gewissen Fällen ist auch die Belastung der Unterthanen insofern keine reine, als sie an eigne Handlungen derselben geknüpft ist (z. B. indirecte Steuern.) — Wie verschieden aber auch alle diese Dinge gestaltet sein mögen, überall stellt sich das Bedürfniß heraus, das Maß und die Bedingungen der Belastung, so wie die etwaige Verpflichtung des Staates zu einer Gegenleistung rechtlich bestimmt zu sehen; und an diese rechtliche Bestimmung knüpft sich das Bedürfniß eines entsprechenden Rechtsschutzes.

§. 47.

Im Einzelnen gehören folgende Lasten hierher:

Steuern. — Wohl in allen Staaten ist die Frage, unter welchen Voraussetzungen und in welchem Maße der Unterthan aus

---

[1]) Wo der Unterthan ohne Widerspruch geleistet hat, gestaltet sich sein Rückforderungsrecht für die Vergangenheit nach den Grundsätzen der condictio indebiti.

seinem Vermögen zu Staatszwecken beizusteuern habe, durch Gesetz geordnet. Wenn irgend etwas, so ist die Auslegung dieser Gesetze nicht Zweckmäßigkeits-, sondern Rechtsfrage. Es giebt kein Besteuerungsrecht im Allgemeinen, das die Verwaltungsbehörden nach Ermessen auszuüben hätten. Ein Recht der Regierungsgewalt, Steuern zu erheben, besteht nur nach dem Gesetze und innerhalb des Gesetzes. Und ob es in dieser Weise ausgeübt sei, ist eine Frage des Rechts. Es rechtfertigt sich hiernach, daß zur Bestreitung ungerechtfertigter Steuerforderungen der Rechtsweg gegeben sei; selbstverständlich ohne die einstweilige Forterhebung zu hemmen.

Eine natürliche Grenze dürfte nur da gegeben sein, wo für die Veranlagung einer Steuer besondere technische Behörden bestehen, und lediglich die Richtigkeit der von diesen geübten Subsumtion der Thatsachen unter das Gesetz in Frage steht. So z. B. wenn es sich um die richtige Bonitirung eines Grundstücks für die Grundsteuer, die richtige Einschätzung für eine Vermögenssteuer handelt. Hier führt die Erörterung der Streitfrage im förmlichen Proceßwege regelmäßig zu den unbefriedigendsten Resultaten; und es erscheint daher als dringendes Bedürfniß, die veranlagende Behörde selbst dergestalt mit Garantien zu versehen, daß in ihr eine gleichsam richterliche Behörde gefunden werden kann, deren Thätigkeit den weiteren Rechtsweg ausschließt (s. ob. S. 62).

In Kurhessen ist die Zulässigkeit des Rechtswegs in Steuersachen von Alters hergebracht, durch die Verordnung vom 30. April 1819 ausdrücklich anerkannt, und bis auf den heutigen Tag unausgesetzt in Uebung gewesen [2]). In den vorgekommenen Fällen war bald die Auslegung der Steuergesetze, bald das Vorhandensein ihrer thatsächlichen Voraussetzungen bestritten. Nur aus dem ersteren Gesichtspunkte konnte auch das Vorhandensein einer Rechtsverletzung in Frage kommen, wenn mitunter neueren Steuergesetzen gegenüber ein älteres Steuerprivileg als fortdauernd in Anspruch genommen wurde. Verhältnißmäßig sind

---

[2]) Auch durch die Verf. v. 1852 war die gedachte Verordnung nicht außer Wirksamkeit gesetzt.

übrigens die Processe in Steuersachen äußerst selten gewesen; und jedenfalls haben die vorgekommenen der Steuerverwaltung im Großen und Ganzen nicht das geringste Hemmniß bereitet. Ein Beweis, daß die von Stahl behauptete Unerträglichkeit dieser Rechtssprechung für die Finanzbehörden auf Täuschung beruht.

Militärpflicht. — Auch die Last des Militärdienstes ist eine so tief eingreifende, daß eine gesetzliche Regelung derselben, der Verpflichtung zum Eintritt, der Dauer, der ausnahmsweisen Befreiungen, der Befugniß, sich vertreten zu lassen, 2c., wohl allgemein als Bedürfniß gefühlt, in den meisten Ländern auch bereits erfolgt ist. Soweil dieses geschehen, erwachsen aus der Begrenzung jener Pflicht Rechte der Unterthanen, und die Entscheidung über solche hat nicht nach Verwaltungs-, sondern nach Rechtsgrundsätzen zu erfolgen. Daß dabei auch Fragen für den Regierungsstandpunkt vorbehalten bleiben können, ist unzweifelhaft. So z. B. wenn das Gesetz bestimmt, daß bei drohendem Kriege eine Dienstmannschaft über die regelmäßige Dienstzeit hinaus im Dienste behalten werden könne.

Wenn gleichwohl nicht allein Fragen der letzteren, sondern auch die der erstern Art überall den Verwaltungsbehörden zur ausschließlichen Entscheidung zugewiesen sind, so können wir dies insofern unbedenklich für gerechtfertigt erklären, als eine Entscheidung über Rechte der fraglichen Art im förmlichen Proceßwege unzweifelhaft mit den größten Unzuträglichkeiten verbunden sein würde. So liegt es z. B. im gleichmäßigen Interesse des Dienstpflichtigen, wie der Militärbehörde, daß über Befreiungsgründe, die jener geltend macht, vor dem wirklichen Eintritt in den Dienst, mithin nicht in der Form eines langwierigen Processes, entschieden werde. Wenn wir hiernach auch weit entfernt sind, eine Verweisung dieser Fragen in den eigentlichen Rechtsweg zu begehren, so müssen wir doch vom Standpunkt unseres Princips fordern, daß die letzte Entscheidung über solche in Formen erfolge, welche es kenntlich machen, daß es sich um eine Entscheidung über Rechte und Pflichten der Unterthanen vom richterlichen Standpunkt aus handele.

Einquartirungslast; Landfolgedienste; Wasser- und Wegbaupflicht. — Auch hier handelt es sich um Leistungen, die der Staat von seinen Unterthanen, sei es als einzelnen, sei es in ihrer Gruppirung als Gemeinden, in Anspruch nimmt. Sie pflegen in Beziehung auf die Zwecke, den Umfang, die ihnen unterworfenen Personen, die etwa dafür zu leistende Vergütung 2c., gesetzlich geregelt zu sein. Hiermit bestimmen sich die Rechtsgrenzen, innerhalb deren sie begehrt werden können; während die Veranlassung, sie zu begehren, in der Regel administrativem Ermessen anheim fällt.

Expropriation. — Der Staat fordert von seinen Angehörigen, daß sie ihm, wo es der Staatszweck erheischt, selbst ihre wohlerworbenen Rechte opfern, namentlich Eigenthum abtreten. Da hierbei der Einzelne, der in dieser Weise in Anspruch genommen wird, in Vergleich mit den übrigen ein völlig exceptionelles Opfer bringt, so fordert es die Gerechtigkeit, daß ihm volle Entschädigung dafür zu Theil werde. Auch dieses so tief eingreifende Recht des Staates bedarf gesetzlicher Begrenzung, und hat diese in den meisten Ländern gefunden. Wo das Gesetz als Bedingung für dessen Ausübung nur im Allgemeinen auf das Vorhandensein von „Gründen des öffentlichen Wohles“ [3]) hinweist, wird freilich der Rechtsschutz wegen unbefugter Ausübung da erst beginnen, wo dasselbe für Zwecke, die mit dem „öffentlichen Wohl“ überall nichts mehr gemein haben, ausgeübt werden sollte. Bezeichnet dagegen das Gesetz specielle Arten öffentlicher Zwecke als diejenigen, für welche expropriirt werden könne [4]), so ist wieder die Frage, ob ein einzelner Fall unter diesen Arten begriffen sei, Rechtsfrage, und eine Ueberschreitung der bezeichneten Arten Rechtsverletzung. Bestimmt das Gesetz — wie die Gerechtigkeit erfordert — daß regelmäßig nur gegen vorgängige Entschädigung die Enteignung stattfinde, so ist wiederum eine Hinwegnahme ohne vorgängige Entschädigung Rechtsverletzung, welche den Anspruch auf Wiedereinräumung so lange begründet, als nicht entschädigt ist [5]). Daß die Bestimmung der Größe der Ent-

---

[3]) Art. 9 der preuß. Verf.-Urkunde.

[4]) Kurh.-Verf.-Urk. v. 1831, §. 32 (s. oben S. 146).

[5]) Handelt es sich hierbei um eine Anlage, für welche das Expropriationsrecht besteht, so kann die Regierung durch schleunige Nachholung der Enteignung sich helfen.

schädigung selbst Sache der Rechtssprechung sei, wird wohl eben so wenig bezweifelt, als daß andererseits die Frage, ob innerhalb der durch das Gesetz bestimmten Voraussetzungen von dem Expropriationsrechte Gebrauch zu machen sei, der Verwaltung anheimfalle.

Wenn in den Gesetzen dem Rechte der Expropriation die „Unverletzlichkeit des Eigenthums" gegenübergestellt zu werden pflegt, so ist dies doch nur ein juristisch unvollkommener Ausdruck. Nicht allein das Eigenthum, sondern auch der Besitz ist unverletzlich, so lange kein Recht der Entziehung erworben ist. (Vergl. oben S. 65). Eben so wenig kann jemals unter dem Vorwand eines hoheitsrechtlichen Eigenthums der Besitzstand eigenmächtig verletzt werden. Wenn also z. B. die Obrigkeit ein jetzt unzweifelhaft im Privatbesitze befindliches Stück Grund und Boden als zu einem öffentlichen Orte (Straße, Platz 2c.) gehörig in Anspruch nimmt, so kann sie diesen Anspruch, wenn anders Recht walten soll, nicht in der Weise verwirklichen, daß sie den Privaten eigenmächtig entsetzt, sondern nur dadurch, daß sie dasselbe vindicirt, oder, wenn sie damit nicht durchzulangen vermag, expropriirt. Der Schutz, den die Obrigkeit an dem unter ihrer Obhut stehenden öffentlichen Eigenthum auszuüben berufen ist, hat ihre privatrechtliche Berechtigung an Grund und Boden zur bedingenden Grundlage.

In die hier betrachtete Classe von Rechtsbeziehungen kann endlich auch noch die zwangsweise Heranziehung einzelner Unterthanen durch die Staatsgewalt zu gewissen im öffentlichen Interesse nothwendigen Functionen gerechnet werden; wo dann die Frage entsteht: wann und in welchem Maße findet diese Heranziehung statt?

Das Bedürfniß, diese Frage als Rechtsfrage entschieden zu sehen, befriedigt sich jedoch bei vielen dieser Functionen schon dadurch, daß die Heranziehung zu solchen einen Theil der gerichtlichen Thätigkeit bildet, wonach dann auch die Frage über deren Rechtmäßigkeit, wenn auch nicht im förmlichen Rechtswege, doch im Beschwerdewege zu einer Entscheidung nach Rechtsgrundsätzen und unter dem Schutze richterlicher Unabhängigkeit gebracht werden kann.

Als erläuterndes Beispiel wählen wir die Vormundschaft.

Der Staat übt die ihm obliegende Obsorge für schutzbedürftige Personen in der Weise aus, daß er diese Obsorge auf einzelne seiner Bürger, unter Vorbehalt seiner Oberaufsicht, überträgt. Indem der Staat Jemanden als Vormund heranzieht, spricht er nicht objectiv Recht, sondern er übt ein subjectives Recht der Staatsgewalt aus; und die Obervormundschaft ist deshalb, ihrer inneren Natur nach, eine administrative, nicht eine richterliche Thätigkeit. Wäre nun die Obervormundschaft wirklich auch in den Händen von Administrativbehörden, so würden wir unserem Princip getreu begehren müssen, daß die streitig gewordene Frage, ob Jemand mit Recht zum Vormund herangezogen sei, (ob ihm nicht gesetzliche Entschuldigungsgründe zur Seite stehen,) zu einem richterlichen Ausspruch gebracht werden könne. So wie aber in so vielen Beziehungen unsere heutige Administration ein Stück Rechtsprechung enthält, so ist hier umgekehrt — da die Obervormundschaft in den Händen der Gerichte zu liegen pflegt — in der Justiz ein Stück Verwaltung zurück geblieben. Und dies hat die Folge, daß bei bestrittener Rechtmäßigkeit der Heranziehung zum Vormund das höhere Gericht es ist, welches, wenn auch nicht im Proceßwege, doch im Beschwerdewege darüber entscheidet. Vorausgesetzt, daß dasselbe hierbei nicht minder sich berufen fühlt, nach Rechtsgrundsätzen und unabhängig zu entscheiden, wie bei den im förmlichen Proceßwege zu seiner Entscheidung gelangenden Sachen, wird hierdurch dem Bedürfniß nach Rechtsschutz praktisch genügt. Diejenigen, welche (wie Pfeiffer) nur in der Form des Processes einen ausreichenden Rechtsschutz gegeben finden, müßten consequent auch hier eine Klage wider den Staatsanwalt „wegen rechtswidrigen Zwanges“ begehren.

§. 48.

β. Rechtsverletzungen durch Ueberschreitung der Regierungsrechte mittelst ungerechtfertigter Beschränkung der Unterthanen in ihrer natürlichen Freiheit.

Es liegt in den Bedürfnissen der Gesellschaft, daß der Einzelne auch wo seine Thätigkeit nicht unmittelbar störend in die Rechtsordnung eingreift, im Interesse des Gesammtwohles gewissen Beschränkungen sich unterwerfe; Beschränkungen, die, wenn wir sie mit etwas Privatrechtlichem vergleichen dürfen, auf der natürlichen Freiheit der Person und des Vermögens servitutenähnlich lasten. Das Maß dieser Beschränkungen ist eine der wichtigsten Fragen des Staatslebens. Denn die wahre Volksfreiheit besteht nicht etwa darin, daß ein relativ großer Theil des Volks an der Herrschaft Theil nehme — wobei eine nicht geringere Tyrannei geübt werden kann, wie bei der absolutesten Herrschaft eines Einzelnen, — sondern darin, daß dem Individuum zur Entwickelung seiner Individualität der nöthige Raum verbleibt; und die politischen Rechte des Volkes haben nur Werth, insofern sie als Mittel dienen, die individuelle Freiheit zu erhalten und zu sichern. Aber freilich trägt jede Freiheit auch die Gefahr des Mißbrauchs in sich; und nach diesen beiden gegen einander abzuwägenden Rücksichten bestimmt sich die Grenze, welche für das Maß der individuellen Freiheit durch die ihr gegenüber zu stellenden staatlichen Schranken zu ziehen ist. Was hier heilsam wirkt, kann natürlich nicht im Allgemeinen bestimmt werden; es ist bedingt durch Zeit und Ort. Je höher der intellectuelle und sittliche Standpunkt eines Volkes ist, um so mehr darf es verlangen, daß der individuellen Freiheit ihr natürliches Recht eingeräumt werde, und die staatlichen Schranken zurückweichen. Je tiefer dagegen jener Standpunkt sich erweist, um so weniger wird eine weitgehende Machtvollkommenheit des Staats in Handhabung solcher Schranken für die Aufrechthaltung der Ordnung entbehrt werden können.

Die Handhabung der die individuelle Freiheit beschränkenden staatlichen Rechte liegt in den Händen der Regierungsgewalt. Unter allen Umständen wird dabei ihrem nach Zweckmäßigkeitsgründen sich bestimmenden Ermessen ein gewisser freier Spielraum belassen bleiben müssen. Aber es ist nicht nothwendig, ihr deshalb Alles frei zu geben. Im Gegentheil, je höher einerseits die individuelle Freiheit anzuschlagen ist und je mehr andererseits die Anschauung über das heilsame Maß staatlicher Beschränkung subjectiv verschieden zu sein pflegt, um so dringender ist es ein Bedürfniß, den Raum, innerhalb dessen diese Beschränkungen gehandhabt werden sollen, objectiv abzugrenzen durch Recht und Gesetz. Wo aber die Regierungsgewalt diese ihr gesetzten Grenzen überschreitet, da ist das Verlangen nach Rechtsschutz wohlbegründet.

In manchen Fällen wird dieser Rechtsschutz schon dadurch gegeben sein, daß die Regierungsgewalt die von ihr beabsichtigte Beschränkung nicht anders als durch Anrufung der Strafgerichte aufrecht erhalten kann. Z. B. wenn es streitig ist, ob ein gewisses Gewerbe der Concessionirung bedürfe, und nun der Gewerbtreibende wegen unconcessionirten Gewerbebetriebs zur Anzeige gebracht wird. Hier wird das Strafgericht darüber zu erkennen haben, ob das Gewerbe wirklich jener Beschränkung unterliege oder nicht.

Wo dagegen die Regierungsgewalt die von ihr vertretenen Beschränkungen unmittelbar zu realisiren vermag, macht sich wider Ueberschreitung der Rechtsgrenzen das Bedürfniß nach civilrechtlichem Schutz, in der Form der quasi-negatorischen Klage fühlbar; woneben freilich unter Umständen der strafrechtliche Schutz, gerichtet wider den überschreitenden Beamten, kaum zu entbehren steht.

Es ist nur eine besondere Form der Beschränkung der Unterthanen in ihrer natürlichen Freiheit, wenn die Ausübung von Rechten derselben durch eine gewisse vorausgehende positive Thätigkeit der Regierungsgewalt selbst bedingt ist. So z. B., wenn die Ausübung des Lehrerberufs an eine vorgängige Prüfung, die Herausgabe einer Zeitung an eine Censur gebunden ist. Wird nun diese bedingende Thätigkeit (also in den angeführten Beispielen die Zulassung zur Prüfung, die Bestellung eines Censors,) verweigert, so gestaltet sich das Recht des dadurch Beeinträchtigten zu einem positiven Anspruch auf jene Thätigkeit der Regierungsgewalt, und geht damit scheinbar in die folgende Kategorie (B) der Rechtsbeziehung zwischen Unterthanen und Obrigkeit über. In der That aber ist es doch nur die natürliche Freiheit, welche hier zu einem positiven Anspruch auf Wegräumung des durch Nicht-Thätigkeit bereiteten Hindernisses erwächst. Mit andern Worten: wenn das Gesetz sagt, daß nur derjenige lehren dürfe, der eine staatliche Prüfung bestanden habe, so ist anzuerkennen, daß derjenige, welcher sich dem Lehrerfache widmen will, auch ein Recht darauf hat, daß ihm diese Prüfung nicht versagt werde[6]).

Auf das Einzelne eingehend, können wir zunächst die Fälle unterscheiden, wo ein staatliches Recht, in die Freiheit der Unterthanen einzugreifen, entweder überhaupt nicht besteht, oder wenigstens nicht der Regierungsgewalt zukommt, und die Fälle, wo ein der Regierungsgewalt an sich zustehendes Recht des Eingriffs im Verhältnisse zu seiner rechtlichen Begrenzung überschritten wird.

Ein Uebergriff der ersteren Art liegt namentlich alsdann vor, wenn die Regierungsgewalt Verhältnisse zu bestimmen unternimmt, die, als absolut der Rechtsordnung angehörend, nur den Gerichten zu bestimmen zusteht, wenn sie also Handlungen der Privatrechts- oder Strafrechtspflege ausübt. Die hierin für die Betheiligten liegende Rechtsverletzung wirkt rein formell; d. h. es kann nicht darauf ankommen, ob das Eingreifen der Regierungsgewalt materiell richtig oder unrichtig ist; genug, daß sie zu solchem keinen Beruf hat.

Schwieriger gestaltet sich die Beurtheilung eines angeblichen Uebergriffs dieser Art, wo solcher unter Berufung auf ein an sich anzuerkennendes Recht der Regierungsgewalt geübt ist, und daher die Ueberschreitung einen mehr materiellen Charakter annimmt. Grund für eine solche Einmischung kann ein der Regierungsgewalt über die betreffenden Personen zustehendes besonderes Aufsichtsrecht (s. unten S. 174) so wie ferner der Umstand abgeben, daß auch auf dem Gebiet der Rechtspflege eine gewisse Thätigkeit der Regierungsgewalt nicht ausgeschlossen ist. Namentlich ist die Polizei berechtigt, im Interesse der Strafrechtspflege zur Sicherung der Erfolge derselben die erste Hand anzulegen; und selbst in Civilrechtsstreitigkeiten, wo sie die öffentliche Ordnung stören, zwecks deren Aufrechthaltung einzuschreiten. In dieser Beziehung hat jedoch die Polizei keine selbständige Competenz; sie ist gewissermaßen nur Geschäftsführerin der schwerfälligeren Rechtspflege. Es folgt daraus, daß sie sich auf das geringste Maß der Thätigkeit zu

---

[6]) Die beiden als Beispiel hier angeführten Fälle sind in Kurhessen wirklich vorgekommen. In beiden Fällen wurde die Klage des Verletzten vom obersten Gerichtshof zurückgewiesen.

beschränken und diese sobald als thunlich der Justiz zur Genehmigung zu unterbreiten hat [7]). Jede Ueberschreitung dieses Maßes muß als Rechtsverletzung gelten.

§. 49.

Betreten wir das Gebiet, wo der Verwaltung eine selbständige Wirksamkeit an sich zusteht, und daher eine Rechtsverletzung nur durch Ueberschreitung der ihr gezogenen Grenzen erfolgen kann, so kommen hier folgende Rechte der Unterthanen in Betracht.

Zunächst eine Reihe von Rechten, welche die Freiheit der Person betreffen: Freiheit in der Wahl des Aufenthalts und der Ansiedelung innerhalb des Staatsgebiets, Freiheit der Bewegung [8]), Freiheit der Auswanderung, Freiheit des Hauses, Freiheit der Religionsübung, Freiheit im Halten von Versammlungen und Bilden von Vereinen. Alle diese Freiheiten tragen das Bedürfniß gesetzlicher Regelung in sich, dergestalt, daß sie innerhalb gewisser Schranken als Rechte anerkannt werden. Ein genügender Schutz dieser Rechte kann aber nicht in der einseitigen Handhabung jener Schranken Seitens der Verwaltungsbehörden gefunden werden.

Es zählt ferner hierher die Preßfreiheit, bezüglich deren sogar begehrt wird, daß sie lediglich in den von den Gerichten zu handhabenden Strafgesetzen ihre Schranke finde, und mithin die Verwaltungsbehörden keine andere Einwirkung darauf üben, als die, welche zur Veranlassung und Sicherung eines Strafverfahrens nöthig erscheint.

Weiter kommt in Betracht die Freiheit des Berufs und Erwerbs. Eine Beschränkung dieser Freiheit kommt in der Art

---

[7]) Daher enthalten Verfassungs-Urkunden die Bestimmung, daß jeder polizeilich Verhaftete binnen kürzester Frist (24 Stunden) an das zuständige Gericht abgeliefert werden müsse.

[8]) In dieser Beziehung handelt es sich um die Frage: muß sich der Unterthan gefallen lassen, durch Versagung der polizeilichen Hülfsmittel für die freie Bewegung (Paß, Paßkarte 2c.) an die Scholle gebannt zu werden? Erkennt man unter gewissen Beschränkungen ein Recht der freien Bewegung an, so würde der Anspruch auf jene Hülfsmittel aus dem oben (S. 170 a. E) erörterten Gesichtspunkte zu beurtheilen sein.

vor, daß die Ausübung gewisser Berufsarten entweder von einer vorgängigen Prüfung, oder sogar von einer eigentlichen Gestattung der Regierungsgewalt (Concession) abhängig erklärt ist. Die Wichtigkeit aber, welche die Möglichkeit der Berufsausübung für die ganze Existenz eines Menschen hat, macht es zum dringenden Erforderniß, jene Beschränkungen so zu stellen, daß sie nicht zur Handhabe reiner Willkür dienen können. Zunächst bedarf es der Anerkennung, daß derjenige, dessen Berufsausübung von einer Prüfung abhängig ist, auch ein Recht darauf habe, zu dieser Prüfung zugelassen zu werden (S. oben S. 170). Die eigentliche Concessionirung gewisser Berufsarten aber — soweit solche überhaupt im Princip aufrecht zu erhalten ist — läßt sich auf zwei Gesichtspunkte zurückführen; einmal wiederum die Wahrung der Tüchtigkeit und Würdigkeit des Berufs-Candidaten, und sodann die Obsorge dafür, daß der betreffende Berufsstand nicht überfüllt werde *). Während der erstere Gesichtspunkt durch eine Prüfung und die festzustellende rechtliche Integrität des Berufs-Candidaten gewahrt erscheint, wird dem zweiten schon dann vollkommen genügt, wenn der Regierungsgewalt das Recht eingeräumt bleibt, nach dem jeweiligen Bedürfniß objectiv die Zahl der Berufsstellen innerhalb eines Ortes oder Bezirks zu bestimmen; dergestalt, daß in die so eröffneten Stellen alle befähigten Candidaten nach einer bestimmten Reihenfolge einzutreten berechtigt sind. Damit wäre der Beruf subjectiv freigegeben. Würde dann noch das Recht des Eintritts und der Ausübung als ein des Rechtsschutzes theilhaftiges anerkannt: so wäre damit dem Mißbrauch, welcher in manchen Ländern das Concessionswesen zu einem Tummelplatz politischer Tendenzen gemacht hat, die Spitze abgebrochen.

Der Freiheit des Eigenthums gegenüber kommen in Betracht: Beschränkungen des freien Verkehres (Güteraustausches), Beschränkungen der Baufreiheit; Beschränkungen in der Ausbeutung der Wälder, in Benutzung der zum Privatgebrauch verliehenen öffentlichen

*) Ob und inwieweit der Staat berufen sei, eine solche Obsorge zu üben, kann natürlich hier nicht erörtert werden.

Gewässer und ähnlicher dem öffentlichen Interesse anheimfallender Eigenthumsgegenstände; ferner gesundheitspolizeiliche Beschränkungen, Beschränkungen im Interesse öffentlicher Einrichtungen, Kanäle, Wasserleitungen, ꝛc. Wo Beschränkungen der letzteren Art bleibend in das Eigenthum eingreifen, sollte ein Recht zu solchen Eingriffen nicht anders als in der Form der Expropriation anerkannt werden.

Ein eigenthümliches Gebiet der hier in Betracht kommenden Rechtsbeziehungen gründet sich auf das der Regierungsgewalt über gewisse Verhältnisse zustehende besondere Aufsichtsrecht. Gegenstand dieser Aufsicht sind insbesondere die im Staate bestehenden Genossenschaften. Theilweise liegt dieses Aufsichtsrecht im Interesse der Genossenschaften selbst, indem dasselbe den unvollkommen organisirten Rechtsschutz im Innern derselben vertritt (S. 41). Theilweise beruht jenes Aufsichtsrecht auf dem besondern Interesse, welches der Staat an einzelnen Genossenschaften und dem ihrer Bestimmung und Organisation entsprechenden Leben nimmt. Kraft dieses Aufsichtsrechts ist nun die Regierungsgewalt befugt, in das innere Leben der Genossenschaften bis zu einem gewissen Maße einzugreifen. Ueberschreitet sie aber dieses Maß, so liegt hierin wieder eine des Rechtsschutzes bedürftige Verletzung der Genossenschaft und ihrer leitenden Organe, welche dadurch in der ihnen rechtlich gebührenden Freiheit und Selbständigkeit beeinträchtigt werden.

Unter den Genossenschaften sei hier wiederum zuerst der Familie gedacht. Die Regierungsgewalt vertritt die Kinder in ihren Ansprüchen an den Vater auf Erhaltung, bürgerliche und kirchliche Erziehung. Es handelt sich dabei um die Fragen, wieweit kann der Vater von den Verwaltungsbehörden genöthigt werden, sein Kind zur Schule zu senden, dem Lehrer Einfluß auf die Erziehung des Kindes (auch außer der Schule) zu gestatten, dasselbe einer Kirche zuzuführen, in einer bestimmten Religion erziehen zu lassen, u. s. w.

Dem Verhältniß des Vaters zu seinem Kinde ist das des Vormunds nachgebildet. Auch hier läßt sich die Frage erheben: inwieweit ist der Obervormund berechtigt, in die Selbstbestimmung des Vormunds bezüglich der Erziehung des Curanden einzugreifen? — eine

Frage, die nicht ohne Schwierigkeit ist, praktisch aber dadurch, daß die Obervormundschaft von den Gerichten geübt wird, ihre Schärfe verliert.

Sodann umfaßt jenes Aufsichtsrecht die gewerblichen Genossenschaften (Gilden und Zünfte rc.), öffentlichen Anstalten (Banken, Leihhäuser, Versicherungsgesellschaften, Wittwencassen rc.), besonders aber die Gemeinden. Auf diesem Gebiete kann sich leicht ein reicher Streitstoff entwickeln über das Maß der Selbständigkeit und Freiheit, welche die Körperschaften nicht minder, als die Staatsbehörden, für sich in Anspruch zu nehmen berechtigt sind. Die Aufgabe des staatlichen Aufsichtsrechts hat sich dabei, wie wir glauben, darauf zu beschränken, Rechte, welche innerhalb der betreffenden Genossenschaft keine genügende Vertretung finden, zu schützen; also namentlich die Interessen des Ganzen den eignen leitenden Organen gegenüber zu vertreten. Wo dagegen die Aufsichtsbehörde in das Gebiet der den leitenden Organen gebührenden freien Verwaltung eingreift, oder wo sie Rechte schützen will, die als solche gar nicht existiren, oder welche nicht die öffentliche Ordnung der Genossenschaft, sondern anderweite, dem gerichtlichen Rechtsschutz anheimfallende Interessen Einzelner, oder vielleicht auch das Privatinteresse des Staates selbst berühren, da überschreitet sie die Rechtsgrenze des Aufsichtsrechts, und es ist das Bedürfniß eines Rechtsschutzes wider sie begründet [10]). Im Einzelnen wird dabei freilich sehr Vieles von der positiven Gesetzgebung abhängen.

Endlich gehört hierher das Verhältniß des Staates zu denjenigen Kirchen, die eine gesonderte Stellung neben dem Staat einnehmen; während in der protestantischen Kirche, soweit dort die oberste Kirchengewalt mit der obersten Staatsgewalt in der Person des Landesherrn

---

[10]) Charakteristisch ist, daß man in der kurhessischen Rechtsprechung Klagen der Gemeinden gegen die Regierungsgewalt von jeher nicht etwa bloß dann zugelassen hat, wenn diese in das Privatvermögensgebiet der Gemeinden, sondern auch wenn sie in das Gebiet der den Gemeinden selbständig zustehenden Verwaltung, also in das kleine jus publicum, welches die Gemeinde vertritt, unbefugt eingriff. Gewiß mit Recht, denn das Verwaltungsbereich der Gemeinde entspricht ganz dem Bereich individueller Freiheit, welche der Einzelne im Interesse seiner Person der Regierungsgewalt gegenüber unverletzt bewahren darf und nöthigenfalls im Wege der Klage schützen kann.

sich vereinigt, von einer besonderen Aufsicht des Staates nicht die Rede sein kann. Es muß jedoch darauf verzichtet werden, auf diese an Rechtsbeziehungen so reichen Gebiete näher einzugehen. Selbstverständlich liegen auf dem Gebiete des Genossenschaftsrechts der Kirche eine ganze Reihe analoger Rechtsfragen, wie die hier in Beziehung auf den Staatsverband erörterten.

§. 30.

b) Verletzungen der Unterthanen in ihren persönlichen Rechten durch Vorenthaltung des ihnen staatsseitig Geschuldeten.

Dieses Rechtsgebiet ist ein noch wenig ausgebildetes. Die Gesetze pflegen von selbständigen [11]) Rechtsansprüchen der Unterthanen an den Staat nur wenig zu enthalten. Danach werden solche Ansprüche nur aus allgemeinen Grundsätzen abzuleiten sein.

Es gehört hierher das unabweisbare Recht des Staatsangehörigen, im Staate zu leben, d. h. innerhalb des Staatsgebiets sich aufzuhalten und im Fall der äußersten Noth — insofern nämlich derselbe weder durch sich selbst, noch durch die näher stehenden Genossenschaften, Familie und Gemeinde, erhalten werden kann — vom Staate ernährt zu werden; Rechte, die wohl nicht leicht in anderer Form, als mittelst Bestreitung der Staatsangehörigkeit selbst werden bestritten werden. Diese letztere bildet somit eine Rechtsfrage, und zwar nicht etwa nur eine völkerrechtliche zwischen verschiedenen Staaten, welche die Pflicht zur Aufnahme eines Individuums einander zuweisen, sondern gleichzeitig eine staatsrechtliche zwischen dem die Angehörigkeit zu einem bestimmten Staat beanspruchenden Individuum und diesem Staat, wobei ersterem der Rechtsschutz nicht fehlen sollte.

Wir rechnen ferner dahin das Recht, bestehende, für den gemeinen Gebrauch bestimmte öffentliche Anstalten und Einrichtungen (öffentliche

[11]) Von Rechtsansprüchen, die als Gegenansprüche der Unterthanen daraus hervorgehen, daß die Regierungsgewalt ihrerseits die Unterthanen in einer bestimmten Richtung in Anspruch nimmt, ist bereits im vorhergehenden Abschnitte die Rede gewesen.

Wege, Gewässer, Bildungs- und Verkehrsanstalten, Bibliotheken 2c.) in entsprechender Weise zu benutzen [12]). Wenn also z. B. einer Regierung einfiele, einen Schriftsteller, der vielleicht eine der Regierungspolitik feindliche Tendenz verfolgte, von der Mitbenutzung einer öffentlichen Staatsbibliothek auszuschließen, so würde die Frage entstehen: hat der Ausgeschlossene ein im Rechtswege zu schützendes Recht auf jene Mitbenutzung? Freilich wird dergleichen nicht leicht vorkommen. Jedoch gehört die mehrfach praktisch gewordene Frage hierher: darf demjenigen, welcher an einem öffentlichen Wege gebaut hat, der bisher durch den Weg vermittelte Zugang durch Verlegung oder Veränderung des Wegs entzogen werden; und gebührt ihm eventuell Entschädigung? [13]).

Es gehört weiter hierher die Frage, ob die Staatsangehörigen ein Recht darauf haben, von der Obrigkeit, so weit diese dazu im Stande ist, gegen öffentliche Calamitäten geschützt zu werden? Diese Frage ist in Kurhessen mehrfach in der Art zum gerichtlichen Austrag gekommen, daß Solche, die durch einen öffentlichen Tumult Beschädigung erlitten hatten, wider den Staat auf Entschädigung klagten unter dem Anführen, daß dessen Behörden sie zu schützen im Stande gewesen wären, dies aber schuldhafter Weise verabsäumt haben. Von den kurhessischen Gerichten ist ein solcher Entschädigungsanspruch mehr-

[12]) Theilweise pflegen solche öffentliche Anstalten nicht dem Staat, sondern der Gemeinde anzugehören; und das Recht auf deren Mitbenutzung fällt dann nicht in das „Staatsrecht“, sondern in das „Gemeinderecht“. — Schon das römische Recht hatte übrigens besondere interdicta popularia, welche das Recht des Einzelnen an solchen zum allgemeinen Gebrauch bestimmten Dingen — jure scilicet civitatis, non quasi propria cujusque (l. 2, §. 2 D. ne quid in loco publico) — schützten; freilich nicht der Staatsgewalt, wohl aber Dritten gegenüber, welche deren Gebrauch hinderten. Da der Einzelne sein Recht an diesen Gegenständen doch nur aus seinem Verhältniß zu Staat oder Gemeinde ableitet, und hiernach eigentlich nur mittelbar zu dem Dritten in einem Verhältniß steht, so könnte man jene Rechtsmittel in ihrer heutigen Anwendung „abgeleitete Klagen des öffentlichen Rechts“ nennen.

[13]) Ein Recht auf Beibehaltung des Weges wurde verneint vom O.-A.-G. zu Cassel; s. Strippelmann, O.-A.-G.-Entscheid. II, S. 58. — Ein Recht auf Entschädigung wurde bejaht vom O.-A.-G. zu Wiesbaden; s. Seuffert, Archiv X, Nr. 166.

fach für begründet erachtet worden. Erkennt man nun auch an sich ein Recht des Unterthanen an, daß die zum allgemeinen Schutz vorhandenen Anstalten bei gegebener Veranlassung auch wirklich zu Gunsten des Einzelnen verwendet werden, so stellt sich doch weiter — da die Vorenthaltung jenes Schutzes stets auf einem pflichtwidrigen Verhalten der Beamten beruhen wird — einer Haftpflicht des Staates die zweifelhafte Frage entgegen, ob für derartige Verschuldungen seiner Beamten der Staat überhaupt zu haften habe, oder ob er nicht seiner Verpflichtung dadurch genüge, daß er die ihm selbst zustehende Klage wider seinen Beamten dem Beschädigten cedire? — eine Klage, die dieser dann auch kraft fingirter Cession (als utilis actio) ohne Weiteres erheben könnte. Mit anderen Worten, es entsteht die Frage: haftet der Staat oder haftet nur der schuldige Beamte? Die nämliche Frage begegnet uns auch in Verhältnissen, die wir als private auffassen. So z. B. wenn es sich darum handelt, ob eine Eisenbahngesellschaft für Beschädigungen, die Passagiere durch dienstliches Verschulden eines Beamten erlitten haben, haften müsse. Nach gemeinem Rechte dürfte die Haftpflicht des Dienstherrn für Pflichtwidrigkeit seiner Beamten schwerlich allgemein zu bejahen sein. De lege ferenda mag sich jedoch dieselbe in vielen Verhältnissen sehr empfehlen.

Minder zweifelhaft möchte die Haftbarkeit des Staates da sein, wo öffentliche Verhältnisse die Unterthanen veranlassen oder nöthigen, zu der Staatsgewalt in gleichsam real-contractliche Beziehungen zu treten. Wenn z. B. Jemand bei Staatsbehörden (administrativen oder richterlichen) in Verfolgung seiner Interessen Urkunden einreicht, oder wenn die Polizei- oder Strafbehörden wegen Verdacht eines Verbrechens Sachen mit Beschlag belegen oder der Civilrichter Pfänder hinwegnehmen läßt, und diese Werthgegenstände, ohne daß ein Zufall nachgewiesen werden kann, im Gewahrsam des Staates verloren gehen, so erfordert die Gerechtigkeit, daß der Staat dafür einstehe. Die Haftpflicht des Staates für empfangene Depositen, auch wo deren Entgegennahme öffentlich-rechtlicher Natur ist, wird wohl Niemand bezweifeln.

§. 51.

B. Verletzungen der Unterthanen in ihren politischen Rechten.

Auch auf dem hier zu betrachtenden Rechtsgebiete stehen der Regierungsgewalt einzelne Unterthanen gegenüber; aber nicht mit ihren Privatinteressen, sondern mit ihrem Interesse, innerhalb des Staatsorganismus eine bestimmte active Rolle zu spielen. Rechte, welche hierbei in Frage kommen, sind: Indigenat, Orts- und Staatsbürgerrecht, active und passive Wahlfähigkeit zum Landtage, Landstandschaft, Berechtigung zu Ehrenämtern, Adel. Diese Rechte sind bisher in Deutschland, so viel bekannt, nirgends Gegenstand gerichtlichen Schutzes gewesen. Da ihre publicistische Natur nicht zu verkennen steht, so wies man den Anspruch auf gerichtlichen Schutz derselben einfach mit dem Satze zurück, „daß die gerichtliche Klage nur zum Schutz von Privatrechten stattfinde." Damit fielen sie der Entscheidung der Verwaltungsbehörden anheim.

In einzelnen Fällen, wo dies bedenklich erschien, hat man nach anderer Aushülfe gesucht. So pflegt in den Verfassungs-Urkunden die Entscheidung über die Rechtmäßigkeit einer Abgeordnetenwahl der Ständeversammlung selbst vorbehalten zu sein. Natürlich sollte diese Frage nur nach Rechtsgründen entschieden werden. Wenn wir aber auch hier mitunter politische Zu- oder Abneigung mehr als strenges Recht den Ausschlag geben sehen, so beweist das nur abermals, wie wenig im Allgemeinen politische Organe den abstracten Standpunkt des Richters einzunehmen befähigt und deshalb zur Entscheidung eigentlicher Rechtsfragen geeignet sind.

Ein innerer Grund, weshalb jene Rechte nicht eben so gut, als alle andern, eines wirklichen Rechtsschutzes bedürftig und fähig wären, besteht nicht; ein Satz, welchen merkwürdiger Weise auch Stahl anerkennt [14]).

---

[14]) S. oben §. 34, Note 16.

Es sei hier am Schlusse dieses von den Rechten der Einzelnen handelnden Abschnittes noch einer Classe von Personen gedacht, deren Rechtsbeziehungen zu der Regierungsgewalt so mannigfaltig sind, daß sie fast in alle bisher betrachteten Kategorien einschlagen. Wir meinen die Staatsdiener.

Der Staatsdienst wird zwar durch Vertrag eingegangen. Aber dieser Vertrag, indem er einerseits den Staatsdiener zu seinem Dienstherrn, dem Staate, in ein eigenthümliches Treuverhältniß versetzt, andererseits ihm Dienstpflichten überträgt, die in Ausübung öffentlicher Functionen bestehen, und dadurch den Staatsdiener zu einem Organ der Staatsgewalt macht, ist kein gewöhnlicher obligatorischer Vertrag des Privatrechts, sondern ein Vertrag des öffentlichen Rechts. Derselbe bietet Stoff zu Rechtsfragen der mannigfaltigsten Art. Die Grenzen des Rechts der Regierungsgewalt auf Dienstleistungen des Dieners, des Rechts, den Diener in seinen persönlichen Verhältnissen und außerdienstlichen Handlungen zu beschränken, des zur Verwirklichung ihrer Ansprüche gegen den Diener auszuübenden unmittelbaren Zwanges (Disciplinargewalt), andererseits das Recht des Dieners auf seinen Gehalt, so wie — insofern ein solches überhaupt anzuerkennen — das Recht auf Ausübung seines Amts können in den verschiedensten Beziehungen streitig werden, und bedürfen wie jedes andere Rechtsverhältniß der rechtlichen Bestimmung und des Rechtsschutzes. Wie jene Grenzen zu ziehen, ist eine legislatorische Frage von der größten Tragweite, deren Beantwortung hier nicht erwartet werden wird.

§. 32.

C. Verletzungen des Staats-Ganzen.

Es handelt sich hier um Rechte, die entweder in dem Verhältniß des Staates zu Einzelnen oder im Interesse der Ordnung des Staatsganzen begründet sind, und welche dadurch verletzt werden, daß die Regierungsgewalt deren Wahrung unterläßt.

a) Fälle der Nicht-Wahrung der Staatsrechte durch die Regierungsgewalt Einzelnen gegenüber.

Wo diese Rechte klar sind, wird eine Nicht-Wahrung derselben auf eine Pflichtwidrigkeit des betreffenden Beamten hinauslaufen, und dessen persönliche Verantwortlichkeit, zumal wo sie ein pecuniäres Haftbarwerden in sich faßt, in der Regel ein zureichendes Gegengewicht wider jene Art von Rechtsverletzungen bilden. Es giebt aber auch oft Fälle, wo das Recht nicht klar ist, wo daher das Bedürfniß eintritt, die Rechtsfrage, welche von der Regierungsgewalt einseitig zu Ungunsten des Staats entschieden wird, im Interesse des letzteren zum objectiven Austrag zu bringen.

Der einfachste Fall, der sich in dieser Beziehung denken läßt, besteht in einer dem Rechte nicht entsprechenden Verfügung über Staatsmittel; indem die Regierungsgewalt unbegründete Ansprüche Einzelner wider den Staat anerkennt und befriedigt, oder begründete Ansprüche des Staates wider Einzelne aufgiebt und zu verfolgen unterläßt. Es können dies Ansprüche rein privatrechtlicher Art sein. Häufiger wird es sich um Ansprüche des öffentlichen Rechts handeln. Der Grund daher, in dieser Weise gegen das Staatsinteresse zu entscheiden, kann für die Regierungsorgane in politischen oder persönlichen Motiven liegen. So, wenn ein Ministerium irgend welchen politisch begünstigten Personen pecuniäre Vortheile zuwendete, deren Rechtmäßigkeit sich bestreiten ließe [15]); wenn es gestattete, daß der Regent über Staatsgüter zum Vortheil irgend welcher begünstigter Personen in einer dem Gesetz nicht entsprechenden Weise Verfügung träfe; wenn es in unrichtiger Anwendung der Steuergesetze steuerpflichtige Personen oder Güter für steuerfrei erklärte, wenn es in unrichtiger Handhabung der Recrutirungsgesetze einzelne Individuen oder ganze Classen der Unterthanen vom Militärdienste frei gäbe.

Durch alle diese Handlungen würden die Unterthanen in ihren Rechten verletzt. Der Ausfall, der durch die unrechtmäßige Verfügung

[15]) So z. B. war es vor 1848 in Kurhessen lange Jahre zwischen Ständen und Regierung streitig, ob die in die Ständeversammlung eintretenden Vertreter der Standesherrn nach der Verfassung ein Recht auf Diäten haben; eine Frage, deren Bejahung einer Stärkung der s. g. conservativen Elemente in der Kammer wesentlich förderlich erschien. Die Regierung bejahte die Frage und zahlte die Diäten aus. Den Ständen, welche entgegengesetzter Ansicht waren, fehlte jedes Mittel, die Rechtsfrage zum Austrag zu bringen.

über Staatsmittel entstände, müßte durch die Steuern der Unterthanen wieder gedeckt werden. An der Stelle der widerrechtlich freigegebenen Militärpflichtigen müßten Andere dienen. Aber kein Einzelner könnte sagen, daß gerade er der Verletzte sei. Kein Einzelner wäre deshalb in der Lage, die Rechtsverletzung zu verfolgen. So würde denn dieselbe ohne Rechtshülfe bleiben, wenn nicht ein Organ neben der Regierung resp. dieser gegenüber berufen erscheint, die Frage, ob durch die Handlungsweise der Regierungsgewalt das Recht verletzt sei, zum civilrechtlichen Austrag zu bringen. Und dieses Organ kann wohl nirgends anders gefunden werden, als in der Landesvertretung. Selbstverständlich bedürfte es dann auch noch eines Gerichts, vor welchem jener Austrag geschehen könnte.

Zu den Gebieten, auf welchen durch Nichtausübung staatlicher Rechte Seitens der Regierungsgewalt das Princip des Rechtsstaats schwere Wunden erleiden kann, ist in neuerer Zeit ein weiteres hinzugetreten; nämlich das Strafrecht, seitdem man den Anklageproceß eingeführt, die Anklägerschaft aber zu einem abhängigen Organe der Verwaltung gemacht hat.

Das Strafrecht soll eine objective Ordnung im Staate bilden, dazu bestimmt, unabhängig von allen übrigen im Staatsorganismus sich bewegenden subjectiven Interessen, bestimmten Handlungen durch die Gewißheit, daß Strafe ihnen folgen werde, überall und wo sie vorkommen, entgegen zu treten. Daß dem Vergehen die Strafe folge, ist ein Recht nicht der Regierung, sondern der ganzen bürgerlichen Gesellschaft. Diese Bedeutung hatte auch das Strafrecht in Deutschland, so lange die Anklage unter dem Schutze der officiellen Thätigkeit unabhängiger Strafgerichte stand. Der zum Einschreiten ex officio berufene Untersuchungsrichter mußte vorgehen, mochte die Anzeige eines Vergehens ausgehen von wem sie wollte, und mochte dieselbe gerichtet sein gegen wen sie wollte. Statt dessen ist dadurch, daß man die Anklage ausschließlich in die Hände des von der Regierungsgewalt abhängigen Staatsanwalts gelegt hat, das Strafrecht zu einem einseitigen Werkzeug der jeweiligen Regierungsgewalt geworden. Diese kann nicht allein jederzeit durch Erhebung von Anklagen ihre Gegner verfolgen, sondern auch durch Unterdrückung von Anklagen ihre Freunde stillschweigend begnadigen. Und doch ist der Satz: nullum crimen sine poena für den allgemeinen Rechtsschutz nicht minder wesentlich, als der Satz: nulla poena sine crimine.

Um diesem Zustande zu entgehen, bedarf es einer Reformation der Anklägerschaft. Es bedarf zunächst der Anerkennung, daß der öffentliche Ankläger nicht ein Organ der Regierungsgewalt, sondern, gleich dem Gerichte, wenn auch in anderer Weise, ein Vertreter der objectiven Rechtsordnung ist. Als Folge davon aber muß demselben, gleich dem Gerichte, eine Unabhängigkeit in der Art eingeräumt werden, daß er in der von ihm begründet erkannten Verfolgung von Vergehen durch kein höheres Gebot gehindert werden darf. Für eine Unabhängigkeit desselben auch in der Richtung, daß er die Erhebung einer von der Regierung begehrten Anklage verweigern dürfe, liegt kein Bedürfniß vor; da der rechtliche Schutz gegen ungegründete Anklagen nicht in der Anklägerschaft, sondern im Gerichte zu suchen ist. Es ist daher der Regierungsgewalt das Recht nicht zu versagen, eine jede Anklage, die sie für gerechtfertigt hält, zur Entscheidung zu bringen. Aber gleiches Recht muß dann auch allen denen eingeräumt werden, welche neben der Regierungsgewalt dabei interessirt sind, daß ein bestimmtes Vergehen nicht unbestraft bleibe; und das sind bei Vergehen wider Individuen der Privatverletzte; bei Vergehen wider den Staat oder die öffentliche Ordnung die Landesvertretung. Erst wenn die Berechtigung zur Anklage in entsprechender Weise umgestaltet sein wird, wird die strafende Gerechtigkeit des Staats wieder das geworden sein, was sie früher war, und was sie ihrer Bestimmung nach sein soll, ein Gemeingut des gesammten Volkes.

§. 53.

b) Verletzungen des Staats-Ganzen Seitens der Regierungsgewalt durch Nichtwahrung der vorgeschriebenen öffentlichen Ordnung.

Eine Rechtsverletzung dieser Art liegt mehr oder weniger stets auch in der Verletzung der politischen Rechte Einzelner, wovon wir unter der Kategorie B (§. 51) geredet haben. Denn da der Einzelne die ihm zugewiesenen politischen Rechte nicht bloß um seiner selbst, sondern zugleich um des Ganzen Willen besitzt (vergl. oben S. 38), so berührt eine Verletzung dieser Rechte nicht bloß ihn, sondern auch das Staatsganze; wie dies namentlich dann klar wird, wenn wir uns die Verletzung in der Art denken, daß nicht einer einzelnen Person, sondern einer ganzen Classe von Staatsangehörigen die Ausübung gewisser politischer Rechte rechtswidrig versagt werde. Wenn umgekehrt von der Regierungsgewalt die Theilnahme an politischen Rechten Unberechtigten zugestanden wird, so tritt hierbei die Verletzung der Einzelnen (nämlich derjenigen, deren politische Thätigkeit durch die erfolgte Zulassung Unberechtigter in ihrem Erfolg gefährdet oder unterdrückt wird) bereits in den Hintergrund gegen die Verletzung des Ganzen. Vollends kann von einer Verletzung Einzelner nicht mehr die Rede sein, wo die Regierungsgewalt im Interesse der allgemeinen Staatsordnung gegebene Gesetzesvorschriften nicht befolgt; z. B. die gesetzlich vorgeschriebene Einberufung der Landesvertretung, Besetzung von Stellen, Schaffung gewisser dem allgemeinen Interesse dienender Organe unterläßt, über gesetzlich vorgeschriebene Formen in Erledigung der Geschäfte sich hinaussetzt, ꝛc.

Auch hier handelt es sich also nicht bloß um ein Gericht, durch dessen Ausspruch die Rechtsverletzung constatirt werden könne, sondern auch um ein Organ, welches im Gegensatz zu der Regierungsgewalt die verletzten Rechte des Staats-Ganzen zu vertreten berufen ist. Ein solches kann nur in der Landesvertretung geschaffen werden.

Wo die Landesvertretung aus mehreren Factoren (zwei Kammern) besteht, muß das Recht, wider Verletzungen der Staatsordnung Seitens die Regierungsgewalt durch Anrufung des Rechtsschutzes zu reagiren, jedem dieser Factoren selbständig eingeräumt werden. Es ergiebt sich dies als nothwendige Consequenz von der Selbständigkeit jeder Kammer bezüglich der Zustimmung zur Gesetzgebung. So wie jeder Kammer allein das Recht zusteht, durch Versagung ihrer Einwilligung die Entstehung neuen Rechts in der rechtlichen Form des Gesetzes zu hindern, so muß ihr nicht minder das Recht zustehen, demjenigen, was sich thatsächlich an die Stelle des bestehenden Rechtes setzen will, selbständig entgegen zu treten. Ja man wird in dieser Beziehung noch weiter gehen müssen. Wo es sich um Dinge handelt, welche die Verfassung an die Zustimmung nicht bloß der einfachen Mehrheit, sondern eines relativ größeren Bruchtheils der Volksvertretung (zwei Drittel oder drei Viertel der Stimmen) knüpft, würde zur consequenten Wahrung des Rechts auch einer zur Hinderung ausreichenden Minderheit die Befugniß nicht zu versagen sein, wider die mit der Mehrheit einige Regierungsgewalt den Rechtsschutz anzurufen. Fehlt ihr diese Befugniß, so kann jederzeit die Mehrheit der Kammer im Einverständniß mit der Regierung die Frage, ob ein jener erschwerenden Form unterworfenes Verhältniß vorliege, wider die Minderheit entscheiden, und so die vorgeschriebene Rechtsordnung vernichten.

§. 34.

Wir besprechen endlich noch eine Thätigkeit der Regierungsgewalt, die, während sie ihrem Inhalt nach keinem einzelnen Gebiete der im Staatsorganismus obwaltenden Rechtsbeziehungen ausschließlich angehört, lediglich durch die besondere Form, in welcher sie auftritt, sich auszeichnet; wir meinen den Erlaß von Verordnungen.

Steht überhaupt die Regierungsgewalt unter dem Rechte, so kann sie auch nicht dadurch eine Stellung über dem Rechte gewinnen, daß sie für die von ihr zu leitende Thätigkeit der Staatsorgane allgemeine Regeln aufstellt, und diese in einer dem Erlaß von Gesetzen analogen Form veröffentlicht. Das thut sie nämlich, indem sie „Verordnungen“ erläßt. Ist das Gesetz „Feststellung von Rechtsgrundsätzen“, so kann man die Verordnung „Feststellung von Verwaltungsgrundsätzen“ nennen. Allerdings tritt die Verordnung mit dem Gesetz insofern in eine gewisse materielle Concurrenz, als auch das Gesetz Verwaltungsnormen in sich aufnehmen kann (§. 20). Nicht aber kann umgekehrt die Verordnung Rechtsgrundsätze mit der Wirkung in sich aufnehmen, daß solche als objective Rechtsnorm gelten. Die einfache Folge ist, daß Verordnungen, soweit sie Rechtsgrundsätze aufstellen, keine Norm abgeben, welche die Unterthanen zu befolgen, die

Gerichte ihrer Rechtssprechung zu Grunde zu legen haben. Denn nur als Gesetzgeber, nicht als Haupt der Verwaltung steht der Landesherr über dem Rechte.

Freilich gehört auch die Lehre von der Nicht-Verpflichtungskraft bloßer Verordnungen für die Gerichte zu den lebhaft bestrittenen. Das Gegentheil wird natürlich von denjenigen behauptet, welche überhaupt die Verwaltung nicht dem Rechte unterworfen wissen wollen. Aber sie gehen mit dieser Lehre noch einen Schritt weiter als gewöhnlich. Während die Gegner des Rechtsstaats sonst eine Unabhängigkeit der Verwaltung vom Rechte nur für das Gebiet des öffentlichen Rechts in Anspruch nehmen, dagegen auf dem Gebiet des Privatrechts und Strafrechts die Unabhängigkeit der Gerichte und die Unterordnung der Verwaltung unter das Recht im Princip einräumen, wollen sie eine solche Unterordnung überall nicht anerkennen, sobald die Regierungsgewalt sich von der Gesetzgebung das Kleid borgt, d. h. im Verordnungswege thätig wird. Der Landesherr kann zwar nicht den Civil-Gerichten gebieten, über irgend ein Privatrechtsverhältniß so oder so zu entscheiden; er kann nicht den Strafgerichten befehlen, diese oder jene Verurtheilung auszusprechen; aber er erläßt das, was er will, in der Form einer Verordnung; und nun sind — so sagt man — die Gerichte verbunden, zu sprechen, wie es ihm beliebt. In der freien Verordnungsgewalt ist also das Mittel gegeben, selbst die anerkannte richterliche Unabhängigkeit zum leeren Schattenbild zu machen.

Und warum soll dies so sein? Weil es ein Irrthum sei, daß der Richter nur nach Gesetzen zu entscheiden habe. „Die richterliche Thätigkeit," sagt Stahl, „das Rechtsprechen ruht eben so sehr auf Verordnungen als auf Gesetzen, indem sowohl die Instructionen zu den Gesetzen, die doch immer selbständige Bestimmungen enthalten, als die Verwaltungsnormen (z. B. Statuten für Eisenbahn-, für Lebensversicherungsgesellschaften, Anordnungen über die Führung der Rechnungen bei der Communalverwaltung, über das Verfahren bei Versteigerung öffentlicher Arbeiten oder Lieferungen) direct oder indirect auch Normen zur Entscheidung von Rechtsstreiten werden, und selbst

Anordnungen über das Gerichtswesen in Deutschland je nach der Landesverfassung in das Gebiet der Verordnung gehören können."

Aber das Rechtsprechen, welches nicht blos auf „Gesetzen", sondern auch auf „Verordnungen" ruhen soll, ruht in diesem Sinne auch noch auf vielem Andern. Es ruht auch auf Verträgen, Testamenten, Privat-Statuten rc. Weil nun das Gericht diese zu beachten hat, so weit sie innerhalb des Gesetzes Rechte begründen, wird man deshalb sagen, dieselben seien, wie das Gesetz selbst, Quelle objectiven Rechtes? In keiner andern Bedeutung aber kommen die gedachten „Verwaltungsnormen" (Eisenbahnstatuten, Vorschriften für Verdingung öffentlicher Arbeiten rc.) für die Rechtssprechung in Betracht. Sie sind die veröffentlichte lex contractus, der sich alle diejenigen unterwerfen, welche auf Grund derselben Rechtsverhältnisse eingehen. Als solche „binden" sie die Gerichte, soweit diese überhaupt der freien Einigung der Betheiligten bindende Kraft beizumessen haben. Die Frage über die „bindende Kraft" dieser Verordnungen fällt also mit der Frage über die Grenzen vertragsweiser und autonomischer Regelung der Rechtsverhältnisse zusammen.

Was die „Instructionen zu Gesetzen" anbelangt, so wird Niemand der Verwaltung das Recht bestreiten, die ihr obliegende Ausführung von Gesetzen durch nähere Bestimmungen, welche dadurch den Charakter von Ergänzungen des Gesetzes selbst annehmen, zu regeln. Soweit die Verwaltung frei handeln darf, darf sie ohne Zweifel auch frei verordnen, wie gehandelt werden soll. Den Richter berührt diese Regelung der Verwaltungsthätigkeit an sich nicht. Ihn gehen erst die Handlungen der Verwaltung an, wenn sie vor sein Forum gebracht werden. Dann aber hat er deren Rechtmäßigkeit nach dem Maßstabe des Gesetzes zu bemessen, während die erlassene Verordnung ihm keinen Maßstab der Rechtfertigung für solche abgeben kann. Hier fällt also die Grenze der Verordnungsgewalt zusammen mit der Grenze der Freiheit der Verwaltungsthätigkeit überhaupt.

Anders verhält es sich mit denjenigen Gesetzen, welche unmittelbar dem Gebiete der Rechtssprechung selbst angehören. Auch auf diesem

Gebiete ist die Verordnungsgewalt des Landesherrn nicht völlig ausgeschlossen. Aber sie beschränkt sich auf ein ganz enges Bereich, nämlich das des Processes, und selbst in diesem auf ein gewisses äußeres Gebiet, welches wir als das des einzuhaltenden Geschäftsganges bezeichnen können. Zufolge der administrativen Natur, welche dem formalen Proceßrecht innewohnt, steht es in dieser Richtung der Justizverwaltung zu, die Thätigkeit der Gerichte zu regeln, und solchergestalt die Lücken der Proceßgesetze zu ergänzen. So mag sie über die vom Gerichte zu haltenden Sitzungen, über die Art der Ausfertigungen und Behändigungen rc. Bestimmung treffen. Nicht aber kann, wenn z. B. die Proceßgesetze nichts darüber enthalten, unter welchen Umständen einem Zeugen Glauben beizumessen sei oder nicht, eine Verordnung hierüber nähere Vorschrift ertheilen wollen. Und eben so wenig kann im Verordnungswege in das materielle Civilrecht oder Strafrecht irgend eingegriffen werden. Wenn es nach l. 13 §. ult. D. loc. cond. zweifelhaft ist, wie lange eine relocatio tacita dauert, so kann nicht eine Verordnung durch eine ergänzende Bestimmung diesen Zweifel erledigen. Wenn ein Strafgesetz ein Vergehen mit 3- bis 6jähriger Freiheitsstrafe bedroht, so kann eine Verordnung nicht vorschreiben, in welchen Fällen 3 und wann 6 Jahre erkannt werden sollen. Hier giebt es im Verwaltungswege keine „Ergänzung oder Näherbestimmung des Inhalts des Gesetzes“; und der Richter kann deshalb auch durch den (von Stahl betonten) Zweifel, ob eine Verordnung wirkliche Aufhebung, oder nur „Ergänzung und Näherbestimmung des Gesetzes“ sei, sich nicht veranlaßt finden, eine Verordnung als formal bindende Norm anzuerkennen.

Weil es nun auf einem ganz schmalen Grenzstreifen des Proceßrechts allerdings zweifelhaft werden kann, ob die Gerichte eine Verordnung als bindende Norm für ihre Thätigkeit anzuerkennen haben, so fordert Stahl, daß die Gerichte sich überhaupt auf eine Untersuchung gar nicht einlassen, vielmehr jede erlassene Verordnung unbedingt als Gesetz gelten lassen sollen. Mit gleichem Fug könnte man von den Gerichten fordern, daß sie überhaupt ihre Rechtssprechung aufgeben, sobald die Rechtsgrenze eines von ihnen zu beurtheilenden Verhältnisses irgend wo mehr oder weniger zweifelhaft sei.

Richtig ist, daß die dem Richter sich darbietende Frage, ob eine gegebene Verordnung aus einem oder dem anderen der hervorgehobenen Gesichtspunkte als wirksam anzuerkennen sei, eine materielle Frage ist. Aber sie umfaßt nicht, wie Stahl sagt, „ein materielles Urtheil über die Rechtmäßigkeit des Gesetzes“; aus dem einfachen Grunde, weil eine Verordnung, als einseitiger Erlaß der Regierungsgewalt gar nicht „Gesetz“ ist. Es läuft deshalb auf eine Begriffsverwirrung hinaus, wenn Stahl die Frage nach der Rechtmäßigkeit einer Verordnung auf das dem Richter allerdings nicht zustehende Gebiet der Prüfung der materiellen Rechtmäßigkeit (inneren Gerechtigkeit) eines (formell bindenden) Gesetzes hinüberspielt.

Endlich gehört dann auch die „grenzenlose Verwirrung“, welche aus dem richterlichen Prüfungsrecht der Rechtswirksamkeit einer Verordnung erwachsen soll, zu den grenzenlosen Uebertreibungen, die man hervorsucht, um die freie Verordnungsgewalt für die Regierungen zu retten. Jene Verwirrung ist keine andere, als diejenige, welche sich überhaupt als eine mögliche an die Zweifelhaftigkeit des Rechts knüpft. Auch der zweifelhafte Inhalt eines Gesetzes kann zur Folge haben, daß die Richtersprüche der unteren Instanzen auf das Schroffste auseinanderlaufen. Eine ungenau gefaßte Competenzbestimmung kann dahin führen, daß eine Klage wiederholt von einem Gerichte zum andern verwiesen wird. Aber alle solche Zweifel lösen sich kraft der einheitlichen Organisation der Rechtspflege durch die Präjudicialkraft der Entscheidungen letzter Instanz. Und damit wird sich auch jederzeit die bestrittene Wirksamkeit einer Verordnung lösen. Es ist deshalb völlig unwahr, wenn Stahl sagt, durch das Prüfungsrecht der Gerichte gerathe „das ganze Bereich der irgend bestreitbaren“ Verordnungen unter das Zustimmungsrecht der Stände. Allerdings wird vielleicht eine Regierung, welche bei Erlaß von Verordnungen das Prüfungsrecht der Gerichte zu scheuen hat, bedenklicher sein, stets bis an die äußerste Grenze, wo ihr Recht zweifelhaft zu werden beginnt, mit Verordnungen vorzugehen. Sie thut dann aber nichts weiter, als was jeder Verständige aus Furcht vor Rechtscollisionen im Leben überhaupt thut. Und liegt in einer solchen Scheu, welche vor der äußersten Rechtsgrenze lieber einige Schritte zurückweicht, wohl ein größeres Uebel, als in der Macht, diese Rechtsgrenze jederzeit nach Belieben zu überschreiten?

In den meisten Verfassungen ist der Regierung neben der gewöhnlichen Verordnungsgewalt zugleich das Recht eingeräumt, s. g. Noth-Verordnungen zu erlassen, d. h. in Nothfällen unter gewissen beschränkenden Voraussetzungen durch Verordnungen selbst das bestehende Recht zeitweise zu ändern. Es versteht sich von selbst, daß die richterliche Prüfung solcher Verordnungen, welche in der That provisorische Gesetze sind, nur eine formale sein kann; d. h. es kann nicht geprüft werden, ob die Nothstands-Verordnung in das bestehende Recht eingreift; — denn das darf sie ja kraft ihrer Ausnahmeberechtigung; — sondern nur, ob sie innerhalb derjenigen nach Rechtsgründen erkennbaren Grenzen und Formen ergangen sei, welche die Verfassung für sie vorschreibt. Das Zureichende der dafür in Bezug genommenen Veranlassung, deren innere Zweckmäßigkeit und Gerechtigkeit wird hiernach regelmäßig von der richterlichen Beurtheilung ausgeschlossen sein.

Wo durch die Verfassung den Gerichten das Recht der Prüfung, ob sie einer Verordnung als rechtswirksam Folge zu geben haben, entzogen ist, (wie z. B. in der preuß. Verf. Art. 106): da leidet der Rechtsstaat schwere Gefahr. Das Recht kann jederzeit aus dem Besitzstand verdrängt werden, und mag dann sehen, wie es sein Reich wiedererobert. Die Mittel, auf die man hierbei zu verweisen pflegt, sind sehr precärer Natur. Die Ministerverantwortlichkeit ist, wie oben gezeigt (§. 26), eine sehr schwache Schutzwehr. Und was Stahl sagt von der Pflicht der Richter, „in exorbitanten Fällen" sich nicht als Vollstrecker rechtswidriger Verordnungen gebrauchen zu lassen, und deshalb, zwar nicht amtlich, aber doch persönlich, den Gehorsam zu verweigern, ist vollends eine leere Spiegelfechterei. — Will man aus politischen Gründen die Gerichte verpflichten, jede Verordnung bis auf Weiteres zu respectiren (wodurch die Verordnungsgewalt in der That zu einer Art provisorischer Gesetzgebung sich erhebt): dann bedarf es wenigstens ständiger Organe, durch deren Thätigkeit, einerseits als Kläger, andererseits als Richter, die Frage über die Rechtmäßigkeit einer erlassenen Verordnung civilrechtlich zum schleunigsten Austrag gebracht, und im Falle der Verneinung dieselbe in ihrer Wirksamkeit annullirt werden kann.

Aber selbst da, wo die Gerichte bei ihren Entscheidungen die Rechtswirksamkeit einer einschlagenden Verordnung zu prüfen verfassungsmäßig berufen sind, reicht der hierin liegende Schutz nicht weiter, als die Gebiete, auf dem sich überhaupt der Richterspruch bis jetzt bewegt. Auch hier also tritt das Bedürfniß, wenn auch in engeren Grenzen, ein, Organe zu schaffen, welche einer rechtswidrig erlassenen Verordnung gegenüber das Recht herstellen.

Schluß.

§. 33.

Der Grundgedanke, welcher in dieser Schrift ausgeführt ist, läßt sich in Folgendem zusammenfassen. Damit der „Rechtsstaat" zur Wahrheit werde, genügt es nicht, daß das öffentliche Recht durch Gesetze bestimmt sei, sondern es muß auch eine Rechtssprechung geben, welche das Recht für den concreten Fall feststellt, und damit für dessen Wiederherstellung, wo es verletzt ist, eine unzweifelhafte Grundlage schafft.

Durch eine solche thätige Vermittelung des Rechts zwischen den im Staatsleben sich bewegenden Gegensätzen würden diese wesentlich an Schärfe verlieren, und es würde einer ruhigen, gleichmäßigen Fortentwickelung der Verhältnisse in weit höherem Maße der Weg gebahnt sein.

Zwar kann durch Unvollkommenheit der Gesetze oder des Gerichts auch das zum Austrag gebrachte Recht in seinem formellen Bestande eine für das materielle Rechtsbewußtsein so wenig befriedigende Gestalt annehmen, daß, wo einer Umgestaltung im Sinne des letzteren bleibend Hindernisse in den Weg gelegt werden, trotz des formellen Austrags dem Staatsleben jene Erschütterungen nicht erspart bleiben, mit denen das andauernd unterdrückte materielle Recht sich Bahn zu brechen pflegt. Allein immerhin wird mit dem formellen Austrag, wie er auch ausfallen mag, eine relative Ruhe gegeben sein. Es verletzt das Rechtsgefühl weit weniger, wenn das unvollkommene Gesetz gar keine Rechte verleiht, als wenn zwar Rechte gegeben, aber gleichzeitig die Mittel versagt sind, um sie zur Geltung zu bringen. Mit dem formellen Austrag wendet sich der Kampf der dadurch nicht befriedigten Interessen auf das Gebiet der Gesetzgebung, wo er minder aufreibend und zersetzend wirkt, als der endlose Streit über ein als bereits gegeben behauptetes, von der andern Seite bestrittenes Recht, für welchen der Richter fehlt. Oder kann man sich wohl unglücklichere Verhältnisse denken, als die zur Zeit in Preußen bestehenden, wo im Kampf um eine das ganze Staatsleben absorbirende Rechtsfrage die Parteien Brust an Brust gepreßt wider einander stehen, ohne vor- und rückwärts zu können?

Blicken wir nach den Mitteln, durch welche der von uns vertretene Gedanke sich verwirklichen soll, so kann es zuvörderst nicht Aufgabe des Richters sein, seine Rechtsprechung ohne Weiteres über das dem Bestehenden entsprechende Maß auszudehnen. Für ihn kann daher die Erkenntniß, daß eine Rechtsprechung auf dem Gebiete des öffentlichen Rechts innere Berechtigung habe, nur dazu dienen, dasjenige, was auf diesem Gebiete bereits der Rechtsprechung gehört, festzuhalten und folgerecht auszubilden.

Die wichtigere Aufgabe erwächst dem für die Gesetzgebung berufenen praktischen Staatsmanne. Ihm liegt die eigentliche Verwirklichung dessen, was wir erstreben, ob. Aber er wird sich erinnern, daß Umgestaltungen, wie die hier fragliche, in der Regel nur allmälig zu bewirken stehen. Er wird namentlich die bestehenden Verhältnisse seines Landes zu beachten haben, und im möglichsten Anschluß an diese für seine Bestrebungen das Ziel suchen. Er wird es sich vielleicht gefallen lassen müssen, auf das Vollkommenere zu verzichten, um ein Mögliches zu erreichen.

Vor Allem aber hat, wie wir glauben, die deutsche Wissenschaft hier noch eine Aufgabe zu lösen, indem sie die Gedanken, auf denen das Wesen des Rechtsstaates beruht, zur Reife bringt und die gegenüberstehenden Truglehren zerstört. Die Rechtswissenschaft hat nicht bloß Stellung unter dem Gesetze zu nehmen, um den bereits in vollendeter Form vorliegenden Rechtsgedanken sich anzueignen. Sie hat auch den noch weit höheren Beruf, den Rechtsgedanken, der noch unvollendet und unausgesprochen im Bewußtsein der Zeit lebt, zum Ausdruck und zur theoretischen Gestaltung zu bringen, und damit der Gesetzgebung vorzuarbeiten [1]).

Eine wesentliche Förderung dessen, um was es sich hier handelt, würde darin liegen, wenn man das Staatsrecht nicht fernerhin isolirt, sondern in lebendiger Verbindung mit dem übrigen Rechte, namentlich mit demjenigen Rechtsgebiete behandelte, dem es in der That angehört, mit dem Genossenschaftsrechte.

Von dem Maß, in welchem es der Wissenschaft gelingt, die hier fraglichen Gedanken zum Gemeingut der Nation zu machen, wird wesentlich deren praktische Durchführung abhängen [2]). Der menschliche Gedanke gleicht dem Gletscher; man sieht nicht seine Bewegung; aber er schreitet weiter, und ist in seinem Vorrücken so gewaltig, daß ihm keine Last widersteht. —

---

[1]) Die Stimmen der Wissenschaft, welche in der hier fraglichen Beziehung laut geworden sind, stehen noch ziemlich vereinzelt da. Außer dem S. 70 cit. Werke von Gneist sind mehrere Aufsätze der Süddeutschen Zeitung (1859 Nr. 64, 65; 1861 Nr. 69) zu erwähnen, in welchen der hier vertretene Gedanke bereits mit Lebendigkeit ausgesprochen ist.

[2]) Es darf nicht verschwiegen werden, daß bereits in einem deutschen Lande, in Baden, mit dieser Durchführung der Anfang gemacht ist; indem die dortige neue Verwaltungs-Organisation die wichtigsten Fragen des öffentlichen Rechts einem „Recursgericht" als letzter Instanz zur selbständigen Entscheidung überweist.

CPSIA information can be obtained
at www.ICGtesting.com
Printed in the USA
LVHW110111200422
716647LV00003B/116

9 783752 596878